とマリアン
THE PERFECT CRIMES
OF MARIAN HAYES
［作］
CAT SEBASTIAN
キャット・セバスチャン
［イラスト］
yoco
ILLUSTRATION
YOCO
［訳］
北 綾子
TRANSLATION
AYAKO KITA
すばる舎
プレアデスプレス

Published by arrangement with Avon,
an imprint of HarperCollins Publishers
through Japan UNI Agency, Inc., Tokyo

THE PERFECT CRIMES OF MARIAN HAYES

［ロンドンの小悪党シリーズ Ⅱ］

ロブとマリアン

［キャラクター紹介］

ロブ

公爵の結婚の秘密を知り、
マリアンを脅迫。
かつてはキットとともに
騎乗強盗として
名を馳せていた。

スカーレット

高級娼館の女主人。
ロブの母親。

キット

ロブの元相棒。
パーシーとは恋人同士。

ベティ

盗品売買業者の少女。

マリアン

公爵夫人。
夫である
クレア公爵を撃ち、
ロブとともに
ロンドンの街を離れる。

クレア公爵

マリアンの夫であり、
パーシーの父。

パーシー

公爵子息。
マリアンの幼なじみ。

イライザ

マリアンの娘。

Book Design　金澤 浩二
Illustrations　yoco

プロローグ

ロブ・ブルックスがこうして二十五歳になるまで生きながらえることができたのは、逃げる才能に長けていたからにほかならない。

これまで逮捕された回数は数知れず、有罪判決も数え切れないほど受けてきた。罪状は、強奪（これは事実）、押し込み強盗（これは嘘）、密輸（これも事実。ただし、持ち込んだ樽に何がはいっているかは知らなかった）、硬貨の偽造（これは嘘）、それから馬泥棒（事実だが、馬のためを思ってやったことだ）など様々だ。二十五歳という若さにして、サリー、オックスフォードシャー、バッキンガムシャーをはじめ各地の刑務所の世話になってきた。もし刑務所巡りのガイドブックを出したい出版社があるとしたら、彼ほど適任な著者はいないだろう。あるときには絞首執行人にお目見えしたこともある。銃で撃たれたことも、剣で刺されたことも、鞭や棍棒で打たれたことも、船上から水中に突き落とされたこともある。今となってはどれも忘れがたい思い出だ。

そんな数々の試練を耐え抜き、ロブはこうして生きている。怪我はたくさん負ったが致命傷とはならず、今も元気でぴんぴんしている。衝動にまかせてつい無謀な行動を取ってしまうのは自分でもわかっていた。考えるよりも先に体が動いてしまうのだ。そのせいで、九死に一生を得る修羅場続きの人生を送ってきた。危機一髪の場面で逃げ遅れずに脱出する。ある意味ではそれこそが彼の仕事だった。人々はそんなロブの

――正確には、ロブが親友と組んで金持ち連中の財布から小銭を失敬するときに名乗っていた〝グラッドハンド・ジャック〟という強盗の――華麗な手口はもとより、彼がいかに逃げ上手かについて噂話に花を咲かせた。ロブはいかなるときでも、うまく身を潜めて逃げおおせた。まわりにいる人を買収し、うまく言いくるめ、たらし込んで味方につけるのが得意だった。

つまるところ、ロブは誰からも好かれる人間で、誰もがロブに手を貸さずにはいられないのだ。幸い、ロブのほうもそんな人々に好意を持ち、恩情に報いたいと思っていた。ロブに言わせれば、この世界はちょっとした冒険をしてみたい人だらけで、まさにその機会を人々に与えられることこそが彼の喜びだった。おかげで、賄賂をつかませて錠前破りの道具ややすりを牢獄にこっそり持ち込んでもらうという厄介な頼みごとでさえ、巻き込まれた人々には愉しい経験になった。誰もがロブを仲間と思い、共謀して脱獄を成し遂げたあとには意気揚々と家路につくのだった。

だからこそ余計に、どうあがいても抜け出す術のない今の状況が無性に腹立たしかった。買収し、たらし込んで味方にできる相手もいなければ、錠前破りの道具ややすりをケーキに混ぜて焼いたり、服に縫い込んだりしてうまく持ち込んだところで解決できる問題でもなかった。こんなことになったのは母親のせいだった。何を考えているのかさっぱりわからず、癪に障るが、最愛の存在でもある母親――その母がロブがこの世に生を受ける何か月かまえに、公爵の跡取り息子――つまり今の公爵――と結婚したことがすべての発端だった。母はいったい何を考えていたのか。一緒に祭壇のまえに立った貴族のくそ御曹司はどんなつもりだったのか。司祭にしろ、証人にしろ、そのときその場にいた誰にしろ、災いしかもたらさないこの結婚をどうして許したのか。ロブには見当もつかなかった。今となっては理解したいとも思わなかったが。

母親が公爵と結婚していた事実を知らされたのは一年まえのことだった。心の平静を取り戻すにはジンとひと月の時間を要した。それからいつものようにどうにか窮地を抜け出そうとした。今になってあなたはほんとうは公爵の息子なのだと言われたって、跡を継ぐなんてまっぴらだ。公爵になるくらいなら、絞首執行人ともっとお近づきになるほうがまだましかもしれない。ロブはフランスのブーローニュにある教会まで行き、奇行としか思えないこの結婚が事実だったことをみずからの眼で確かめた。教区の住民たちはどんなにひどい悪夢でもお目にかかることはないだろうと思うほど頑(かたく)なまでに誠実で凡庸な人々で、買収できる見込みは皆無だった。彼の人たらしの才能もどうやらフランスでは通用しないらしい。それならば証拠を消してしまおうと教区の記録簿を持ち出そうとしたのだが、住民たちはまるで理解を示してくれなかった。イングランドの監獄のほうがよっぽどいい。

そういうわけでロブにはほかに選択の余地がなかった。彼が公爵の結婚相手の息子であることはすぐにロンドンじゅうの人々が知るところとなる。が、彼のような人間が爵位と財産を受け継ぐことを快く思う人など誰ひとりいないだろう。

ロブはこれまで上流階級の人々に災いをもたらすことに人生を捧げてきた。何年ものあいだ盗みをはたらき、金品を騙(だま)し取り、苦痛を与えてきた。その相手と同じ立場に安住するとしたら、これほどの偽善はない。味方の旗頭だったはずのロブが実は敵軍の将だったと知ったら、犯罪社会に身を置く者たちの士気は一気に下がりかねない。〝聖クリスピンの祭日の演説[1]〟とは逆に、ロンドンじゅうの犯罪者が振り上げた腕を

1　シェイクスピアの『ヘンリー五世』に描かれる百年戦争のさなかのアジャンクールの戦いで、ヘンリー五世が兵士たちを鼓舞するためにおこなった演説。

――腕どころか、錠前破りの道具も、短剣も、硬貨を削り取るためのハサミも[2]――下ろし、真っ正直な市民になり下がる。慎み深い、若き問題児たちを君主制の熱烈な支持者に変えてしまう。ロブとしてはそんな事態を招くわけにはいかなかった。何はさておき、彼を慕ってくれている子供たちに対しては責任があった。

だから、脅迫するよりほかに道はなかった。母親がひそかに公爵と結婚していた証拠を隠滅できないなら、夫である現クレア公爵――梅毒におかされて死んでしまえ――を脅し、重婚の秘密を黙っている代わりに大金を要求すればいい。そもそも、公爵にはホランド侯爵――この上なく悪趣味なめかし屋のパーシー――というれっきとした息子がおり、世間はその息子が公爵の正統な後継者だと思っている。ホランド侯爵に跡を継がせ、スキャンダルから家名を守るためなら、出し惜しみせずにいくらでも払うにちがいない。悪名高き庶民が貴族の仲間入りをするのを阻むためでもあることは言うに及ばず。ようするに、誰にとってもそれが一番いい解決策というわけだ。

困ったときに助けてくれる親切な魔法使いのふりをして公爵のまえに現れ、母親から聞いた話はすべて聞かなかったことにすると伝えることもできなくはなかった。が、クレア公爵がどんな人物かを考えると、それはありえない選択だった。そんなことをしたら、その場ですぐさま殺されるのがおちだ。それに、ロブはあまたいる貴族の誰よりもクレア公爵を憎んでいた。だから、公爵の財布がすっからかんになるまで金を搾り取り、その金を世の中のために役立てられると思うと、むしろ心が弾んだ。

計画は完璧だった。匿名で脅迫状を送り、足がつかない場所を選んで金を受け取る。あとは自由気ままに生きていく。それで終わりになるはずだった。

2　硬貨の一部を削って金や銀を奪う犯罪が横行していた。死罪に相当する重罪だった。

そんなとき、公爵が少しまえに再婚していたことを知った。公爵の相手にしては不釣り合いなほど若く、見るからに不機嫌そうな黒い眉をした女で、大きな腹に子供を宿しているのは一目瞭然だった。

だから、ロブは誰もがすること――少なくとも、いつも決まって悪いほうを選択してしまう者なら必ずすること――をした。脅迫の矛先を若き公爵夫人に向けたのだ。夫人には事実を知る権利がある。公爵にとって命取りになりかねない情報を知っていると本人に告げるかどうかは夫人の手に委ねればいい。公爵がロブの想像するとおりの悪人だとすれば、自分の身を危うくする情報を握っている女をどうするか。生まれてくる子供が正統な子供ではないとわかったらどうなるか。つまるところ、公爵本人に知られずに穏便にすませるほうが、誰にとっても得だということだ。公爵夫人なら自力で幾ばくかの金は用意できるだろう。

そういうわけで、ロブは公爵夫人に手紙を書いた。

「親愛なる奥さま」

書き出しは礼儀正しく、ただし媚(こ)びてはいけない。

「悪い知らせをお届けするのは本意ではありませんが……」

手紙はその一通だけのはずだった。もし彼にほんの少しでも分別があったなら、一度で終わっていたはずだ。これまで彼はあることないこと糾弾されてきたが、人の心を読むことにかけては合理的な判断ができないと非難されたことはなかった。

最初に手紙を送ってから三か月経(た)ったこのときまで、ロブは夫人を脅迫するのは名案だと信じて疑わなかった。ビールに混入されたアヘンチンキの味に気づき、テーブルをはさんで眼のまえにいる女が誰かわかった瞬間までは。

一七五一年十月
事件の二か月半まえ

親愛なる奥さま

悪い知らせをお届けするのは本意ではありませんが、あなたが夫と思っている男性は一七二五年に正式に結婚しており、相手の女性は今なお存命です。この結婚は、フランスのブーローニュ・シュル・メールにあるサクレクール教会の教区記録簿にきちんと記載されています。私はこの眼で実際に記録簿を確認し、相手の女性とも会いました。もうおわかりでしょう。公爵は重婚の罪を犯しており、あなたはもとより、今は亡きホランド侯爵のお母上も公爵の正式な妻ではないのです。

この事実を世間に公表しようとは思っていません。失礼ながら、あなたも同じお考えだと拝察します。一月一日までに五百ポンドを用立てていただけるなら、この秘密を墓場まで持っていくこともやぶさかではありません。

お返事をお待ちしています。手紙はジョン・スミス宛てにハクニーの〈ラム＆フラッグ〉に届けてください。

あなたの従順なるしもべ、Xより

脅迫者さんへ

あなたのことばをわたしが額面どおりに信じるとでも思っているのかしら。だとしたら、あなたはとてもおめでたい人ね。正統なクレア公爵夫人はほかにいて、今もまだ生きているですって？　どうしてそんなことが信じられるでしょう。仮にその結婚が事実だとしても、フランスのどこかの教区記録簿に記載されているという疑わしげな証拠だけで五百ポンドも要求するなんてどうかしているわ。あなたはきっと反論されることに不慣れな人なのね。残念だけど、世の中に大勢いるそういう紳士のひとりなのでしょう。

いいことを教えてあげましょうか。ダンテの『神曲』では脅迫の罪を犯した者は地獄の第八圏で煮えたぎる瀝青（れきせい）に放り込まれて、鉤縄（かぎなわ）を持った悪魔に責められるのよ（持っているのは鉤手だったかもしれないけど、今は正確な訳語を思い出す気分じゃないわ）。

あなたの不倶戴天（ふぐたいてん）の敵
クレア公爵夫人　マリアン

親愛なる奥さま

　できることなら証拠をお見せしたいのですが、その結婚のもう一方の当事者が身元を明かしたくないと言っているのです。相手の女性は公爵との関係がすでに絶たれていることをむしろ喜んでいて、自分が公爵の正統な妻だと知られて世間の噂になることは望んでいません。ですから、その女性が誰なのか明かすことはできません。

　もちろん、私のことばを信じるかどうかはあなたの自由です。もし私が脅迫される立場だとしても、おいそれと脅迫者のことばを鵜呑(うの)みにしたりはしないでしょう。いずれにしろ、五百ポンドをお支払いいただけないのなら、一月一日に思いつくかぎりの手段を使ってこの秘密を公表するだけです。

　私はダンテがどこの誰なのか知りませんし、地獄がどうこうと言われてもなんの話か皆目見当もつきません。ですが、私に教養を授けようとしてくださるなら大歓迎です。

あなたの従順なるしもべ、Xより

追伸　私を紳士と決めつけるとはずいぶん大胆不敵ですね。

追伸の追伸　お返事はジェベダイア・チザムに宛ててパットニーの〈ザ・セブンスターズ〉へ

脅迫者さんへ

残念だけど、教区記録簿が残っているのは事実のようね。記録の内容も、公爵の署名も確認しました。とっくに気づいていると思うけれど、相手がルイーズ・ティエリーという女性だということももう知っているし、その人を捜しているところよ。

ダンテでもほかのイタリアの詩人でも、気に入ったのならいくらでも教えて差しあげます。授業料は五百ポンド。即時支払いでお願いね。

あなたの不倶戴天の敵
クレア公爵夫人　マリアン

追伸　あなたが女性であるはずはないわ。何を言っても信じてもらえると思い込むのは男性と相場が決まっているもの。

親愛なる奥さま

ご推察のとおり私は男ですが、まかりまちがっても紳士ではありません。どうやら私がなんでも思いどおりにしてきたとお考えのようですが、決してそんなことはありません。

教区記録簿を確認したとのことですが、あなたがロンドンを離れていないのはわかっています。ということは、誰かに秘密を打ち明けたのですね。あなたがたったひとりで窮地に立たされているのではないとわかり安心しました。

身元を知られてしまったので、マダム・ティエリーには警護をつけました。

あなたの従順なるしもべ、Xより

追伸　お返事はアロイシアス・クローリー宛てにソーホーの〈ザ・スリーターンズ〉へ

脅迫者さんへ

マダム・ティエリーに警護をつけたですって？　わたしがその人を襲うとでも思っているの？　ずいぶんあさましいことを考えるのね。これまでの手紙のやりとりを思い返してみれば、そんな心配は無用だとわかるでしょうに。自分が人より罪深い人間じゃないなんて思っていないけれど、直接手をくだすにしろ、人にやらせるにしろ、これまで乱暴な真似をしたことはないし、これからもするつもりはありません。マダム・ティエリーを見つけたら、その人がほんとうに結婚の当事者かどうかを確認して、もしそうなら、お金を渡して秘密を守ってもらいたいだけ。今の不幸な状況で得をするのがあなただけなんて、こんな不公平なことはないもの。

それから手紙の最後に書かれていたことだけど、あなたの不遜な態度にどれほど感銘を受けたか、ことばではとても言い表せそうにありません。わたしがひとりで窮地に立たされているわけではないとわかって安心したですって？　そもそもわたしを苦境に陥れたのは自分自身だということをお忘れなのかしら？　あなたがそれほど愚かな人だとしても驚きはしないけれど、これでよくわかったでしょう？　わたしには人を見る眼があるのよ。

あなたの敵
クレア公爵夫人　マリアン
（ほかにどう名乗ればいいかわからないので）

親愛なる奥さま

率直に申し上げますが、あなたを窮地に追い込んでいるのは公爵であって、私はただその事実をお知らせしたにすぎません。お怒りはごもっともですし、人の不幸につけ込んで利益を得ようとする不届き者と思われても無理はありません。ですが、そもそも問題の発端は私ではありません。その点は誤解なきよう。

どうやらことばが足らず不快な思いをさせてしまったようです。いつもそうなのです。申し上げたかったのは、苦難に直面しているときは誰しも頼りになる友人がそばにいてくれるとありがたい、せめて秘密を分かち合える相手がいるだけでも心強いということです。私はどちらかというと孤独な身の上ですが（それは私自身の愚かさゆえですが）、あなたやほかの人々にはそうあってほしくないのです。

マダム・ティエリーに警護をつけているのは、あなたを信用していないからではありません。ただ、誰かがついかっとなってよからぬ行動に走らないともかぎりません。残念ながら、そういう事態が起こりえることを、私は経験上知っているのです。

あなたの従順なるしもべ、Xより

追伸　お返事はフランシーン・ディレイニー宛てにコヴェント・ガーデンそばの〈ザ・レッド・ライオン〉へ

脅迫者さんへ

差し出がましいようだけれど、自分が馬鹿だったと認めて、どうにかお友達と仲直りをしてはどうかしら？　でなければ、新しいお友達をつくるのはいかが？　あなたはひとりでは生きていけない人みたいだし（わたしはむしろ得意だけれど。お望みなら五百ポンドの破格な授業料でひとりで生きていく方法を伝授してあげます）。

今回のお返事の宛名は女性なのね。女ものの服を着て手紙を受け取るつもりなのかしら。それってなんだか愉しそうね。

MH

親愛なる奥さま

私はどんな人物にでも変装できるのです。この一週間だけでも物乞いと聖職者と船乗りになりすましていました。

もっとも、そのことはとっくにご存じでしょう。人を雇って私を尾けさせていたのですから。あなたが毎回お返事をくださることが不思議で仕方ありませんでした。私は脅迫の経験が豊富なわけではありませんが、それでも脅迫者とこんなふうに何度もやりとりするのはふつうとは思えません。想像してみてください。宛先に指定した酒場で待ち伏せされ、手紙を受け取ったあとも尾行されているとわかって、私がどれほど驚いたか。

言うまでもありませんが、最初はあなたが私を亡き者にしようとしているのだと思いました。脅迫された人がいかにも考えそうなことです。命を狙われることはちっとも怖くありません。その理由はあえて書きませんが。ですが、どういうわけか誰も私に指の一本すら触れようとしません。ということは、私の正体を暴くことが目的なのでしょう。おかげで退屈しのぎができたのはありがたいのですが、素人がどれほどがんばったところで私の正体をつかむことなどできるはずもありません。

あなたの従順なるしもべ、Xより

エルスペス・ブキャナンに宛ててピカデリーの〈キングズ・アームズ〉へ

脅迫者さんへ

あら、残念。わたしったらとんだ身のほど知らずだったみたいね。巧みに手紙をやりとりしているつもりだったのに。素人丸出しと言われても仕方ないわね。ここまでこけにされたのはいつ以来かしら。それとも、わたしには犯罪者の素質はこれっぽっちもないって褒めているつもり？

MH

親愛なる奥さま

お健やかにお過ごしのことと思います。さぞ困難な状況に直面されていることでしょう。この脅迫がさらに追い打ちをかけているのは言うまでもありません。これまでのお手紙の内容から察するに、どうやら私が手紙に書いたことを信じておられないようですね。ですが、脅迫のもとになった事実をできれば知りたくなかったというのは偽りのない本心です。

率直に言わせてもらうなら——財産と名声をあてにして金を要求する相手をさしおいて、ほかに率直に伝える必要のある相手がいるでしょうか——五百ポンドを払っていただけるなら、私はすぐにでも夜の闇に紛れて消え失せます。秘密は誓って終生守り抜きます。はなから良心に従って秘密を守ればよいとお叱りを受けるかもしれませんが、あいにく私はその良心とやらを持ち合わせていないのです。

この手紙を私の誓約書とお考えください。取引の条件は誓って守ると約束します。私は確かに性根の腐った人間ですが、嘘はつきません。いつもと同じ方法でお返事をお待ちしています。

あなたの従順なるしもべ、Xより

追伸　アンドリュー・マーヴェル宛てにラドゲート・ヒルの〈スワン〉へ

脅迫者さんへ

ディナーの席でワインを二杯飲んだせいかしら。おかしなことを訊くようだけれど……何かあったの？　このまえの手紙を読んでちょっと気になったものだから。それに、これまでは二日おきに手紙が届いていたのに、今回は一週間もあいだがあいたわね。誤解しないでね、あなたの心配をしているわけじゃないわ。ただ、わたしの命運を握っている人からの連絡が急に途絶えたから困惑しているだけ。親切心から（不親切かもしれないけれど）忠告させてもらうなら、一刻もはやくお友達と仲直りすることをお勧めするわ。

どうしてこんな忠告をするのか、幼い子供や仔犬でもわかるように説明してあげるわね。一度しか言わないから、しっかり耳を傾けて心に刻み込んでおいてね。あなたの言い分によれば、あなたが秘密を黙ってさえいれば、わたしはこれまでどおりの生活を送れると考えているようね。だけど、娘の父親が嘘つきの詐欺師だというのがほんとうだとしたら、正式には夫じゃない男と結婚生活の真似ごとなんて続けられるはずがないと思わない？　そんな男の子供をもっと産みたがるとでも思っているの？　わたしはまだ二十三歳よ。この先の人生をどうやって生きていけばいいのかしら？

公爵と結婚したとき、求婚に応じる代わりにある取引をしたの。でも、公爵は約束を守らなかった。挙げ句にわたしと、わたしの一番大切な友人の人生を混乱に陥れた。たとえあなたが約束を守ってくれたとしても、その秘密が後世まで受け継がれることにしかならない。それに、その秘密を知ってわたしを危険にさらそうとするのはあなただけじゃないかもしれない。あなたに五百ポンド払ったところでちっとも安心できないし、わたしにも、わたしの大切な人たちにも悪のかぎりを尽くしている男の妻という不名誉な特権にしがみついて生きていけるはずもない。あなたがわたしに要求しているのはそういうことなのよ。

MH

親愛なる奥さま

そう言われてしまうと、私の脅迫計画がいかにも卑しいものに思えてきます。自尊心が傷ついたとしてもおかしくありません。本心を申し上げるなら、クレア公爵の秘密をただで守る気は毛頭ありません。忠告いただいた件については、私は一年まえにとある些細な理由から自分が死んだと見せかけて、それまでの友情をすべてぶち壊しにしてしまったのです。そうと知っても驚かないと思いますが。弁解させてもらうなら、あのときはそうするのが一番だと本気で信じていたのです。ですが、今は、まだこうして生きていることをどうやって説明すれば友人たちの怒りを買わずにすむか考えあぐねています。

あなたの従順なるしもべ、Xより

追伸　お返事はアフラ・ベーンに宛ててテンプル・ステアのそばの〈ドルフィン〉へ

どこまでも血迷ったお馬鹿さんへ

いったいどうしたの？　本気で心配しているのよ。自分は今もこうして生きていると、はやくお友達に白状してしまいなさい。ほんとうに馬鹿な人ね。みんな怒るでしょうね。当然よ。だけど、あなたを失った哀（かな）しみに比べたら、それがなんだと言うの？　あなただって辛いだけじゃない。自分がどれほどおかしなことを言っているかわかっているの？　どうやらお友達はひとりではないようだけれど、その人たちから当然の怒りをぶつけられるのが怖いからといって会うのを避けているの？

クレア公爵の秘密をただで黙っているつもりはないとのことだけど、ホランド侯爵とわたしがその秘密を守るためにお金を払うと期待しているなら、とんだ誤算だったわね。わたしは欺瞞（ぎまん）のうえに築かれた一生を送るつもりはないし、いつまでも真実を隠しておけると楽観するほどおめでたい人間でもない。そんなことのために五百ポンド払えですって？　あなたはものごとをまともに考えられないのね。

M

追伸　前回と今回の返事の宛名は、今は亡き詩人や劇作家の名前ね。酒場の主人たちに告げても怪しまれることのない、つまらない偽名はもう思いつかなかったの？

親愛なるマリアン

ぼくがどれほど心配しているか、とてもことばでは書き尽くせない。
まず、きみは自分で手紙を酒場に届けているのか？　だとしたらすぐにやめてほしい。使いの少年を寄越せばいい。まったく、呆れた人だね。きみが手紙の受け渡し場所になっている酒場の近くをうろついていると考えるだけで心臓が爆発しそうだ。
それに、ぼくの偽名にもの申すということは、ひょっとしてこれまでに送った手紙をすべて取ってあるのか？　それも今すぐやめてほしい。全部燃やしてくれ。

あまりの恐ろしさに震えおののくRより

追伸　アラミンタ・クレグホーン宛てにセントジェームズ宮殿のそばにある〈スワン〉へ。あのあたりはロンドンの中でも品格のある場所だから安全だ。

Rさんへ

もちろん手紙は全部取ってあるわ。押し花と一緒に大好きな詩集にはさんであるの。枕の下に忍ばせて寝ることもある。

言われなくても、いずれはすべて燃やして処分するつもりよ。そんなこともわからないくらいまぬけだと思っているの？

わたしの身の安全についてはご心配なく。うまくやれているから。今では格子をつたって地面に降りるのも、番犬の気をそらすのもお手のものよ。新しいことを覚えるのは何年ぶりかしら。おかげで余計なことを考えずにすむからありがたいわ。

M

親愛なるマリアン

まさかほんとうに屋敷の窓から抜け出したりしていないだろうね？　ぼくを驚かせて、心臓発作でこの世からいなくなることを期待しているなら、お見事というよりほかない。夜が明けるまえに息絶えてしまうだろうから。

今度もぼくの手紙を詩集に隠しておくなんて軽率な真似をするつもりなら、誰の詩集にはさんでおくのか是非とも教えてもらいたい。一週間まえなら、きっとポープの詩集だろうと考えたかもしれない。何しろ彼の詩はどこまでもありきたりだから。だけど、きみが危険をかえりみない人だと知った今となっては、まったくもって見当もつかない。

Rより

追伸　クリストファー・マーロウ宛てにウェストミンスターの〈スター〉へ

Rさんへ

ラブレターを送られる気持ちどころか、大事に取っておく気持ちなんてまるで想像できないわ。わたしみたいに怒りっぽくて容姿も平凡な女には、優しさに満ちた愛情が向けられることはめったにないから。愚痴をこぼしているわけじゃないの。これまで男のせいでさんざんな目にあってきたから、これから先は男性に対して愛情にしろほかのどんな気持ちにしろ抱かずに生きていけるとわかってむしろよかったと思ってる。

手紙の隠し場所は、ちょっとまえならジョン・ダンの詩集と答えたかもしれないけれど、今のわたしには『アエネーイス』のほうが似合っているかもしれないわね。

M

親愛なるマリアン

『アエネーイス』はドライデンの訳で読んだのかな？　いずれにしろ、きみは今、神々から暴力的で辛い仕打ちを受けているということだね？

残念だけど、見た目はどうあれ、怒りっぽい女性が好みの男も一定数いる。そんなことも知らないなんて、きみのことがとても心配だ。

Rより

追伸　アンナ・ジェントリー宛てにイズリントンの〈エンジェル〉へ

Rさんへ

わたしが読んだのはラテン語の原書よ。今、わたしが置かれている状況についてはご推察のとおり。

これ以上ないくらい人生を台無しにしてしまった人たちの不運な冒険譚（ぼうけんたん）を読んでいると無性に気持ちが落ち着くの。言うまでもないけど、ディードーのことよ。彼女の最大の問題はアエネーアースを愛してしまったことだけど、ものごとを見抜く力に欠けていたのもよくなかった。ディードーはアエネーアースと戯（たわむ）れることにうつつを抜かして、カルタゴを敵から守るための壁の強化を怠った（読んだのはずいぶんまえだから記憶が曖昧だけど、そこは許してね）。思わず体を揺すって眼を覚ましてと言いたくなったわ。そのときから事態は悪いほうに向かって動きだしたのよ。

M

親愛なるマリアン

アエネーアースとディードーの肩を持つ日が来るとは思いもよらなかった。ぼくの知識はもっぱら、何年かまえに見たパーセルのオペラと今夜流し読みしたドライデンの翻訳によるものだけど、アエネーアースのために使命をないがしろにしたとディードーを責めるのはおかどちがいじゃないかな。そもそもディードーは神々の意思でそうさせられたわけで、ほかにどうしようもなかったのだから。読んでいると、彼女の哀れな心が壊れていくのが手に取るようにわかる。三人の神々に追い詰められたら誰だってそうなるだろう。

ぼくの感覚は現代的で、残念ながら古典に登場する人々の心の機微をちゃんと読み取れていないだけかもしれない。だとしても、正直なところ、この手の退屈な叙事詩に出てくる哀れな人々を責める気にはなれないし、同情を禁じえない。

それから、きみは自分の人生を台無しにしてなどいない。きみは何ひとつ悪いことをしていないのだから。

無知なRより

追伸　サミュエル・マカリスターに宛ててビリングズゲート魚市場のそばの〈ジョージ&ドラゴン〉へ

Rさんへ

悪いけど、わたしの人生が台無しになったかどうかはわたし自身が決めることよ。でも、ディードーみたいに火葬壇の炎の中に身を投げたりはしないから安心して。

共謀してディードーの心を惑わせた神は全部で五人いたんじゃなかったかしら。あなたの考えに従えば、ダンテがディードーを愛欲の罪で地獄に落としたのは不当な仕打ちってことになるわね（一番外側の地獄ではあるけれど）。彼女を罰するなら、カルタゴ創建の指揮を執る責任を果たせなかったことに対してであるべきよね。

お友達とは仲直りできたの？　尾行の最中に目撃した情報を持ち出すなんて、われながら品性を欠いているると思うけれど、あるコーヒーハウスのそばに長いことたたずんでいたわね。もう夜で、店はとっくに閉まっていたのに、あなたはずっとそうしていた。とても悲しそうな顔をして。隠れているのを忘れて暗闇から出てきてしまったこともあった。いつもならわたしの尾行をあっさりまいてしまうのに、あのときばかりは気もそぞろだったみたい。ねじを巻いて勇気を振り絞りなさい（この表現がどういう意味かはよくわからないけれど）。思い切って、店の中にはいるのよ。

M

親愛なるマリアン

きみの助言を受け入れた。ひっぱたかれて、叱られて、さんざん罵られたけど、きみがまえに言っていたとおり、ぼくがとんだ大馬鹿者だってことはみんなそれなりに受け入れてくれたみたいだ。込み入った話だからここには書かないけれど、自分が死んだと思わせていた理由は誰にも話すことができない。だけど、幸か不幸か、ぼくがそんなことをしたのには、そうせざるをえなかった事情があるのだろうとみんな納得してくれたらしい。ぼくの不誠実な行動がみんなをうろたえさせたのはまちがいないけど、それ以上にぼくが生きていたことを喜んでくれている。

ぼくからもひとつ言わせてもらおう。影に隠れているべきときとそうでないときを的確に判断できないとしたら、ぼくはとうの昔に命を落としていたはずだ。きみがぼくの姿を見たということは、ぼくがあえてきみに姿をさらしたからにほかならない。万が一きみが災難に巻き込まれたらどうする？　すぐそばに助けてくれる人が誰もいないのに、ひとりでふらふらさせておくわけにはいかないだろう？

Rより

追伸　セオドア・パイク宛てにスミスフィールド市場のそばにある〈サラセンズ・ヘッド〉へ

Rさんへ

あなたが生きているとわかって、お友達が喜ぶのは当然でしょう。わざわざ言うまでもないと思うけど、だからこそ友達と呼べるのよ。

もうひとつの点については、礼を尽くしてお返事をする気にもなれないわ。ひょっとしたら今夜あたり、わたしはあなたに気づかれずに忍び寄って帽子を奪うかもしれないわよ。

マリアン

愛しのマリアン

今夜、帽子を盗む代わりに、話ができないかな？　ぼくたちの交際範囲はいくらか重なっているようだし、それぞれが握っている情報は互いの役に立つと思う。

もし都合が悪いなら、昼間でもいい。考えてみてくれないか。

きみの従順なるしもべ、Rより

追伸　アダム・クラーク宛てにケンジントンの〈ブル&ブッシュ〉へ

1

一七五一年十二月
事件前日

男はすぐに意識を失った。今は眠っているようにしか見えない。あまりに呆気(あっけ)なくてマリアンはちょっとがっかりした。ポケットから絹の紐(ひも)を取り出し、男の手首を縛った。何もかもすこぶる順調に進んでいた。今回ばかりは周到に練りあげた計画がようやく実を結んだようだ。この部屋の階下(した)にはみすぼらしいとしか言いようのない酒場がある。その酒場に男が足繁(あししげ)く通っていると知り、マリアンは男のビールにそっとアヘンチンキを垂らして、男の意識が朦朧(もうろう)となるまえに階上(うえ)の部屋に連れ込んだ。カードゲームをしようと誘うと、男は愛想よく応じた。が、カードを配り終えるよりも先に気を失ったのだった。

「ビールがまだ残ってるじゃない」

貸し切った部屋にダイナがはいってきて言った。ドアの錠をおろしながら彼女は続けた。

「そんなにたくさん混入させたの？」

「イライザを産んだあと、あなたに飲むように言われたのと同じ量よ」

マリアンは分量をまちがえないようにきっちり量っていた。手足を縛る時間を稼げればそれで充分だった。

命まで奪って人殺しの汚名を着るつもりは毛頭なかった。

　ダイナは疑わしげに眉をひそめ、ブーツの爪先で男をつついた。

　マリアンは紐を縛り終え、立ち上がって言った。

「ちょっと、この人を蹴りたいならあとでいくら蹴ってもかまわないけど、まずはベッドに寝かせなくちゃ」

「どうして？」

「どうしてですって？」

「このまま床に転がしておけばいいじゃない」

　ふたりは床に横たわる脅迫者を見た。手首はしっかり縛ってあるから安心だし、気持ちよく眠っているように見えた。このけだものが一晩じゅう寝心地の悪いむき出しの冷たい床で眠りこけ、眼が覚めたときに体じゅうが痛んだとしても、マリアンにはどうでもよかったが。

「ベッドに寝かせて、ベッドの支柱に縛りつけておきましょう」

　マリアンはそう結論をくだした。

　ダイナは肩をすくめ、形だけは従うふりをした。それは名案だ、この部屋でおこなわれることにはすべて意味がある。ダイナがそんなふうに振る舞うには報酬が足りないのかもしれない。マリアン自身も名案などというものとはとうの昔に縁を切っていた。明日にはパーシーが父親――言うまでもないが、パーシーの父親というのは公爵のことだ――の馬車を襲撃し、例の本を奪う手はずになっていた。公爵は本を取り返すためなら大金を払うこともいとわないだろう。うまくいけば、パーシーとマリアンと生まれたばかりの娘が充分暮らしていけるだけの金が手にはいる。一年まえなら、無謀にもそんな恐ろしい計画を立てようなどと思いも寄らなかったかもしれない。が、一年まえはまだ次々と襲いかかる悲劇に押し潰されてはいなかった。一年まえのマリアンは絶体絶命な状況とは無縁だった。

今夜、ロブを拉致した目的は、明日の襲撃のあいだ彼が身動きをとれないようにしておくことだった。パーシーが仲間に引き込んだ騎乗強盗（ハイウェイマン）はロブを信頼している。もっと分別があるはずの人々もロブを信じているようだったが。

両方の手首をひとつに縛ってあるので、腕をつかんで引っ張り上げることはできなかった。男はぬいぐるみのように左右に揺れ動いた。ふたりよりもはるかに大きなぬいぐるみだった。

「手首の紐をほどかないと持ち上げられない」とダイナは言った。

「それは駄目。眼を覚ましたら殺されちゃう」

「殺されたりはしないでしょ。あんたには五百ポンドの価値があるんだから」

こんなときにこれ以上の慰めがあるだろうか。

「わかったわ」

マリアンはそう言うと、ひざまずいて紐の結び目をほどいた。

「さあ、急いで」

ふたりはそれぞれ男の片腕を抱え、引きずって移動させた。男のブーツの踵（かかと）が床板を引っ掻（か）いた。どうにかベッドの上に乗せると、マリアンは急いで男の手首をベッドの支柱に縛りつけ、安堵（あんど）のため息を漏らした。ポケットから紐をもう一本取り出し――イカの足を全部縛っても余るくらい紐を用意してあった――反対の手首も支柱にくくりつけた。

両手とも動かせないように縛り終えてから、マリアンはようやく男の顔を見た。カードテーブルの上には配られたままのマリッジ[3]の持ち札がふた組とアヘンチンキ入りのビールがはいった白目製のジョッキがふたつあり、その隣りに枝分かれになった燭台が置かれていた。粗末な部屋を照らす明かりは燭台に立てられた蝋燭だけで、室内は薄暗かった。マリアンは燭台を持ち上げ、意識を失っている男に向けた。尾行していたので顔は知っていたが、夜の暗がりの中で遠目に見ただけだったし、あのときはあとを尾けるのに必死で顔つきまでじっくり観察する余裕はなかった。

男の髪は赤毛で、髪粉はつけておらず、うしろでひとつにまとめていた。年の頃はマリアンと同じくらい、または一、二歳上か下といったところか。片方の眉を分断するように傷があり、頬にも別の傷痕があった。顎にはうっすらと無精ひげが生えていて、その下の肌は赤みがかっていた。

鼻をまたぐようにそばかすが広がり、さらに顔じゅうに散らばっているのに気づき、マリアンは意外に思った。脅迫者にそばかすは似合わない。どう見ても悪者の人相には見えない。とはいえ、わたしだって誘拐や監禁をするような人間には見えない。マリアンはそう思い直した。悲しいけれど自分には華がない。いつもそう感じていた。

蝋燭をテーブルに戻そうとすると、ダイナが彼女の手を押しとどめた。ダイナはまるでじっくり観賞するように脅迫者を眺めていた。マリアンはその様子を恨めしげに見た。

ダイナの手を押しのけると、横たわる男の姿はふたたび影に包まれた。

「うっとり眺めていたいなら、様子を見に来るついでにいくらでもできるでしょ」

3　カードゲームの一種。

「手のかかる赤ん坊がいなければね」とダイナは答えた。拉致監禁という重罪に手を貸すのとは別に、彼女にも自分の生活があるのだ。なんとも残念なことだが。

「なるべくはやく戻ってくるわ」とマリアンは言った。

運が味方してくれれば、そのときにはマリアンもパーシーも公爵から必要なものを手に入れていて、もはや脅迫を怖れる心配はなくなっているはずだ。マリアンとしては、パーシーが公爵の馬車を襲撃するあいだ、この男が遠く離れた場所にいて、絶対に邪魔できないようにしておきたかった。神に誓って余計なことに首をつっこむのが使命とでも思っているのか、いかにもしゃしゃり出てきそうな男だったが、なんとしても邪魔させるわけにはいかない。明日の夜、すべてが終わったら解放するつもりだった。そのあとは男のことなど二度と思い出すこともないだろう。

この一年、辛酸をなめ尽くしてきたが、ようやく風向きがよくなってきた。なぜかはわからないが、マリアンはそんな気がしていた。

2

意識が完全に戻るよりも先にロブにはわかっていた。どうやらクスリを盛られたらしい。アヘンチンキについては身をもってよく知っていた。はずれた骨を元の位置に戻したり、傷を縫い合わせたりするときに口に流し込まれた経験が何度もあった。飲むとやたらと咽喉が渇くことも、頭がぼうっとなることも知っていた。少ししてから誰の仕業か思い出し、眼を見開いた。そのときになって初めて、手首を縛られ、部屋にひとり置き去りにされていることに気づいた。

拘束されるのは好きではなかった。拘束されるのが好きな人などいないだろうが、ロブの場合はこれまで何度も投獄された経験があるので、縛りつけられるのはとにかく嫌いだった。こんな仕打ちをされるとはひどく不愉快だ。マリアンが戻ってきたら面と向かって文句を言ってやる。もし彼女が戻ってくればだが。

いや、絶対に戻ってくる。それは断言できた。おれが朽ち果てるまでこの狭苦しい部屋に放置しておくわけにはいかないだろう。殺すつもりなら、とっくにやっているはずだ。マリアンは中途半端なことをするような人間ではないし、とどめを刺すまえに怖じ気づいて逃げ出すような女でもない。そう思うといくらか気が楽になった。それに窓の外から通りの喧噪が聞こえてくることも心強かった。いざとなれば大声で助けを呼ぶこともできそうだ。

それに、ひょっとしたら——縛られている手首を片方引っ張ってみた——ああ、どうにかなりそうだ。丈夫な縄ではないし、手錠でもない。髪を束ねるリボンと大差ない頼りない紐で縛ってあるだけで、紐の表面がつるつるしているのも好都合だった。同じ姿勢でずっと寝かされていたせいで首は凝り固まっていたが、どうにか横を向いて手の動きを確かめることはできそうだった。そう、まず親指を動かして……激痛が走った。落ち着け、骨が折れてしまっては元も子もない。ロブは深呼吸し、パニックに陥らないように気持ちを落ち着かせ、ゆっくり指を動かした。

もぞもぞと手を動かしつづけ、ようやく親指と人差し指が結び目に届くようになった。ここまでくれば、あとは時間の問題だ。間近にそびえる壁の存在を感じないですむようにロブは眼を閉じた。迫ってくる壁を意識から追い出し、眼を閉じたまま指の感覚だけで作業を続けた。やがて、手が自由になった。

次に誰かを誘拐するときには、まず紐の結び方を覚えてからにしたほうがいい。マリアンにそう教えてやらなければ。それに、ガウンの腰紐を縄の代わりに使ってはいけないことも。とはいえ、素人にしては上出来だった。それは認めざるをえない。このおれとしたことが、相手が誰かも気づかずに、一晩意識を失ってしまうほどのアヘンチンキを飲まされてしまったのだから。

頭はまだ綿を詰め込まれたようにくぐもっていたが、どこか妙な感じがした。誘拐され、監禁されていただけではない、それ以上に何かがおかしい気がした。ロブはもう一方の手を縛っていた紐もほどき、よろめきながら立ち上がった。腰に手をやると、短剣がなくなっていた。当然だ。マリアンだってそのくらい気づくだろう。手を伸ばしてブーツの中を探ると、裏地に隠しておいた小型のナイフはそのままそこにあった。ロブにとっては好都合だが、どこに武器が隠されているか、マリアンはもっと学ぶ必要がありそうだ。

次の瞬間、ロブははっとしてコートの裏地を指でなぞった。いつものように紙の感触があるのを確認し、ほっとして大きく息を吐いた。

薄汚れた窓ガラスを通って陽光が射し込んでいるところを見ると、もうすっかり朝なのだろう。ということは——しまった、今日は強盗の決行日だ。ほんとうなら、今頃はオックスフォードシャーの宿屋で公爵の乗馬従者たちをほどよく酔わせ、銃を隠してこちらに有利な状況を整えておく算段になっていた。今から向かってもとうてい間に合わない。キットはおれに見捨てられたと思うにちがいない。

ロブはアヘンチンキのせいでぼうっとする頭をすっきりさせようと、これまでにわかっていることを一から整理してみた。公爵の息子は、ほんのひと月まえまで自分が公爵の正統な跡取りだと信じて疑わなかった。その息子が父親の馬車を襲撃しようと画策し、キットに助けを求めた。彼がくそ野郎のクレア公爵からいったい何を奪おうとしているのか、強盗を引き受けてくれそうなハイウェイマンを探す過程でどうやってキットにたどり着いたのか、ロブはまったく知らなかった。

さらに言えば、その一、どうしてキットはそんな申し出を受け入れたのか、その二、どういうわけでその男と恋に落ちることになったのか、どちらもまるで理解できなかった。誰にでも見境なく恋してしまうのはむしろロブのほうだった。キットはそんなロブを愚かだと諭し、彼の恋が破局を迎えるたびにぞんざいに肩を叩(たた)いて慰めてくれたものだった。立場がすっかり逆転してしまった今、どうすればいいのかロブには見当もつかなかった。

キットに頼まれて強盗に手を貸すことにしたものの、クレア公爵と自分の関係も、ちょっとした脅迫に手を染めていることもキットには話さなかった。

今になって、打ち明けておけばよかったと激しく後悔していた。マリアンの目的がロブを強盗計画から排除することだとすれば――でなければ監禁した理由に説明がつかない――脅迫状の送り主がロブであることだけでなく、ロブがキットの強盗稼業の相棒だということも彼女は知っているにちがいない。だから、彼がキットの強盗計画に加担できないように手を打ったのだろう。なんだか気に入らなかった。マリアンはなんのためにそんなことをしたのか。ロブには想像がつかなかった。

しかし、それはあとで考えればいい。まずはここから抜け出すのが先決だ。マリアンが戻ってくるまえに。

3

以前のマリアンなら、自分は聡明な女性だと言ってはばからなかっただろう。少なくとも愚かではないと自負していた。仮に愚か者だとしても、この王国で誰よりも無知な人間であるはずはないと。ところが、今はこの国どころか世界のどこを探しても、ここまでひどい失態を犯す人間は自分をおいてほかにいないと自信を持って宣言できた。災いを呼び込むことにかけては、自分には前例を見ないほどの才能、それこそ希有で伝説的ともいうべき才能がある。そう思わざるをえなかった。

この先、娘とふたりきりの生活で困窮し、頼れるあてもないとしたら、生きていくために回顧録を出版するのもいいかもしれない。自分が誰かと結婚すれば一家が抱えている問題をもれなく解決できると思い込んでいる、世界じゅうの若く聡明な令嬢たちに向けた教訓ならいくらでも書けそうだ。『結婚——それは想像をはるかに超える苦行』たとえばこんな題名で。もっとも、そんなものは誰の役にも立たないかもしれない。重婚の罪を犯した公爵に嫁ぐなどという災難は誰の身にも起きることではないし、起きてほしいとも思わない。たとえ最大の敵であっても、そんな不幸な目にあってほしくはない。もはや誰が最大の敵なのか、マリアンにはわからなかったが。その称号にふさわしい人物を集めたら村がひとつできるくらい候補は大勢いた。

いや、それは正しくない。どれほど窮地に追い込まれても、自己欺瞞に陥ってはいけない。マリアンにとって最大の敵は公爵だ。二番目が自分自身、三番目が脅迫者だった。

次の手紙にはそのことを忘れずに書いておこう。そう思うと少し元気が出た。

「前略。いつもなら、あなたをわたしの最大の敵として称えます、おめでとうと言うところだけど、こんなことになってしまったから、残念だけどあなたは三番目なの。一番上の兄や議会の面々が自分のほうが上位だと正当な権利を主張したら、もっと順位が下がるかもしれないわね」

マリアンは袖についた乾いた血を無意識に払い落とし、ふと、もう手紙を書くことはないのだと思い出した。隣りには死体が横たわっている。強盗計画は失敗に終わった。公爵の秘密が隠された本を盗み、引き換えにお金を要求して、そのお金でパーシーも自分も何不自由なく暮らす。そういう計画だったのに、マリアンは公爵を殺してしまった。正確にはまだかろうじて生きているが、もはやどちらでも同じことだ。まだ息はしているものの、血も流れつづけている。馬車は大急ぎでロンドンに向かって疾走しているが、公爵の呼吸は弱くなる一方なのに、出血はますますひどくなっていた。この分では、夜が明ける頃にはパーシーが新しい公爵だ。

いや、パーシーが公爵になることはない。もともと公爵の重婚の罪を公表するのも計画のうちだった。それが公爵に課すことのできる最大の罰であり、そうすることでパーシーもマリアンも公爵の支配から逃れられるはずだった。重婚の事実が明らかになれば、非嫡出の息子であるパーシーはもはや用なしだし、マリアンも公爵夫人ですらなくなる。その代わりに、どこかの娼婦の息子が公爵の跡継ぎになるわけだが、哀れなその青年がどうなろうと、そんなことはどうでもよかった。大事なのはパーシーともども公爵のもとから逃れることだった。その公爵が死んだとなると、この先どうすればいいのか。マリアンは途方に暮れた。

どうやら頭がちゃんとはたらいていないようだ。マリアンは何も考えられなかった。何も感じていなかった。無理もない。きっとショック状態に陥っているのだろう。銃声はまだ耳に残っていた。二発の銃声――最初に公爵がパーシーを撃ち、そのあと彼女が公爵を撃った――が耳の奥でこだましていた。公爵が撃った弾丸はパーシーに命中したが、当たったのは脚で、歩けないほどひどい傷ではなかった。それでもそのことは考えたくなかった。今のマリアンにはパーシーのためにできることは何もない。公爵が重傷を負った理由にパーシーが関係していると誰にも知られないようにすること以外は。もちろん、パーシーに責任はない。すべてはマリアンがしたことだ。

マリアンの服の左袖には血が染み込み、左側の胸もとにも大量の血が飛び散っていた。おそらく顔も血で汚れているはずだ。どことなく心地が悪い感じはするが、そう感じているのは遠く離れた誰か別の人の体のような気もした。

気づいたときには馬車はもうロンドンに差しかかっていた。オックスフォードシャーからの道中、マリアンはずっと呆然としていたにちがいない。今にも死にそうな公爵を屋敷に連れ帰って医者に診せるべく、馬車は猛スピードで進んでいた。屋敷に着くまで公爵が持ちこたえたら、そのときはそのときだ。

「公爵閣下が盗賊に撃たれたの」

馬車が屋敷に到着すると、マリアンは執事に向かって言った。

「すぐにお医者を呼びにやってちょうだい。ええ、わたしは大丈夫。どこも怪我していないから」

マリアンはメイド頭にも同じように伝えた。使用人が数人がかりで公爵を馬車から運び出した。そのほかの者たちもぼうっと突っ立っているだけの役立たずというそしりを免れるべく、みな屋敷じゅうを右往左往していた。その混乱に乗じて、マリアンは裏口からそっと屋敷を抜け出すと、厩舎の釘に掛けてある古びたマントをつかみ取り、夜の闇に紛れて歩きだした。

人殺しの罪で縛り首になるわけにはいかない。銃を手にしている姿は誰にも見られていなかったはずだ。だとしても、いつどんな形で事実が露見してもおかしくはない。もし自分が絞首刑になったら、イライザもパーシーも実家の父親も頼れる人がいなくなってしまう。三人ともマリアンがいなければとても生きてはいけないだろう。イライザはまだ赤ん坊だし、父親は年老いて衰弱している。パーシーにしても、以前はもっと分別がある人だと思っていたけれど、今では例のハイウェイマンにめろめろで、すっかり舞い上がっている。かわいそうなパーシー。

自分に殺人の疑いがかけられているかどうかはっきりするまで、どこかに隠れているしかない。場合によっては大陸に逃げることになるかもしれない。遠く離れた逃亡先――ヴェネチアはどうだろう。マリアンのイタリア語は充分通用するレヴェルだし、パーシーは気候がすばらしいと言っていた――からみんなの面倒をみられる方法を見つけなくてはならない。が、それはあとで考えればいい。さしあたって、体じゅうについた血をどうにかしなくてはいけない。

やらなければならないことはほかにもあった。あの男をベッドに縛りつけたままだった。脅迫者が無事かどうかを気にかけるとは妙な話だが、放っておくわけにもいかない。ダイナが呼び出されて出かけてしまうか、なんらかの事情で監視できない状況だとしたら、男はそのまま放置されて飢え死にしてしまうかもしれない。マリアンはその責めを負いたくなかった。ひとりの人間を死に追いやるだけでも充分罪深いのに、一日にふたりも殺すことになるなど考えたくもなかった。

ブリーチズに歩きやすいブーツという出で立ちをしていれば、脅迫者を閉じ込めるために借りた部屋まで歩いて十五分で着く。しかし、旅行用の服を着て、くるぶしまでしかない短いブーツを履いているせいで、かなり時間がかかった。部屋に通じる最後の階段をのぼりきる頃には息があがっていた。もっともそれは体を動かしただけではなく、神経が昂ぶっているせいでもあったが。それでも、手は震えていなかった。マリアンはしっかりした手つきでドアフレームの上に隠しておいた鍵を取り出し、鍵穴に差し込んでまわした。

部屋は真っ暗で、誰もいなかった。窓が開け放たれていた。暗闇に眼が慣れるまでに少し時間がかかり、そのあと眼に飛び込んできた状況に理解が追いつくまでにさらに少し時間がかかった。ベッドはもぬけの殻だった。脅迫者はいなくなっていた。

今となってはもうどうでもいい。マリアンはそう思った。あの男を拘束したそもそもの理由は、強盗に加担できないように遠ざけておくためだった。その強盗計画はというと、これ以上望みようがないほどひどい失敗に終わった。だから、むしろ厄介払いできてよかったのかもしれない。これで心配の種がひとつ減ったのだから。

マリアンは混乱が渦巻く頭の中を引っ掻きまわし、何をすべきか答を見つけようとした。今の彼女は全身血まみれで、男を監禁するためにわざわざ借りた部屋になす術もなくただ立ち尽くしていた。何をするにしても、真っ暗では動きようがない。そう考え、炉棚に置かれた火口箱を取って、火をおこすことにした。寒さでかじかんでいるのか、それとも脳がきちんとはたらいていないからなのか、指がいうことをきかなかった。一時間にも感じられるほどの時間をかけて、ようやく付け木に火を移した。

マントの内側から手紙の束を出し、火床に置いて、付け火を近づけた。もう乾いていたのか、マリアンが思っている以上に血は燃えやすい性質なのか、いずれにせよ手紙はまたたく間に炎に包まれた。付け木でつつきながら、手紙が完全に灰になるまで燃やした。炎を見つめながら、この手紙を受け取った自分とは別人格の女の人に——あろうことか、返事を書くのを心のどこかで愉しんでさえいたその人に、最後のお別れを告げているような妙な感覚にとらわれた。

蝋燭に火を灯すと空になったベッドが眼にはいった。男の手首を縛っていた紐はベッドの支柱にむなしくぶら下がっていた。結び方が甘かったのだろう。彼女には紐をうまく結ぶことさえできなかったというわけだ。

ふと窓のほうから音がして、思考が遮られた。驚いて振り向くと、長い脚が一本、続いてもう一本現れ、男が窓から這い上がってきた。

殺される。マリアンは咄嗟にそう思った。それならそれで、悲惨な一日を締めくくるのにふさわしい終わり方かもしれない。マリアンは思わず息を呑んだが、声は出さなかった。悲鳴をあげたところでどうにもならない。このあたりは誰かが大声を出しても気にとめる者などひとりとしていない場所だった。

侵入者の全身が見えた。蝋燭の光が男の顔を照らした。あの脅迫者だった。

そうとわかって、マリアンは……なぜほっとしているのか？　やはり、まともに考えられなくなっているにちがいない。

「何をしてるの？」とマリアンは訊いた。眼のまえで何が起きているのか理解できなかった。せっかく拘束を逃れて自由の身になったのに、この男はどうしてわざわざ戻ってきたのだろう？

「ちょっと出かけなきゃならなくてね」

脅迫者はブリーチズについた埃を払い落としながら言った。

「犬に餌をやらなきゃならなかったんだ」

「犬なんて飼ってないでしょ」

唯一理解できたのはその部分だけだったのでマリアンはそう答えた。

「それはわかってる。何週間も尾行してたんだから。物書きが大勢暮らしている物騒な場所に部屋を借りて住んでることも。犬はおろか、替えのブーツすら持ってないはずよ」

「じゃあ、猫かな」

男は陽気に手を振って言った。

男が戻ってきた理由は明らかだった。今さらながらマリアンはその理由に思い当たった。

「わたしを殺すつもりで戻ってきたなら、さっさと終わらせてくれる？　今日はさんざんな日だったの」

「そんなつもりはないよ」

そのとき初めて男はマリアンをちゃんと見た。

「ぶしつけに聞こえたらすまないけれど、それは誰の血かな？　きみの血じゃないことは確かだ。そんなに出血していたら、今頃はもう死んでいるだろうから。おれが気にしているのは、それがキットの血なのかってことだけど」

「公爵の血よ。この服がほぼ吸い込んでしまって、本人の体内にはほとんど残ってないんじゃないかしら。わたしが公爵を撃ったの」

いざ声に出してみると、まるで高い場所から自分を眺めているような気がした。今日一日に起きたことはどれも自分ではないどこかの不幸な女性の身に降りかかったことのように思えた。

「へえ」

男はまるで天気の話でもしているみたいに素っ気ない返事をした。

「服を脱ぐのを手伝ってもらえない？」

マリアンはそう言って、男に背中を向けた。賢明な判断とは言えなかったが、これまで知恵を巡らせて練りあげた計画はことごとく災いをもたらしただけだった。今さら何をしたところでどうせうまくいかないだろう。何より血に染まった服を一刻もはやく脱ぎ捨てたかった。これ以上このままでいたら今にも気が狂いそうだった。

男が近づいてくる足音が聞こえ、腰のあたりを軽く押される感触があった。マリアンは思わずびくりとした。

「紐がどこにあるか捜しているだけだ」と男は穏やかな口調で言った。「ああ、これか」

男が手際よく腰紐をほどいていくのがわかった。慣れているのだろう。しかし、余計な場所に手を滑り込ませたり、必要以上に長く触れたりはしなかった。体を締めつけていた布地から解放され、マリアンはほっとして思わずため息をつきそうになった。スカートと胴着（ボディス）を脱いだ。どちらも燃やしてしまわなければならない。下を向いてまだ身につけているペチコートを見た。これも燃やさなければ。何もかも。マリアンは服をすべて脱いで山積みにし、血がわずかに染み込んだシャツ一枚という姿になった。

見ず知らずの男のまえでストリップショーを演じている。ぼんやりとではあるが、その自覚はあった。もっとも、今すぐこの服を脱ぐためなら、たとえオペラハウスの舞台の上でも、あるいは大聖堂の日曜礼拝の最中でも同じことをしたにちがいない。

ベッドの足もとに置かれた旅行用のトランクにはブリーチズとシャツ、それにこの数週間、夜な夜な男を尾行するときに身につけていた変装道具がすべてしまってあった。万が一に備えて着替えを用意しておくに越したことはないと考えたのだ。さんざんな一日だったが、ただひとつこの周到な備えだけは功を奏した。おかげできれいなシャツに着替えられる。このときほど一枚のシャツがこれほどありがたく思えたことはなかった。

「まだ着ちゃ駄目だ」と男は言った。テーブルについて坐り、カードの束をだるそうにシャッフルしていた。昨夜、彼がアヘンチンキを飲んで意識を失うまえに、マリアンが配ったままになっていたものだ。男はマリアンに眼を向けずに続けた。

「いいかい。まず、体についた血を拭かないと。拭きながらどこかに傷がないか確認するんだ。しばらくしてから怪我していたと気づく場合もあるから。ちゃんと確かめないと、せっかく着替えてもまたシャツが血で汚れてしまう」

夫を殺したあとはどう行動すればいいのか。そんなことをよく知っている人がそばにいる。その事実にマリアンはありえないほど安心した。自分ひとりではきっと途方に暮れていただろうし、何もできない状況に置かれること自体が嫌だった。マリアンは元来、無計画にものごとを進める性質ではなかった。綿密な計画がことごとく災難しかもたらさなかったとしても、手のひらを返すように計画的に行動することをやめる気にはなれなかった。この状況でまず何をすべきか。それをこの男が教えてくれるというなら、喜んで従うまでだ。

洗面台には水差しが置かれていたが、手ぬぐいはなかった。脱いだ服の汚れていない部分を切り裂いて手ぬぐい代わりにするしかなさそうだ。といっても、血で汚れていない部分はほとんどなかった。

男がぶっきらぼうにハンカチーフを差し出した。顔をあげずに相変わらずカードの束を見つめていた。

マリアンはハンカチーフを受け取った。鏡はなかったが、できるだけきれいに体を拭いた。布地が肌をこするたび気持ちが楽になっていった。今日という日をなかったことにしようとするかのようにマリアンは力を込めて肌をこすった。

4

その夜、ロブは一晩じゅうコーヒーハウスを見張っていた。計画では、公爵の馬車を襲撃したあと、キットは店に戻ることになっていた。ところが、帰ってきたのはキットではなく、偵察要員として雇った仲間のひとりだけだった。しかも、その仲間は見るからに狼狽していた。

そのときまでロブはマリアンに悪意を抱いてはいなかった。過去はそっくり水に流す、そのつもりでいた。ロブはマリアンを脅迫した。マリアンはロブを監禁した。それでおあいこのはずだった。

しかし、彼女が自分を監禁した目的がキットに危害を加えるためだったとしたら、話はちがってくる。不快極まりないこの狭い部屋にわざわざ戻ってきたのは、それを確かめるためだった。

ショック状態に陥ると人はどうなるか。ロブはそれを知っていた。何度も目のあたりにしてきたので、わかりすぎるくらいわかっていた。ショックから確実に抜け出す方法はひとつしかない。ただ時間が過ぎるのを待つ、それに尽きる。そうすれば、まっさらなシーツで全身を覆うように、いずれは新たな現実を受け入れられるようになる。その新たな現実がいかに悩ましいものだとしても。

今、ロブの眼のまえには、全身血まみれにもかかわらず、虚勢を張り、毒舌をふるう女——彼に何度も手紙を書いて寄越した女——がいた。ロブの本能は忌々しくもその女を毛布でくるみ、紅茶を飲ませてやれと囁いていた。が、そのまえにやらなければならないことがある。ショック状態にある今なら正直に口を割るかもしれない。今のうちにできるだけ情報を引き出しておきたかった。

「最初から公爵殺害の罪でキットを絞首台送りにするつもりだったのか？」

マリアンが体を拭き終え、服を着るのを待ってロブは尋ねた。

正直に白状するとは思っていなかったが、ひどくがっかりした表情で見つめ返されるのは予想外だった。

なんて馬鹿な人なのかしら。マリアンの表情はそう言っていた。

「今のわたしを見て何かを企てていると疑っているなら、おかどちがいもいいところよ。公爵は撃たれる予定じゃなかった。わたしにも、ほかの誰にも。生かしておいて、お金を払ってもらうはずだった。死んでしまったら払えないでしょ？　でも、こうなってしまった以上、わたし自身もパーシーも絞首刑にならないように願うしかない。あなたのまぬけなお友達もね。そんなことになったらパーシーが嘆き悲しむから」

なるほど。それがほんとうなら、お互い利害は一致しているようだ。もっとも、ほんとうかどうかわからないが。

「公爵を撃つところを誰かに見られたか？」

「いいえ」

マリアンはそう答えたが、どこか自信なさげだった。

「わたしたちは馬車の中にいた。だから誰からも見えなかったはずよ。だけど、絶対とは言い切れない。御者にも、乗馬従者にも、ほかの者たちにも、公爵はハイウェイマンに撃たれたって話した。みんなそう信じていると思う。それと、公爵がハイウェイマンを撃ったとも話したけど、それも信じてると思う。もっとも、こっちは事実だから、わたしの手柄じゃないけど」

ロブは状況を理解しようと少し考えてから訊いた。

「公爵は誰を撃ったんだ？」

「パーシー。撃たれたのは脚だったし、そのあと歩いていたから重傷じゃないと思うけど。だとしても、友達が撃たれるのを見るのは気分がいいものじゃない」

そういうことか、とロブは納得した。ホランド侯爵が怪我をしたなら、キットがロンドンに戻ってこなかった理由も、仲間が慌てた様子だったのも説明がつく。

「公爵が先にホランド侯爵を撃って、そのあときみが公爵を撃ったのか？」

「そうよ」

ロブの予想に反して、マリアンの答はこれまでのところすじが通っていた。ふつう、大量の血を浴びたばかりの人は、すぐには落ち着きを取り戻せないものなのだが。

「公爵は銃を二丁持っていたのか？」

状況から考えて、公爵が発砲したあと、その銃を奪って弾丸を込め直すチャンスはなかっただろう。

その質問にマリアンは少したじろいだ。

「パーシーの銃を使ったの。パーシーの手から奪い取って、それで公爵を撃った」

「その銃は今どこにある？」

マリアンはさっき脱いだ血まみれの服の山を示した。

「その辺にあるわ、ポケットに入れたから」

それなら安心だ。馬車の中から公爵のものではない銃が見つかっては都合が悪い。ロブはコートの内側に手を突っ込み、スキットルを取り出してマリアンに差し出した。何か飲ませたほうがよさそうに思えたのだ。

マリアンは趣向を凝らしたつくりのスキットルを疑るように見た。ロブは先にひと口飲み、おれは毒を盛ったりしないと表情で伝えてから、もう一度差し出した。マリアンは今度はスキットルを受け取って飲み、顔をしかめた。おそらくジンは飲み慣れていないのだろう。

「これからどうするつもりだ？」とロブは訊いた。

「わたし――」

マリアンは何か言いかけ、誰と話をしているのか急に思い出したように眼を細めた。

「あなたには関係ないでしょ？」

いや、関係大ありだ。キットの身に危険が及んでいないことを確信できるまで、きみを放免するつもりはない。ロブとしてはそう言ってやりたかったが、ただ肩をすくめるだけにした。

「おれは善きサマリア人[4]なんでね」

マリアンはその申し出をどう受け止めたかはっきりわかるような声を漏らした。

「父が住んでいるケントの家に行くつもりよ」

マリアンの父親がアインシャム伯爵であることはロブも知っていた。父親に匿ってもらえば逮捕されずにすむと考えているのかもしれない。

「公爵の屋敷に戻って悲劇の未亡人を演じるほうがよっぽど安全じゃないかな。誰に何を訊かれてもハイウェイマンに襲われたと言っておけばいい。逃げたら疑われるだけだ」

4　新約聖書『ルカによる福音書』でイエスが語るたとえ話より。困っている人に進んで手を差し伸べる人を指して用いられる。

それまで弱々しかったマリアンの眼差しが一転して冷酷な眼つきに変わり、ロブは圧倒された。

「あなたには関係ない」

マリアンは一音一音区切るようにきっぱりと言った。

ロブは別の方向から攻めることにした。思慮を欠いた決断をなんとしても食い止めなければならない。

「確か娘がいるんじゃなかったか？　まだ赤ん坊の。きみがケントに行っているあいだは誰が面倒をみるんだ？」

先ほど浴びたのは冷酷な視線だったが、今、マリアンが浮かべているのはあからさまな侮蔑の表情だった。みすぼらしいブリーチズを穿き、シャツの裾を外に出したままという出で立ちで、そこまであからさまに嫌悪をむき出しにするには相当な労力が求められるにちがいないが、マリアンは見事にやりのけていた。

「あなたに言われるすじあいはない」

マリアンはピンをはずして髪を振りほどき、三つ編みにした。まるで黒い絹が肩にかかっているようで、ロブは思わず眼をそらした。

「あなたも一緒に来てもらうわよ、もちろん」とマリアンは続けた。

ロブは眉を吊り上げて答えた。

「そうなのか？」

「ここに置き去りにして、好き勝手に引っ掻きまわされたら困るもの」

「おれが何を引っ掻きまわすっていうんだ？」

はたして彼女の眼つきはさらに険しくなるのか。ロブはそれが知りたくて、あえてつっかかってみた。

「あなたはわたしを脅迫していたのよ」

マリアンは苛立ちもあらわに言い返した。

「これでまた脅迫の材料が増えた。それに、今、わたしと公爵の結婚は無効だったって世間に知られるのはとってもまずい」

支離滅裂だ。ロブはそう突っ込みたくなった。マリアンが絞首刑になってしまったら、わざわざ脅迫する意味がないではないか。そんなこともわからないほど彼女は馬鹿ではないはずだ。

とはいえ、一緒に来いというなら反論する理由はない。今回の件で彼女がキットを危うい立場に追い込んだりはしないと確信を持てるまで眼を離すつもりはなかった。一緒にケントに行くほうが、あとを尾けるよりずっと楽だ。何より、彼女は錯乱している。冷静に判断できる人がそばについているほうがいい。

本音を言えば、リードにつながれた犬のようにどこまでも彼女についていきたかった。何か月も思い焦がれた挙げ句、ようやくこうして会えたのだ。その喜びを噛みしめたかった。もっともそれは取るに足らない理由ではあるが。

「一緒に行ったら、おれに得になることはあるのか？」

マリアンに怪しまれるといけないのでロブは一応尋ねた。

「あげられるものは何もないわ」

「いや、それは嘘だ。きみの親父さんの屋敷には高価なものがたくさんあるはずだ。もっともおれが欲しいのはそういうものじゃないが」

マリアンが体をこわばらせたのを見て、ロブは自分のあやまちに気づいた。

「ちがう、そういう意味じゃない。そんなつまらないもののために交渉してるわけじゃない」

そのことばにマリアンは気分を害したらしい。ロブは思わず吹き出しそうになった。

「おれの望みはひとつだけ、公爵の正統な後継者が跡を継がずにすむことだ」

今度はマリアンが眉を吊り上げて言った。

「その人を知っているの？」

「そいつは公爵になるのにふさわしい男じゃない」

それはまんざら嘘ではなかった。確かにロブは公爵にふさわしい人間とは言えなかった。そもそも公爵なんてものは存在すべきではないと考えているのだから。

「あえて言うまでもないけれど、その人に公爵になってほしくないなら、重婚の問題をわざわざ掘り起こしてわたしを脅迫したりせずにそっとしておけばよかったと思わない？　ただ知らん顔していればよかったじゃない」

ロブは歯ぎしりして答えた。

「いろいろ複雑でね」

「もしわたしにパーシーが確実に跡を継ぐよう仕向けられるだけの力があったとしたら、とっくにそうしていたと思わない？　ハイウェイマンを頼って強盗を企てたり、薬を盛って誰かを監禁したりする必要はないでしょ？　ほかに方法があれば窃盗なんかに手を染めたりしてないと思うけど」

「それはそれは、ずいぶん忙しくしていたみたいだね」

ロブはつぶやくように言った。愛をうたった詩ははるか昔から数え切れないほど詠まれてきた。それなのに、愛する人がどれほど犯罪に長けているかを称えた詩がないとはなんとも残念だ。内心そんなことを思いながら。

「ホランド侯爵が跡を継ぐかどうかはどうでもいい。誰が継ごうとおれの知ったことじゃない。公爵の正統な妻の息子でなければ誰でもいい」

マリアンはまじまじとロブを見て言った。

「それならどうにかできるかもしれない」

ロブが手を差し出すと、マリアンは一瞬その手を見つめてから自分も手を出した。きっと冷たい手をしているのだろう。ロブはそう思っていた。ところが、触れてみると意外にも温かかった。ロブは契約を取り交わすときのように握手し、それから手を離した。

「この時間じゃもう駅馬車には乗れない」

ロブは脚をまえに投げ出して言った。マリアンは彼に険しい眼を向けた。彼の要求はそれだけではないと思ったのだろう。

「そんなに怖い顔をしないでくれ」とロブは言った。「きみは今日すでにひとり殺している。ふたりめになるのはごめんだ」

マリアンが息を呑むのがわかった。

「屋敷に着いたときはまだ生きてたわ」

「誰に撃たれたか話せないまま死んでくれることを願うしかないな。気づいてないかもしれないけど、だからこそロンドンにとどまるほうが安全だと思わないか?」

マリアンは唖然として言った。

「それってどういう――」

「やりかけたことは最後までやり通すのがすじだってことだ」

ロブとしても、それだけは言っておかなければならない気がした。

「公爵が息を吹き返す心配はないということなら、夜が明けるのを待って馬車に乗るか、馬を借りて今夜のうちに発つか。馬には乗れるか？」

マリアンはまたしてもロブに冷たい視線を向けた。

「乗れるわ、もちろん」

「またがって駆けられるか？　横向きに腰かけるんじゃなくて」

「またがってでも横向きでもはやく走れる」

この次に教会に行ったら、蝋燭を灯して泥棒と浮浪者の守護聖人に感謝しなくては。どれだけ多忙な聖人か知らないが、おかげで馬車で移動せずにすむ。ロブは閉所恐怖症だった。狭苦しい馬車に閉じ込められるなんてまっぴらだった。

「それから、馬を借りられるだけの金は持ってるだろうね。誘拐されるのに、自分で金を払いたくはないからな」

「当然でしょ」

マリアンはそう言うと、床に積まれた衣服の山の中から硬貨入れを見つけだした。ロブは硬貨入れが彼女のポケットにおさまるのをさりげなく眼で追った。いつ何時でも金のありかは知っておくに越したことはない。

「けっこう。じゃあ、行こうか」

ロブは新聞をたたんで立ち上がった。マリアンはたんすの引き出しを開けて何やらあさっていた。ロブはそこにたんすがあることすら気づいていなかった。

「友達に書き置きをしていくわ。何があったのか伝えなくちゃ」

「馬鹿を言うな。この部屋に書き置きを残すなんてありえない。どうしても伝えたいことがあるなら、最初に通りかかった宿から手紙を送ればいい」

「馬鹿ね、あらいざらい告白するわけじゃないわ。わたしも、それからあなたも、生きてるって知らせるだけよ。殺人の罪で逮捕されるかもしれないって不安にならないように。そんな心配をしながら過ごさなきゃならないなんて耐えられないでしょ」

「好きにしたらいい」

ロブは肩掛けかばんの中をあさり、紙切れと鉛筆を取り出した。マリアンが伝言を書き、紙切れをベッドの上に置いた。

今ではすっかり見慣れた手書きの文字を見て何か感じるところがあるかもしれない、そんな誘惑を無視して、ロブは紙切れを手に取って読んだ。〝わたしたちは生きています。予定が変更になりました〟サインもイニシャルもなかった。ロブは紙切れをもとの位置に戻した。

「さあ、服と銃を持って」

マリアンは外套(がいとう)を拾い上げたものの、残りの衣類をブーツの爪先で蹴って言った。

「もうどれもいらない。ここに置いていきましょう」

「いいか、きみにつながる痕跡はできるだけこの部屋に残しちゃいけない。すじ書きはこうだ。きみは夫が無残にも盗賊に殺されるのを目撃して、ひどくショックを受けた。どうすればいいかわからず、身の安全と慰めを求めて父親のところに行った。きみもおれもこの部屋には来たことはない」

マリアンは束の間ロブを見つめた。反論するかと思ったが、結局ただうなずき、屈んで山になった服を抱えた。

「銃も忘れずに」

ロブはそう言ってから思い直した。

「いや、銃はこっちに寄越せ」

「あなたに武器を渡すわけないでしょ」

マリアンは馬鹿にするように言った。

「おいおい、マリアン。馬鹿も休み休み言ってくれ」

そう言うと、ロブはコートのまえを開いてみせた。部屋は暗かったのでマリアンに銃が見えているか定かではなかったが、少なくとも短剣の柄に蝋燭の明かりが反射するのは見えたのだろう。マリアンは眼を見開いた。

「それもそうね」とマリアンは言った。「犬を散歩させる道具が必要だったのよね」

「猫ってことにしたんじゃなかったか？　さあ、銃を寄越すんだ。弾丸の込め方がわからなければ、持っていてもどうせ役に立たない。その銃はホランド侯爵のものだったね？」

マリアンは見るからに渋々という様子で銃をロブに手渡した。ロブは弾丸が込められていないのを確認してから、銃をブリーチズの腰に差した。

「じゃあ、行こうか」

ロブは階段に続くドアを開けてマリアンを先に通した。マリアンは外套のフードをかぶり、室内を振り返りもせずに階段を降りた。

5

夜、ロンドンの街中に繰り出すとき、マリアンはたいてい足音を忍ばせ、影に隠れるようにして危険から身を守っていた。

が、今夜はちがった。男はブーツの踵で敷石を叩き、外套のケープをひるがえしながら、道の真ん中をすたすたと歩いた。マリアンは背が高いほうだったが、男はさらに長身で、男のペースについていくのはひと苦労だった。

ふたりはまず東に進み、それから南に向かった。傾いだ家々に両側をはさまれた狭い路地を抜け、ギルドの集会所が誇らしげに建ち並ぶ大通りをいくつも通って、また狭い路地にはいった。テムズ川から漂ってくる悪臭が鼻をついた。マリアンは周囲を見まわし、どこを歩いているか気づいて驚いた。眼のまえにロンドン大火記念塔があり、その向こうに聖マグナス・マーター教会の時計塔が見えた。今、彼女のまえを歩いている男を尾行していたときに通ったことがあるだけだったが、街並みはきちんと記憶に刻まれていたようだ。

ロンドン橋が見えてくると、男はほんの少しペースを落とし、屈んで煉瓦らしきものを拾い上げた。煉瓦で打たれ、そのまま川に放り込まれるかもしれない。そんな不安がマリアンの頭をよぎってもおかしくなかった。もっとも、男が彼女を殺すつもりだとしたら煉瓦など必要ない。全身武装しているのだから、ほかに役に立つ武器がいくらでもあるはずだ。それを言うなら、武器すら必要なかった。ただ川に突き落とせばすむ話だ。

それなのに、どういうわけかまるで不安を感じなかった。その理由は想像もつかないくらい遠い未来に考えることにして、マリアンはひとまず橋を渡った。

橋は道幅が狭く、橋の上に建つ家々が両側から迫ってくる感じがした。真夜中だというのに、静けさとは無縁だった。下には川の流れが絶えず聞こえ、周囲の建物からはいかにも夜らしいくぐもった騒音——猫が威嚇のために出す音や赤ん坊の泣き声、それにロンドンの暗い街角にはつきものの、かさかさという衣擦れや慌てて走り去る音——が聞こえていた。

赤ん坊の声を聞いて、マリアンは歯を食いしばった。考えても仕方ないとわかっているはずなのに。イライザは暖かい家の中にいて、ある人がちゃんと面倒をみてくれている。マリアンの気持ちはどうでもいい。大事なのはイライザの安全だ。あと何日かすれば、伯爵である父親が無事かどうかも確認できる。もっとずっとまえに確かめたかったのだが、屋敷では軟禁状態で晩餐室でさえも自由に行き来できなかった。ケント州のカンタベリーまではるばる出かけるなどできるはずもなかった。もし父の容態が悪化していたら、使用人か看護師が手紙で知らせてきていただろう。もっとも、あれ以上悪化したらどうなるのか、マリアンには想像もつかなかったが。一年まえ、父はまわりにいる人の名前をほとんど思い出せず、自分がチルターン・ホールにいるのか、リトル・ヒントンにいるのかすらわかっていなかった。長兄のリチャードが些細なことで腹を立てて父親を施設に入れると言い出したので、兄の眼の届かない場所に父を移さなければならなくなったのもそのためだった。マリアンは父が五十歳になるまで人生を過ごしたリトル・ヒントンに父を匿い、問題を解決しようとした。もうひとりの兄のマーカスに父の様子を見てきてほしいと頼めればよかったのだが、マーカスはマーカスで自分の用事はもとより、公爵の重婚についての調査で忙しくしていた。そもそも、どうしていつも彼女ばかりがほかの人の行動まで指図しなければならない?

跳ね橋のたもとまで来ると、男は手を差し出した。マリアンは一瞬、彼が慰めや共感、あるいはそれと同じくらいぶしつけですじちがいの感情を示しているのかと思った。が、男はマリアンが外套の下に隠して抱えている血まみれの服を寄越せと要求しているだけだった。マリアンが服の束を渡すと、男は煉瓦に何やら細工し、ペチコートの余った部分を手際よく結んで、下で渦を巻く川めがけてまるごと放り投げた。マリアンは下をのぞき込みたい衝動に抗った。丸められた服の塊はアーチ橋の橋脚を保護している大きな島のような杭(くい)の上ではなく、きっと水中に落下する。なぜかそう思えた。この男が橋の上からこうして何かを投げ捨てるのはきっと初めてではない、犯罪の証拠を隠滅することにかけては信頼できるという確信があった。

橋の上は家々に囲まれ強風から遮られているにもかかわらず、岸に立っているよりも寒かった。マリアンの心には集金人が家々のドアを叩いてまわるように次々といろいろな考えが押し寄せていたが、寒さのおかげで気が紛れた。彼女は人を殺した。殺しかけただけかもしれないが、どちらにしても大差はない。いずれにしろ、正当防衛ではなかった。パーシーを守るためですらなかった。少なくとも裁判官はそうみなすだろう。道義上も、倫理上も、自分の良識——それがどんな基準であるにせよ——に照らしてみても、正当防衛と言えるのかどうかさえわからなかった。

ほんとうならなんらかの感情があってしかるべきなのだろう。少なくとも自責の念を抱くか、悲しみや怒りを覚えてもおかしくない。けれど今の彼女の頭はすっかり空っぽになっていて、なんの感情も湧いてこなかった。もっとも、それは好都合だった。この状況にふさわしい感情を抱いたとしても、それは彼女にとって心地のいい感情であるはずはなかった。その一方で、何も感じないということは、立ち上がってみたら足がしびれていたのに気づくのと同じで、ただ自覚がないだけかもしれなかった。

　橋を渡って川の南側に出ると、次々に教会を通り過ぎた。とにかく教会がたくさんあった。マリアンは世話係がイライザに歌って聞かせていた歌を思い出そうとした。明るい調子で教会の名前を並べ、最後はあろうことか斬首されるという歌詞だった。いや、それほどおかしなことではないのかもしれない。子育ての極意は子供が絞首台送りにならないようにすること。今のマリアンにはそれはもっともだと思えた。マリアン自身は、娘を溺愛して甘やかす親と、いとも簡単に騙せる家庭教師たちに育てられた。その結果がこうだ。罪を犯し、破滅に向かう道は思っていたより短かった。

　男が振り向いた。どうやら無意識に教会の鐘の歌を口ずさんでいたらしいと気づき、マリアンは歌うのをやめた。

「くよくよ考えても仕方ない」

　男はそう言いながら角を曲がった。

「そう簡単に折り合いをつけられるものじゃない。何しろひとりの人間をこの世から葬り去ったんだから。いずれ気持ちが楽になると言ってやりたいところだが、そうはならない」

「そんなこと……いったいなんの話？」

　ほんとうなら警戒すべきところだった。自分も人を殺したことがある、それもひとりではない。男はそう告白したも同然なのだから。けれど、マリアンにはもはや警戒できるだけの心の余裕がなかった。

「なんの話かわからなければよかったんだが、残念ながらおれはその手の情報には事欠かないものでね」

マリアンはそのことばを鼻であしらい、彼のあとについて酒場と墓場とさらに多くの教会がひしめく界隈を歩いた。

「あなたの名前は?」とマリアンは言った。「一緒に行くなら、どう呼んだらいいか知っておかなくちゃ」

跳ね橋を渡り終えてから初めて男は立ち止まった。

「おれの名前は知ってるだろ」

男はマリアンを振り返って続けた。

「どのくらいおれを尾行していた?」

「何週間か」とマリアンは答えた。

「おれがキットの友達だってことも知ってるはずだ、もちろん」

「そこまで自分の名声が轟(とどろ)いていると思ってるなんて、よっぽどうぬぼれてるのね」

そう応じたものの、男の言い分は正しかった。マリアンは彼がキット・ウェブのコーヒーハウスに始終出入りするのを目撃していた。ダイナから聞いた噂話(うわさばなし)と脅迫者との手紙のやりとりを加味すれば、この男が死んだと思われていたキット・ウェブの相棒で、ロブと呼ばれている人物だと特定するのはむずかしくなかった。

ほかにも情報はいろいろ仕入れていた。ただ、この男の本名は知らなかった。

「まだお互い自己紹介もしてない。なんて呼べばいいかしら」

「おれの世界じゃ、殺人犯の逃亡を手助けしてる時点で充分知り合いって呼べるんだがね」

男は首を振ってまた歩きだし、マリアンを見ずに言った。

「ロブだ」

「ロブ」とマリアンはおうむ返しに言った。この状況に似つかわしくない親しみを感じさせる呼び名で、口に出すと罪悪感を覚えた。手紙と同じように〝脅迫者さん〟で通してもよかったが、そうすると手紙のことを思い出してしまいそうで嫌だった。手紙のことは考えたくもなかった。公爵に手紙が見つかって、それから――

それに、ぶしつけにも〝きみ〟などと親しげに呼びかけてくる相手を〝脅迫者〟と呼ぶのもどうかと思った。

「名字もあるでしょ」

「ブルックス」

ロブは少し渋い顔をして答えた。そんな個人的なことを訊くのは慎むべきだ。そう思っているようだった。

それならミスター・ブルックスと呼ぶのがいいかもしれない。たとえ本人が嫌がったとしても。けれど、この男をミスター・ブルックスと呼ぶのは馬鹿げている気がしてならなかった。ちっともしっくりこなかった。おむつをして、いつも親指をしゃぶっているイライザをエリザベス嬢と呼ぶ人がいるが、それと同じくらい違和感があった。そんなのはおかしい。彼女の頭の中ではこの男はロブでなければならなかった。礼儀にかなった呼び名がふさわしくないと思えるのはひとえに本人のせいだ。マリアンはそう結論をくだした。

ロブは見た目も匂いも厩舎とおぼしき建物が並ぶ場所で立ち止まり、真夜中にもかかわらずドアをノックした。少年が眠そうに眼をこすりながら応答した。

「親父さんを呼んできてくれ」

ロブはそう言って少年に半ペニー銅貨を渡した。ふたりは入口の狭苦しい一角で少年かその父親が来るのを待った。くっつきそうなくらい近くに立っていたので、ロブの顔を見まいとしても、ほかに眼のやり場がなかった。至近距離から見ているせいで、顔のそれぞれの部分を個別にしか識別できないほどだった。まっすぐに通った鼻すじ、いつも何かを面白がっているように弧を描いている口、鼻ばしらに密集し、そこから顔全体に散らばるようなそばかす。マリアンは眼を閉じた。

どしどしと響く重い足音が聞こえ、男が現れた。大慌てでシャツの裾をブリーチズにたくし込んでいた。手提げランプを掲げてロブの顔をまじまじと見ると「あんたか」と言った。

「なるほど。さあ、こっちへ」

男は厩舎のある庭にふたりを導いた。

「しばらくぶりだな」

「この一年、馬を必要とする機会がほとんどなかったって言ったら信じてもらえるかな？」

厩舎の主人は鼻を鳴らした。

「あんたは牢獄につながれてる、みんなそう思ってた」

「おいおい、牢獄にいたのはほんの少しのあいだだけだ。それもフランスで。だから捕まったうちにははいらない」

「死んだって噂も聞いた」

「噂話すら信じられなくなったらいったいどうなることやら」

「で、何が要る？　馬を二頭か？」

「ああ、期間は、そうだな、一週間くらい。丈夫なやつを頼む」

主人は馬房の扉を開け、去勢ずみの栗毛を見せた。

「あんたにはこのパーティがいいだろう。そっちのお友達には……」

主人はそう言ってマリアンを上から下までじっと見た。体重がどのくらいあるか見定めているのだろう。騎手に釣り合う馬を選ぼうとしているだけだ。そうとわかってはいても、マリアンは思わず身の毛がよだつ思いがした。主人はいくつか先の馬房を開けた。鹿毛(かげ)の雌馬だった。

「グウェン。グィネヴィアの愛称だ」

ロブが何か言いたげに眉を吊(つ)り上げると、主人は決まりが悪そうに肩をすくめた。

「娘たちに名前をつけさせたんだよ」

まるで言い訳しているような口ぶりだった。[5]

それから主人は法外な金額を要求した。その金額を聞いて、マリアンは心に決めた。生まれ変わったらきっと馬を貸す商売をしよう。一年ほどまえ、伯爵家の領地が荒廃し、父親がたびたび正気を失うという問題に見舞われたときにそうしていればよかったかもしれない。チルターン・ホールを厩舎に改装して、馬を貸し出していれば、公爵なんかと結婚せずにすんだし、ましてや殺すことになどならなかったかもしれない。

ロブは値切るでもなく、硬貨入れを出して言い値のとおり支払い、さらに硬貨を何枚か余分に主人の手に握らせた。おそらく口止め料だろう。

「娘さんたちによろしく」とロブは言った。

「さっさと戻ってきて自分で伝えるんだな」

5 グィネヴィアは『アーサー王伝説』のアーサー王の妃の名。円卓の騎士の長であるランスロットと愛人関係にあり、ふたりの道ならぬ恋による裏切りが王国を滅亡に導いた。

主人は不機嫌そうにそう言うと家の中に戻っていったが、ロブに会えて嬉しそうだった。ベッドから引きずり出され、面倒に巻き込まれるのを喜んでいるように見えた。

最初にドアを開けた少年が手提げランプと包みを持って戻ってきた。

「父さんが渡してこいって」

少年はあくびをしながら言った。ロブはウィンクして礼を述べ、少年にまた半ペニー銅貨を渡して、ランプと包みを受け取った。

マリアンは雌馬に鞍を乗せた。ロブに見られているのはわかっていた。どうやら馬に乗れるという彼女のことばをまるで信じていないようだ。きっとやり方をまちがえると思っているのだろう。しかし、マリアンは馬から落ちる心配も後ろ脚で頭を蹴られる心配もないと認めてもらえる年齢になってからずっと、自分の馬の鞍は自分で用意していた。一年かそこらやっていなかったくらいで、長年身についたやり方を忘れるはずがない。手綱を調節し、鐙をちょうどいい長さに整えると、ひらりと鞍にまたがった。

ロブのほうはしきりに馬に囁きかけていた。動物にもことばは通じる。いかにもそう信じて疑わない人間なのだ。マリアンは馬には馬のことばで接するほうがいいと思っていた。上手に乗りこなし、働かせすぎず、きちんと餌と水を与える。馬にとって大事なのはそれだけだ。ほかはどれも人間にとって都合のいい解釈にすぎない。

マリアンは外套の皺を整えるついでにポケットから硬貨入れを取り出し、ロブが主人に払ったより少し多めに硬貨を渡した。

「はい、どうぞ」

ロブは硬貨を受け取り、枚数を数えた。金額をごまかすとでも思っているのだろうか。癪に障る男だ。

「多すぎる」とロブは言った。

「あいにく小銭は持ち合わせてないの」

「ふん。そうだろうとも」

そう小声でつぶやき、受け取った硬貨を自分の硬貨入れにしまって馬に乗った。

「外に出たら、離れずについてこい。わかったな？」

それだけ言うと、ロブは庭から出た。マリアンは黙ってあとに続いた。

6

テムズ川の南にあるダートフォードまではほんのわずかしか離れていない。それでもロブはふたりとも馬上で居眠りすることなくここまで来られただけで上出来だという気分になっていた。以前なら、丸二日間寝なくても神経が張り詰めていて、何時間か仮眠すればすっかり元気を取り戻せた。が、それはもう遠い昔――度重なる怪我と不運に見舞われるまえ、まだ三十歳よりも十五歳に近い歳だった頃の話だ。今は柔らかいマットレスとまっさらなシーツのほうが恋しかった。はたしてそれは喜ばしい変化なのか。

「ケントのどこまで行くんだ?」とロブは尋ねた。

「リトル・ヒントン」とマリアンは答えた。「カンタベリーの近くよ」

ロブはため息をついた。運の悪いことにケント州はやたらと広い。それが恨めしかった。マリアンにしてみれば、ブラックヒースやセブノークスのようなすぐにたどり着ける場所に行くいわれはない。彼女にかかると何もかもが厄介だった。カンタベリーまで行くとなると、二日は馬に乗りっぱなしになる。ただ、カンタベリーは海に近いので、場合によってはひそかにフランスに渡れるという利点もあった。そこまで考えて行き先を決めたのだろうか。ロブはその疑念を追いやった。かなり動揺しているはずだが、それでもあらゆる可能性を想定していたにちがいない。マリアンはそういう人だった。

夜明けの光が空をほんのり明るく染めるよりもまえに、ロブの気力はすでに萎えていた。完全に日が昇るまでとにかく進みつづけるしかない。夜が明ければどの宿屋も忙しくなり、見慣れないふたりの旅人が人目を引くおそれはない。マリアンに公爵殺害の容疑がかけられていないとはっきりするまでは、人通りの多い道を避け、クレア公爵夫人だとバレないようにしなければならなかった。ロブはマリアンをそっと見た。いくらかでも脳みそのある人間なら、彼の隣りにいる、ぼさぼさに乱れた髪をしたこの女を見て、よもやクレア公爵夫人だとは気づくまい。満月で雲ひとつない夜だったので、彼女の横顔がはっきり見えた。しっかり背すじを伸ばして鞍にまたがっているところを見ると、馬に乗れるというのはどうやら嘘ではないようだ。ハイド・パークのような手入れの行き届いた道に慣れている貴族とはちがい、ウサギの巣穴や根が張り出している場所にあたりまえのように気を配っていた。

馴染みのないメロディが風に乗って流れてきて、ロブは顔をしかめた。今夜、マリアンの鼻歌を耳にするのは四度目だ。曲名がわからず、苛立ちは最高潮に達していた。「なんの歌だ？」とロブは訊いた。

マリアンがさらに背すじを伸ばすのを見て、ロブは驚いた。それまでも充分まっすぐ伸びていたのに、まだ伸びる余地があったとは。

「ごめんなさい」

マリアンはそう言ったが、ちっとも謝っているように聞こえなかった。

「不愉快な思いをさせるつもりはなかったの」

「質問しただけだ。文句を言ってるわけじゃない。それはなんの歌だ？　聞いたことがない」

「あら、教会の歌よ」

そう言われても思いあたるふしがなかった。

「少し歌ってみてくれ」

「そんなことするもんですか」

マリアンはぴしゃりと撥ねつけた。今ここで服を全部脱げと要求されたとでも言わんばかりだった。ほんの数時間まえにまさしくそうしたのは誰だったか。そのとき彼女は向こうを向いていてくれと頼みもしなかった。もっとも、ロブのほうはみずから眼をそらして見ないようにするだけの慎み深さは持っていた。その理由は自分でもよくわからなかったが。

「あの踏み越し段[6]の先で何か食べよう。ただし、その歌を歌ってくれるなら」

ちょうど馬を休ませようと思っていたところだったが、それはあえて言わないことにした。

マリアンは口を一文字に引き結んだ。生まれてから二十五年、ここまで傲慢な表情をロブは見たことがなかった。

「わかったわ」

マリアンはまるであやすような声で言った。そうやって、食べものも休憩も人の弱みにつけ込むこともなんとも思っていないと態度ではっきり示した。

「お金持ちになったらねとフリートディッチの鐘が歌う」

ロブは怪訝な顔をした。鼻歌も音がはずれていたが、歌声はさらに音程がずれていた。それでもマザーグースの一節だとかろうじてわかった。

「こうじゃなかったか――」

6　牧場の柵などに人間だけが越えられて馬や羊は通れないように設ける仕掛け。

ロブは咳払いしてから歌った。

「お金持ちになったらねとショーディッチの鐘が歌う」

「いいえ、フリートディッチよ」

「それじゃつじつまが合わない。そもそもフリートディッチは教会じゃない。絶対にショーディッチだ。金持ちの商人が住んでる場所だ」

「ショーディッチなんて聞いたことがない」とマリアンは言った。歌にも商人にも敬意を欠いたもの言いだった。ひょっとするとイースト・ロンドン地域全体を敵にまわしたかもしれない。

おそらくマリアンはショーディッチを知らないのだ。無理もない。田舎で馬を乗りまわして育ったのだろう。それは見ればわかる。

「伯爵令嬢がどこで『オレンジとレモン』の歌を習ったのか知りたいものだ」

マリアンはまたしても辛そうに表情をゆがめた。

「娘の世話係が歌って聞かせていたのよ。絶対にフリートディッチだった」

〝娘〟ということばを口にした途端、マリアンの声は急に寒風が吹き込んだような響きを帯びた。

「出身地は？」

「なんのことかしら」

どんな魔法を使ったら〝なんのことかしら〟が〝くそくらえ〟に聞こえるのだろう。それもやんごとなき気品を保ちながら。

「その世話係の出身地は？」とロブは言い直した。

「ロンドン」

「それはわかってる。ロンドンのどこだ？」

マリアンは嘲笑うように答えた。

「知るわけないでしょ」

踏み越し段まで来るとふたりは馬を降りた。体がこわばっているのか、マリアンの動きはぎこちなかった。馬に乗るのは久しぶりだったのだろう。ロブに指図されるまでもなく、マリアンは通り沿いを流れる小川に馬を導いた。やはり田舎で生まれ育ったにちがいない。ロブもあとに続いた。

「フリートディッチはただの下水道だ」

決定的なまちがいを指摘して、ロブは勝ち誇った気分だった。

「そんなことどうだっていいわ。わたしには関係ない」

これぞまさに何度も手紙を送ってきた、あの無愛想で辛辣な女にほかならない。そう思うとロブは見境なく興奮した。ショック状態だったせいかもしれないが、この数時間は本来の彼女ではなかった。けれど、ロブの心を鷲づかみにしていたのは、まさしく今のような容赦のない反応だった。

が、今はそんな馬鹿げた感慨に浸っている場合ではない。あとからゆっくり愉しむことにして、とりあえずは心の奥に押しとどめておかなければならない。マリアンからの手紙に心を奪われすぎている自覚はあった。高価な便箋に綴られたことばを通じて知っているだけの相手に過大な好意を寄せていたのかもしれない。

ロブは無意識にコートの裏地に隠してある手紙の束に手をやった。

馬がたらふく水を飲むと、ロブは二頭の手綱を踏み越し段に結び、塀の上に腰かけた。マリアンも彼に続いて堀の上に坐った。ロブは包みを開けて、黒パンとV字型にカットされたチーズを出した。パンを半分に割り、好きなほうを選べと言わんばかりにマリアンに差し出した。

マリアンは手袋をはずし、片方を取った。寒さで指がかじかんでいるにちがいない。指だけじゃない、体の芯まで冷えきっていたはずだ。それなのに彼女の手は震えてさえいなかった。寒さにさらされる経験が豊富で、彼女より肉付きのいいロブですら寒いと感じているというのに。こんなに間近で彼女を見たのは初めてだった。それまでは通りの反対側から眺めたことしかなかった。いつも体にぴったりしたボディスとスカートで着飾っていたが、ロブはそれが彼女のほんとうの姿ではないような気がしていた。

「最後に食べたのはいつだ?」とロブは訊いた。マリアンは勢い込んでパンに囓りついていた。ロブの経験から言えば、それはおなかと背中がくっつきそうなくらい腹を空かせた人間の食べ方だった。

マリアンはしばらく困ったように黙っていた。

「朝食は食べた」

ようやくそう言ったが、明らかに嘘だった。

仮にほんとうだとしても、優に丸一日何も口にしていなかったことになる。それなのに、おなかが空いたとはひと言も言わなかった。ロブはチーズを四つに分け、そのうち三つをマリアンに渡した。

「自分の分だけでいい」

マリアンはそう言って、ふたつだけ取った。

ロブに言わせれば、こんなときに見栄を張るなんてなんともお粗末な人生哲学としか思えないが、あえてその話題は持ち出さなかった。彼女にとっては辛い一日だったにちがいないし、凍えかけ、腹も空かせていた。それにまだショックで頭がまともにはたらいていないのかもしれない。そんな相手をやりこめることはない。ロブはスキットルの蓋を開けて差し出した。

「飲みものはジンしかない。それが嫌なら、小川の水を飲んでくれ」

マリアンはスキットルを振り払い、馬に乗った。ロブは塀から降りて立つと、ズボンの汚れを払い落とし、袖口を整えた。そうやってわざと時間をかけながら、眼の端でマリアンの様子をうかがった。そんなふうにじらされても、マリアンは怒ってなどいないふりをした。ふつうならパニックに呑み込まれてもおかしくない状況で、苛立ちを制御できる。それこそ、彼女は気概のある人だという証だった。そして、その気概をどこまでも賞賛したくなってしまうことこそ、ロブが彼女に夢中である証だった。ロブはそんな自分にほとほとうんざりした。

天は彼らに味方した。空が夜明けの気配を帯びると同時に、通りの往来が一気に激しくなった。手織りの布地や蝋燭や山ほどのじゃがいもを積んだ荷馬車で通りは混雑していた。きっと今日はセブノークスで市が立つ日なのだろう。ロブは道中のどこかで市に立ち寄りたいと思っていたのだが、朝一番に出くわすとは願ってもないことだった。市のそばの宿屋は大勢の客で混み合っているだろうから人目につかないし、着替えも調達できる。ひょっとしたら、クレア公爵が襲撃されたことやマリアンが公爵殺害の罪でおたずね者になっていないか、ロンドンからの噂も聞こえてくるかもしれない。

「髪をシャツの内側に入れて隠せ」とロブは言った。マリアンが逃亡中のクレア公爵夫人だと見抜かれるおそれはなかったが、ブリーチズ姿の女はどうしても目立ってしまう。人混みに紛れようと思うなら三角帽子をかぶって男のふりをするか、女らしくスカートを穿いているほうがいい。

「あなたこそ髪をシャツに入れて隠したら」とマリアンは言い返した。

「きみの場合は編んでいても腰まであるから、どう見ても女にしか見えない」とロブは言った。「それに船を係留する綱みたいに太い」

そう言いながら、息もつけないほどそそられているのが声に表れていると気づき、ロブは自分でも恐ろしくなった。

「あんたたち貴族はそんなに長い髪を鬘の下にたくし込んでいるのか？　どうやったらそんな芸当ができるのか不思議でならない」

「短剣を貸してくれたら、今ここで切るけど」

「そんなことさせられるわけないだろ。刃がなまくらになっちまう」

マリアンはスキットルの中のジンが凍ってしまいそうなくらい冷たい視線をロブに浴びせた。十二月にはいって土地はすっかり枯れていたが、そうでなければ作物がすべてしおれてしまうのではと思うほど冷たい視線だった。それでも、言われたとおり髪をシャツの内側に隠した。ひどく理不尽な扱いを受けていると言いたげではあったが。ロブは帽子を脱いで差し出した。

「けっこうよ」とマリアンはつれなく言った。

「プレゼントじゃない。変装だ。あとでもっといいやつを買う。それまでの間に合わせだ」

マリアンは大きなため息をつくと、ものすごい重荷を負わされたみたいに渋々帽子をかぶった。ロブは彼女の額に乗っている帽子のつばを指でつついて傾け、洒落て見えるようにした。

町に着くと、まず宿屋に寄った。市が立つ日の朝の宿屋は最高の場所とは言いがたい。効率よく客をさばこうとしているのがありありと伝わってきて、ロブが好きな宿屋の雰囲気とはちがっていた。長居して酒を飲む者も、暖炉のまえで足を温める者もいなかった。歌声や笑い声はおろか、最低限の問いかけと返事のほかには会話すら聞こえなかった。最悪だ。もっと遅い時間になれば、客たちも時間があり、居合わせたほかの旅人と話をする余裕もできて、くつろいだ雰囲気になる。使い古されたオーク材のテーブルをはさんで会話に花が咲き、食べものと酒で腹も満たされる。そういう時間がロブにとって人生で最高の過ごし方だった。たいていはキットも一緒だった。思い出した途端、ロブはホームシックにかかり、せつなくなった。幸せな思い出はいつも人をそういう気持ちにさせるものだ。

馬を預け、人混みを掻き分けて宿の中にある酒場に向かった。部屋の隅に空いているテーブルがひとつあった。たまたま同時にその席を見つけたのか、薄暗い部屋の角にいるほうがいいと互いにわかっていたのか、ふたりは示し合わせるでもなく揃ってその席まで歩いた。ロブが壁を背にした椅子に手を伸ばすと、マリアンは先にその椅子をつかんで引いた。

「いや、駄目だ」とロブはそう言って、それなりに丁重な身ぶりでもう一方の椅子を示した。

「いいえ、駄目じゃない」とマリアンは言い返した。よりいっそう丁重に振る舞う様子に、ロブは思わず笑いそうになった。

「部屋を見渡せないと困る」

「どうして？」

本音を言えば、常に壁を背にしていたかった。泥棒の捕り手や裁判官や二度と会いたくない人たちに出くわすおそれがないか見張っていたかった。それを言うなら、会いたい人たちにも。正直なところ自分でもよくわからないが。

「きみの正体に気づかれないようにするためだ」

マリアンはしばらくロブをじっと見つめ、やがて室内に背を向けた椅子に坐った。いちいち口論したくなかったのかもしれない。ロブのほうは是非とも口論したかった。何より彼女は口喧嘩がうまかった。長所は伸ばすに限る。それに、言い合いをしていれば、心に渦巻くよからぬ考えから気をそらすことができるのではないかとも思った。気づくといつも、マリアンはしかめ面をしているか、悲痛な面持ちでもの思いに沈んでいるかのどちらかだった。ロブとしてはしかめ面を見ているほうがよかった。

給仕係がエールを運んできた。ふたりは一気に飲み干した。

「今度、夜の闇に紛れてロンドンを抜け出すときはエールを革袋に入れて持っていくことにするわ」とマリアンは言った。もちろんジョークだが、いい兆候だった。マリアンにユーモアのセンスがあるのはロブにもわかっていた。コートの裏地に入れてある手紙の束がその証拠だ。それでも、彼女の口から冗談が出るのを聞いて、思った以上に安心している自分がいた。馬鹿みたいに満面の笑みを浮かべないようにするのはひと苦労だった。

「次はもっとうまくやれる」

ロブは慰めるように言った。

「だけど、硬貨入れを持ってきたのはお手柄だった。おかげで余計な罪を犯さずにすんだ。金がなかったら馬を二頭盗まなきゃならなかったけど、盗みをはたらけばそれなりに良心が痛むからな」

「お金がなければ盗んでたの?」とマリアンは訊いた。純粋に好奇心から尋ねているようだった。

「盗んでたかだって？」

ロブは嘲るように言った。

「もちろん盗んでいただろうし、実際に盗んだこともある」

「それはおめでとう」

「犯罪に乾杯」

給仕係がエールのおかわりと煮込み料理を運んできた。

「そうせざるをえない場合もある」

マリアンはしばらくロブを見つめてから、黙ってグラスを掲げた。

7

マリアンは市が大嫌いだった。騒々しく、混み合っていて、人も家畜も自由気ままに歩きまわる。市はそういう場所だった。

ロブはため息をつき、マリアンの肘をつかんで引っ張るようにして進んだ。彼が通ると、人々は道をあけた。そうなることはマリアンにも予想できたが、それでも腹立たしかった。ロブは宿の酒場で給仕係にウィンクし、馬の世話係と冗談を言い合って談笑していた。通りすがりの他人に笑顔を振りまき、いかにもよからぬことを企んでいそうな悪ガキたちに硬貨を与えた。そんなことをしたら、余計に図に乗るだけだというのに。

認めるのは癪だが、ロブには人を惹きつける魅力があった。それは手紙を読んだだけでも察することができたはずだ。この世に存在しているだけで人々が喜ぶ。ロブはそういう人だった。

マリアンは魅力的な男性が苦手だった。機転をきかせてことば巧みに人を夢中にさせる人間は信用ならない。そういう人は何をしてもお咎めを受けない。公爵もそういう男だった。もっとも、結婚したあとはその魅力を発揮しようとすらしなかったが。公爵に求婚されてマリアンは無意識にその魅力に惹きつけられた。そのせいでどれほどひどい目にあったかを思い出すと悔しくて仕方なかった。

公爵は自分を愛している。マリアンはそう信じていた。公爵は彼女に夢中だから、彼女としてはその分有利に取引きできる。そう思っていた。公爵は愚かな戯れ言をこれでもかというほどたくさん言ったが、そのどれもが魅力的だった。そんな公爵のことばを彼女は信じた。愛情を抱いてはいなかったが、自分を大切に思ってくれる相手と結婚するのはいいことだと思った。公爵の申し出にはそれだけ魅力があった。

　いつのまにか立ち止まっていたのだろう。気づくと露店のまえにいた。ひょうたんを乾かしてつくった、大きさも形もまちまちで不格好な容器が山積みになっていた。ロブは先に立って彼女を引っ張りながら歩いた。彼女の手首を強くつかんでいた。

「わかった、わかった。もう一杯飲みたいのか？」

　そう言うと、彼女が何か言い返すまえに、手首をつかんでいた指を滑らせるようにして彼女の手を握った。柔らかな手のひらに彼の指にできたたこがあたる感触があった。

「くそっ、なんて冷たい手をしてるんだ」とロブはつぶやくように言った。「ああ、わかってる。今はひどい気分だろうけど、寝ればきっと気分もよくなるさ」

　ロブは露店のあいだをどんどん進んだ。毎週この市に来ていて、すっかり勝手がわかっているかのようだった。何を買わなきゃいけないか、どこに行けば買えるのかも全部わかっている。そう言わんばかりだった。一時間もしないうちに、革製の大きな肩掛けかばん、バスケット、リンゴ、チーズ、石けん、櫛、剃刀を買った。どの店でも彼は店主を魅了した。ふくよかな体つきをした若い女も、歯のない老人もみんなロブの魅力のとりこになった。マリアンはロブに言ってやりたかった。農夫にしろ、商人にしろ、店の主人たちは品物を売ってお金を手に入れたいだけで、あなたの笑顔が見たいわけでも、親しげにおしゃべりしたいわけでもないと。ところが、店主たちはロブが微笑みかけ、おしゃべりするのを歓迎しているようだった。作り笑いがどんなものか、お愛想で交わす会話がどんなものかはマリアンにもわかる。が、彼の笑顔とおしゃべりはどちらも見せかけではなかった。正真正銘の本物だった。

「スカートか、それともブリーチズか？」

賑わった通路を抜け、市のはずれまで来ると、ロブは訊いた。

「なんですって？」

「スカートか、ブリーチズか、どっちがいい？　日替わりにするか？　おれはどっちでもいい。どっちにしても、おれもきみも着替えなきゃならないから、何を買えばいいか決めてくれ」

「ブリーチズがいい」とマリアンは迷わず答えた。スカートでも馬には乗れる。必要とあらば、パニエのついたドレスでだって問題なく乗りこなせるが、それはしたくなかった。田舎では何年も兄のお下がりの乗馬服を着ていた。新調しても地面がぬかるんだ日に馬に乗ったらどうせすぐに台無しになってしまう。そのためにお金をかけたくなかった。

ロブは何も言わずに新しそうなシャツを二枚とどう見ても新品ではなさそうな帽子、手袋を何組か、それからバックスキンのブリーチズを買った。バックスキンのブリーチズは彼女のために買ってくれたのだろうか。マリアンはそうであることを願った。今、穿いているのはパーシーのブリーチズだった。当然ながら、パーシーにふさわしく、とんでもなく上等な生地でできていて、長時間の乗馬に耐えられる代物ではなかった。

ふと、必要なら自分で買えばいいと思いついた。

「それはわたしの？」

たたんでバスケットに入れられたバックスキンのブリーチズを指して、マリアンは訊いた。

「そうだ。気に入らないか？　ここからまだ五十マイルはある。丈夫なもののほうがいいと思ったんだが」

ロブはそう言って、自分が穿いているブリーチズを示した。やはりバックスキンのブリーチズで、想像するのもはばかられるくらい、筋肉質の太ももにぴったりしていた。

「ありがとう」とマリアンはつっけんどんに答えた。「それでいいわ」

「出血は？」

マリアンは眼をぱちくりさせて彼を見た。

「怪我（けが）はしてない。ゆうべ確認したじゃない」

「月のもののことだ。このあと一週間くらいのあいだに来る予定はあるか？　だとしたら布も買わなきゃならない」

マリアンは赤面しないよう必死で耐えた。この男は彼女のほとんど裸の姿を見ているし、今はこうして彼女が法の手から逃れるのを助けてくれている。生理について聞かれたからといって今さら恥ずかしがる理由はない。そもそも、彼のほうはまるで恥ずかしそうにしていないのだから、彼女としても負けるわけにはいかなかった。

「その予定はないわ」とマリアンは答えた。ありがたいことに、数日まえに終わっていた。だから、ダイナにもらったあとマットレスの中に詰め込んだままのハーブももう必要なかった。

もう正午に近かった。かれこれ三十時間起きていることになる。強盗計画を実行するまえの日もほとんど眠れなかった。宿に着いたときには咽喉（のど）がからからで、エールを二杯飲んだのだが、普段飲んでいるものよりも強い酒だったようだ。足もとがふらついていた。気が張っているせいで、どうにか起きていられるだけだった。

「次の町の宿で部屋を取ろう」

彼女の心を読んだかのようにロブが言った。

「こうして荷物も持って、ちゃんとした旅行客に見えるようになったから、宿の主人に力づくで追い出されたりはしないだろう」

「夜になるまで馬に乗っていられるわ」

マリアンは強がってそう言ったものの、すぐに後悔して、そんな嘘をついた自分を蹴り飛ばしたくなった。全身の筋肉がこわばりつつあるのは自分でもわかっていた。ただ馬に乗っているだけなのに、これほど疲弊している自分に腹が立って仕方なかった。病気になって何か月も寝込むまえまでは、呼吸するのと同じくらい簡単なことだったのに。

ロブの言うとおり、彼女には休息が必要だった。が、彼女が何を必要としているかをロブが先読みし、それに応じて行動するのは気に入らなかった。彼はごく自然な配慮をしてくれているだけなのに、文句を言っているにすぎない。ぼんやりとではあるが、それは自分でもわかっていた。ただ、今日は長い一日だった。それを言うなら、この一年は長い一年だった。そのあいだにマリアンは学んだことがあった。自分が何を欲しているか、相手に悟られてはいけない。欲求は弱みの別名だ。欲しているものを与えてくれる人は、いとも簡単にそれを奪い取ることだってできるのだ。

「それはそれは」とロブは言った。「でも、おれは疲れたし、馬を休ませなきゃならない。次の町の宿に泊まって、夜が明けたらすぐに出発しよう。運がよければ、明日の夜にはメイドストンを越えられるかもしれない」

「好きにしたらいいわ」とマリアンは答えた。

「ありがとう、かわいこちゃん」とロブは気さくに言った。なんてことのない呼びかけだとわかっていても、マリアンは肌が火照るのを禁じえなかった。どうやら彼は公爵夫人と敬称で呼ぶ代わりに、もっとも無礼な呼び方をすることにしたようだ。

毎日のように手紙をやりとりしていた頃、マリアンは彼がどんな見た目をしているか想像しないようにしていた。手紙から読み取れることもある。階級、教養、知性、それに年齢。けれど、容姿まではわからない。こうして真昼の明るい日のもとで彼の姿を見て、男性としてそれなりに魅力的であることは認めざるをえなかった。いくらか日に焼けているものの、ハンサムだった。声も聞いていて心地よかった。上流階級を真似た皮肉っぽいアクセントと本来のアクセントとのあいだで揺れ動き、荒々しいけれど、ゆったりと間延びした口調も。それなりの教育を受けているのは確かだった。それは手紙からもわかった。もっとまともな仕事にだって就けたはずだ。それなのに、どうしてこんなこと――それがなんであれ――をしているのだろう。

人混みを抜けて宿に戻り、馬を受け取ると、次の町に着くまでほとんど無言で進んだ。宿が見えてくると、ロブは勝ち誇ったような笑みを浮かべ、カウンターにもたれるようにして宿のおかみさんに何やら耳打ちした。きっと馬鹿げたことばをあれこれ囁いたにちがいない。すぐにベッドと洗面台と暖炉のある、狭いけれどきれいに片付いた部屋に通された。

マリアンはあまりに疲れていて、眼にしたものに思考が追いつくまでに少し時間がかかった。部屋は一部屋だけで、ベッドもひとつしかなかった。

「おれから眼を離したくないだろうと思ってね」

まるでマリアンの頭の中を読んだかのようにロブは言った。

「人質っていうのは自由を与えられないものだからね」

「ふん！」

マリアンは馬鹿にするように鼻を鳴らした。

「あなたを誘拐しようなんて人がいたら、なんともお気の毒ね」

どうして彼はここにいるのか。ここに来るまでのあいだ、マリアンはその理由を考えもしなかった。どうしてパンを分けてくれたのか、どうして市に連れていって、きれいな服を買ってくれたのか。疲れきっていて、頭がはたらかなかったのだろうが、こうして彼が一緒にいてくれることが自然で正しいことのように思えるのもまた事実だった。数週間の手紙のやりとりを通じて、想像でしかない親しみが本物であるかのように勘ちがいしてしまっていた。

「あなたが自分で望んだのでなければ、今頃ここにはいないでしょ」

そう言ってしまってから、それが本心であることにマリアンは気づいた。

「つれないことを言うね。やったことがないことを経験してみたかったんだ。誘拐されるなんて初めてだからね」

ロブはそう言うと、コートを脱いで椅子の背に掛けた。

「どれだけきみと一緒にいても飽きないからかもしれない」

「とんだ色男ね」

マリアンは部屋の隅に立てかけてあった折りたたみ式のついたてを見つけ、視界を遮るように広げた。ゆうべは眼のまえで服を脱いで裸になったが、彼はまるで気にもとめていないようだった。彼がカードを見たまま、顔もあげずにハンカチーフを渡してくれたことを思い出した。彼なりの思いやりだったのか、女の裸など見慣れていて興味すらないのか、マリアンにはどちらともわからなかった。

どちらにしても、納得できる理由ではなかった。

「さっき買ったシャツをくれる？」と彼女は言った。「お風呂にはいるから」

ロブは何も言わずにシャツを渡した。

マリアンはほっとして、汚れた服を脱いだ。リトル・ヒントンについたら全部燃やしてしまおうと思った。水差しの湯はぬるかったが、冷たいよりはましだった。脱いだフランネルのシャツで顔を洗うことにした。

「石けんもいるかい？」

ロブの声がした。ついたてをはさんでいるが、彼はすぐそばにいた。

マリアンは石けんも欲しかった。ものすごく欲しかった。

「ええ」

そう言ってから、渋々「ありがとう」とつけ加えた。マリアンがついたての向こうに手を伸ばすと、ロブはその手に石けんを渡した。

上等な石けんとは言えなかった。かすかに灰汁のにおいがして、使うとぽろぽろと崩れた。体を洗っていると、ついたての反対側から物音が聞こえてきた。ブーツが片方、床に置かれ、次にもう一方が置かれる音。衣擦れに続いて、革が肌の上を滑る音。ロブは服を脱いでいる――当然だ。これからひと眠りするのだから。

マリアンはそのことを考えまいとした。考えないようにするのは得意だったが、あと二日間ロブと一緒に過ごすなら、もっと得意にならなければいけない。

洗面台に掛けてあった布で体を拭き、新しいシャツをかぶって着た。当然ながら腰まで隠れてしまうほど大きく、ウェストコートを着ないと胸元がかなりあいてしまう。マリアンはそれも考えないようにした。ロブはもうベッドで横になっていた。ちゃんとシーツをかぶっていたし、ありがたいことにシャツも着ていた。腕を枕にして、壁のほうを向いて寝ていた。マリアンはカーテンを閉め、部屋を真っ暗にしてからベッドにはいった。

8

寝られるだけ寝ていよう。ロブはそう思っていた。けれど、心がそうはさせてくれなかった。

慎みに欠ける妄想を押しやってどうにかここまで来た。が、同じベッドでマリアンが寝ている、それも裸同然の恰好で隣りにいると思うと、いくら考えまいと努力しても無駄だった。もっとも、マリアンとほぼ裸の女とを結びつけないようにしているのは、よからぬ想像から逃れるためだけではなかった。むしろ、いつものロブならそうした妄想を歓迎し、さらには行動に移して、状況を複雑にするのもやぶさかではなかった。しかし、マリアンに限って言えば事情はすでに充分込み入っていた。これ以上、ものごとをややこしくすることはない。彼女は昨日、夫を殺していた。そのうえ、当人たちが自覚しているかは別として、目的地まで安全にたどり着くにはロブに頼るよりほかに術がなかった。そんな女と戯れたりしたら、ややこしいどころではなくなってしまう。

そういうわけで、ロブは努めてあれこれ考えないようにしながらベッドに横たわっていた。その努力はこれまでどおりうまくいっていた。暗くて寒い部屋にいるのが苦手でなければ、もっとうまくいったかもしれない。逃げ出すこともできない暗くて寒い部屋。壁がだんだん迫ってきて、窓から鉄格子が生えてくる。ドアの取っ手をまわしても開かないのではないか、立ち上がったら足枷につながれているのではないか——そんな気さえしてきた。

ロブは飛び起きた。心臓が早鐘を打っていた。怖れる理由など何もないはずなのに。そうとも、おれは自由で、安全で、欲しいものはなんだって手に入れられる。どこまでも自由で、どうやらちょっと頭がいかれている。それだけのことだ。この感覚は今に始まったことではなかったが、一年まえからますますひどくなっていた。

なるべく音を立てないように気をつけながら服を着た。外はもう暗かったが、階下からは賑やかな声が聞こえていた。まだ十時をまわっていないのだろう。郊外にある宿の常として酒場は客たちで賑わっているようだ。運がよければ遅めの夕食にありつけるかもしれない。

ロブは急いでコートをはおり、ドアに向かった。床の真ん中に無造作に脱ぎ捨てられたマリアンのブーツの片方につまずき、もう一方にもつまずいて声を殺しつつ毒づいた。それでも、マリアンは寝返りひとつうたなかった。ロブはドアの掛け金に手をかけて立ち止まり、振り向いてマリアンを見た。口は半開きで、片方の腕がベッドからはみ出てぶら下がっていた。これほどまでに無防備な彼女の姿を見たのは初めてだった。血まみれのドレスを着て突っ立っていた昨夜のことを思うと、いい兆候と言えた。今の彼女は年相応――ロブより少し年下のはずだから、まだ二十二歳くらいか――に見えた。この娘はほんとうにあんな手紙を書いて寄越したのと同じ人なのか。茶目っ気に満ちて、皮肉が効いていて、ちょっとだけくだらない手紙を思い出しながら、忌々しいけれど自分がその手紙の送り主にどれほど好意を抱いていたか、ロブは思い知った。

これまでにも好きになった相手は大勢いる。階下の酒場に行けば、もっと増えるかもしれない。独身で、公爵を撃ったり、命の危険がある企てに親友を巻き込んだりしない人がいるにちがいない。そう思うとなんだか元気が出てきた。部屋のドアをしっかり閉め、酒場に向かうと、案の定大勢の客で賑わっていた。煙草と薪から上がる煙とホップの匂いが充満し、壁に並ぶ白目製の皿に炎が反射して輝いていた。そこには暖かさと心地よい賑わいと陽気な雰囲気があった。一歩足を踏み入れただけで、ロブはすっかり幸せな気分になった。

　暖炉のまえの席に坐った途端、肉付きのいいスパニエル犬が二匹、思い切り尻尾を振りながら近づいてきた。生まれてこのかた、誰からもおこぼれをちょうだいしたことがない。そう言いたげだった。ロブは犬たちの耳のうしろを掻いてやった。そうしていればただのお人よしに見える。犬と熱心に戯れている人を見て、まさかこの男が大それた企みを胸に秘めているとは誰も思わないだろう。

　そのあとロブは、すぐそばの席の会話にそれとなく加わった。女ふたりと男ひとりの三人連れは、この夏、年嵩のほうの女が経営する牧場で感染症並みに大量発生したクロバエの被害について話していた。女はクロバエにまみれたかわいそうな羊たちの毛を刈って、ほかの羊とは別の房に隔離するつもりだと言い、同意を求めるようにロブを見た。ロブは羊を飼育した経験はなく、骨付き肉か新しいコートになった姿しか馴染みがなかったが、彼女の方針を支持する了見は持ち合わせていた。女は年老いていて、羊の飼育に関してはなんでも知っている。そう思えたからだ。

「そうするしかないだろうね」

　ロブは真面目くさった顔でそう言った。そんなふうにして新しい友達が三人増えた。スパニエル犬も数に入れれば五人。ロブは給仕係が運んできたハムとパンのかけらを友情の証として犬たちに分け与えた。いや、赤ん坊も入れれば新しい友達は六人だ。赤ん坊はエールのグラスみたいにあちこちのテーブルを行き来していた。ロブはいつのまにか、クロバエについてあらゆる情報を入手していた。クロバエ対策の知恵や助言、祈りの捧げ方、薬草の調合方法、強欲なクロバエの蔓延を防ぐべく考案された半ば魔女的な手法に至るまで、今やなんでも知っていた。十五分も経たないうちに、ロブの心にはクロバエに対する変わることのない深い敬意が生まれていた。

運悪く話題がうじ虫に移ると——クロバエの話をしていたのだから、うじ虫が話題にのぼることもまえもって予測しておくべきだった——ロブは愉しい夕食の妨げにならないようにそれとなく話題を変えた。若いほうの女が赤ん坊の母親であることは聞くまでもなかった。そこで、母親に向かって誰もが言いそうな褒めことば——こんなにふくよかで顔色のいい子は見たことがない、賢さが眼に表れている、お父さんにそっくりだね——を並べたてた。気づいたときには、まるで特別なご褒美とばかりに赤ん坊を抱いていた。実際、褒美にはちがいなかった。相手の年齢に関係なく誰でも好きになるロブだったが、赤ん坊も大好きだった。

ケント州のこんな場所になんの用事があるのか。新しい友人たちに訊かれ、カンタベリーに向かう途中だと答えた。若いほうの女は途中にあるメードストンから来ていて、カンタベリーまでの道中ではどの宿に泊まればいいか、逆に絶対に泊まってはいけない宿はどこかなど、なんでも知っていた。メードストンにあるセブンスターズの女主人にネリーがよろしくと言っていたという伝言まで預かった。ロブは宿主から鉛筆と紙を借りて、ひと言も漏らさず律儀に書き留めた。

話し相手が席を立ち、おのおの寝室に向かうと、ひと息ついてメモした紙をたたみ、ポケットにしまった。ロブはどこまでも社交的な人間だった。この一年のあいだに友人をすべて失い、友情に代わる次善の策としてマリアンとの文通にすがった。が、それは友情とは似ても似つかないものだった。彼女に対する好意——もっと悪く言えば信頼——は孤独と混乱によってもたらされた幻想でしかなかった。約束したとおりマリアンを父親の家まで連れていく。今の彼女はひとりにしておける状態ではない。けれど、ひとたび家族のもとに送り届けたら、場合によってはカレー行きの漁船に乗せて外国に送り出したら、おれはロンドンに戻る。それで彼女との縁は切れる。

そう心が決まると満足して嬉しくなった。ふと見上げると、階段の壁に寄りかかっている人影が見えた。顔は影になっていて見えなかったが、ブリーチズに見覚えがあった。今朝、彼が市で調達したものだ。空いている椅子を足で押し出し、人影に向かって眉を上げてみせた。彼女はためらっていたが、やがて酒場にはいってきた。

近くで見ると、彼女は今朝ロブに言われたとおりに編んだ髪をコートの内側にちゃんと隠していた。これなら人目につくおそれはない。どこにでもいそうな奉公人か若い男にしか見えなかった。疲弊してやつれてはいたが。ともあれ、彼女が誰かの眼を引く心配はなかった。それは願ってもないことだったし、そうでなければならなかった。

それなのに、ロブ自身が彼女から眼を離せないのはなぜだろう？　ずっと彼女のことを考えていたのに、こうして直接会う機会がほとんどなかったせいかもしれない。マリアンは青白い顔をしていた。もともと色白なうえに空腹と極度の疲労でいっそう蒼白になっていた。肌の色から眼は青か灰色だと思われるかもしれないが、彼女の眼はほとんど黒に近い濃い色をしていた。眉も髪と同じくらい真っ黒で、額の上で鋭く弧を描いていた。そのせいで、どことなく意地悪な印象を与えた。妙な具合に傾いた鼻と、顎の先が尖っていてハートの形の顔をしていなければ、もっとずっと冷酷に見えたかもしれない。

お世辞にも美人とは言えず、整った顔立ちとはほど遠かった。以前、彼女が白粉で化粧し、絹のドレスをまとっている姿を見たことがあるが、そのときの彼女はとても印象的だった。容姿に興味を惹かれるのは、彼女の顔立ちのせいなのか、それとも自分が抱いている感情のせいなのか、ロブにはわからなかった。

「ミスター・ローソン」

ロブは旅のあいだの偽名で彼女を呼んだ。

「置き去りにされたかと思った」

マリアンは咎(とが)めるようにそう言うと、ロブが押し出した椅子を無視して真正面に坐った。

「黙っていなくならないで」

マリアンは背すじを伸ばし、見下すような横柄な視線をロブに向けた。認めたくはなかったが、ロブは名前を呼ばれて耳をぴんと立てる犬になったような気がした。テーブルに肘をついて身を乗り出し、マリアンにだけ聞こえる声で言った。

「悪い知らせがあるんだ、仔猫ちゃん――」

マリアンは反射的にのけ反った。

「仔猫ちゃんですって！　そんなふうに呼ばないで」

「いいかい」とロブはよどみなく続けた。「おれはおれのやりたいようにする、わかったか？　きみが大変な目にあったのはわかっているし、誰も信用ならないと思っているのも知っている。ましてやおれなんかを信用できるはずがない。だからと言って、暗くて狭い部屋でおとなしくしているつもりはない。きみのためであれ、ほかの誰かのためであれ」

マリアンは鼻を鳴らした。

「あなたのせいで怖い思いをしたのよ。どうやったらひとりでリトル・ヒントンまでたどり着けるかもわからないのに」

「おいおい。きみは夜のロンドンの街を、それもあんないかがわしい場所をうろついていたじゃないか。敵軍に毒を盛った人間の台詞とは――」

「ひとりだけよ！　あなたが敵だとすればだけど。それに、毒じゃなくてアヘンチンキ！　メディチ家[7]の人みたいに言わないで！」

「自分でも似たようなものだと思ってるってことかな」

「メディチ家の人たちはわたしよりずっと狡猾に、洗練された手口で難局を乗り越えた」

「きみの手腕もなかなかのものだよ」とロブは言った。「思い描いたとおりにはいかなかったかもしれないけど――」

「全然思ったとおりにはならなかった」

マリアンは感情をあらわにした。

「だけど、引き金を引かなきゃならない場面で実行した」

マリアンは眼をすがめてロブに険しい視線を向けた。

「あのとき何があったのか、あなたは知らない」

「きみにはきみなりの事情があって、やるべきことをやった。おれはそう信じている」

自分の口から出たことばを聞き、それが本心だと気づいてロブは苛立ちを覚えた。今こうしてここにいる

7　ルネサンス期のイタリアで財をなし、権力を握った一族。政敵を排除するため毒殺を常套手段としていたと言われている。

のは、彼女を信じていたからにほかならない。そうではないとどれほど自分をごまかそうとしても、それが事実だった。おれは自分が思っていたよりずっと愚かな男だ。ロブはそう思い知った。

「ほんとうに？」

マリアンは彼の心の内を見透かすかのように黒い眉を上げて訊いた。表情を読まれないように顔を背けたい衝動にロブは必死で抗った。

残念ながら、彼女のほうはロブをまるで信頼していなかった。真っ暗な部屋で眼を覚まし、置き去りにされたと疑った。自衛本能とでもいうべきか、彼にも何か魂胆があるのではないかと勘ぐったのだろう。いやはやまったく。彼女も自分と同じくらい愚かだとわかれば、少しは慰めになっただろうに。

そんなロブの願いとはうらはらに、マリアンはなんでも切り裂くナイフのような鋭い眼で彼を見た。何もかもお見通し。そんな眼だった。その視線の先が彼の顔からテーブルの上に置かれた皿に移動した。皿にはパンとハムが残っていた。ナプキンに包んで部屋に持ち帰り、彼女が眼を覚ましたら食べさせようと思って取っておいたのだ。その手間が省けた。ロブは皿を彼女のほうに滑らせた。

マリアンはその皿を押し返した。

「これはあなたのでしょ」

「遠慮は要らない」

「あなたの施しを受けるつもりはない。お金ならあるし、今日、市で買ったものの借りもある」

まさか本気で伯爵の娘を相手に慈善事業をするとでも思っているのだろうか。

「だったら見ないでおくよ」

そう言ってロブはスパニエル犬に視線を移した。犬はロブの太ももに顎を乗せた。彼が誰かに食べものをあげようとしているとわかり、自分にももらう資格があると名乗り出るかのように。

「今のうちに食べるといい。こっそり持っていってもいい。それこそ狡猾な手口でやり遂げられるよ」

「自分が食べる分はちゃんとお金を払う。盗む気はないわ」

「だけど、そもそもそれがおれのものだって誰が言える？」

「これはあなたが買ったものよ」

マリアンはゆっくりそう言った。この人は頭がどうかしていると今になってようやく気づいた、そんな口調だった。

「宿の主人を呼んできて、説明してもらう？」

言わんとしていることを伝えるには、ちがう方向から攻めるほうがよさそうだ。

「食べもののことはいったん忘れて別の話をしよう。そうだな、銃のこととか」

ロブは顎をさすりながら言った。

「きみはどうして他人の銃を手に取ったのか」

マリアンは大きなため息をつき、天井を見上げた。そうすれば力を得られるとでもいうように。ロブは笑いを嚙み殺した。

「そうか、わかった！」

ロブは盗み聞きされないように声を落とし、前屈みになって続けた。

「誰かを撃つためにその銃が必要だったから――」

マリアンは手をあげて制した。

「はいはい、もういいわ。わたしには良識を語る資格なんかないって言いたいんでしょ。そんなのとっくにわかってる。もううんざりよ。わたしはただ自分が食べる分は自分で払いたいだけ」

「ここに降りてくるとき硬貨入れを持ってきたか?」

マリアンはロブを睨みつけて言った。

「いいえ」

「だったら泥棒の道義についてレッスンを続けよう。銃の話はひとまず忘れて――」

「まずパンとハムを忘れた。それから銃を忘れた。まもなくわたしは辛抱を忘れるわよ」

「きみがおれの馬を盗んだとしよう」とロブは無視して続けた。「だけど、それはおれが誰かから盗んだ金で買った馬だった。では、その馬は誰のものか?」

「あなたのお友達も今のわたしみたいにいつも退屈な思いをしてるのかしら」

「その馬は誰のものでもない」

「ひとつまえの喩えに出てきた銃をくれる?　自分で頭を撃って、この話を終わりにするから」

「弾丸は込められてない」

ロブはそのことばを制して続けた。

「撃てない銃を盗んでも仕方ない。銃の仕組みすら知らないとはね。おれがそばにいてきみは運がよかった」

マリアンはロブをじっと見つめて言った。

「あなたってどうかしてる。こんなおかしな人に人生を振りまわされるなんてがっかりだわ。悪党は根が真面目と相場が決まってるのよ」

「悪党？　おれが？」

ロブは胸に手をあてた。

「傷ついた」

「傷つけられればどんなにいいか」

マリアンは不満げに言った。

「さあ、食べて」

まんまと言いくるめられたと言わんばかりにマリアンは食べはじめた。そんな彼女を見て顔がにやけそうになるのをロブは必死でこらえた。

9

翌朝、宿を出たふたりはカンタベリー・ロードとほぼ平行に走る通りを進んだ。狭い小径で、馬が二頭並んでやっと通れるほどの幅しかなかった。

「馬番たちの話では、ここはかつてカンタベリーに続く巡礼者の道だったらしい」とロブは言った。「ウィンチェスターから出発する道だと思う」

マリアンは鼻を鳴らしてそしらぬふりをしたが、ほんとうはおかしくて仕方なかった。もちろん、ロブはほんとうにそうだと信じているのだ。

「こういう道はどこにでもある。ほとんどは家畜を市に運ぶためにつくられたものでしょ。わざわざ巡礼者を持ち出して趣を持たせることはないわ」

ロブはため息をついた。マリアンは意地悪をして彼の愉しみを台無しにしてしまったと後ろめたくなり、馬の脇腹を蹴ってまえに出た。

正午頃、宿屋に着いた。宿の酒場にはいって五分と経たないうちに、ロブは宿のおかみさんをつかまえ、ルータムヒースのネリーという女性がよろしくと言っていた、赤ん坊はまるまるとして元気に育っていると伝えていた。

「もう一年も会ってないの」とおかみさんは言った。ふくよかでなかなかの美人だった。頬にえくぼがあった。きみはぼくの最愛の人だ、ロブはそう言わんばかりに女に微笑みかけた。その瞬間、マリアンはその女が嫌いになった。

「赤ん坊の世話や牧場の仕事で忙しくしているようだよ」

ロブはまるでネリーの昔からの親友のような口調で言った。

馬鹿馬鹿しいったらない。ロブがどうしてそんなことをするのか、マリアンにはまるで理解できなかった。彼が筋金入りの浮気者でないとすればだが、もちろん。最初はおかみさんの機嫌をとって夕食をただにしてもらおうとでも企んでいるのかと思った。が、むしろロブはいつも少し多めに支払った。とにかく人と話をするのが好きなのだろう。そうとしか考えられなかった。マリアンはその様子を見ているだけで辟易した。考えるだけでうんざりだった。

もっとも、彼女自身、今朝は一時間以上ずっとロブと話していたが、ちっとも退屈には感じなかった。話の内容は時々棘だらけのいばらを掻き分けて彼女の心の奥深くまで入り込んできそうになったが、その都度決まって話題がそれた。認めたくはなかったが、ロブがわざと軌道を変えていた。そこに棘やいばらがあると察知するだけで、ロブには彼女の心の全容が見えるらしい。マリアンは自分が古びた垣根になった気がした。越えてはいけない境界を探られていると思うといい気分ではなかった。どこがもろく危険な場所なのか、きっとすぐに見破られてしまうにちがいない。

「酸っぱいか？」とロブがテーブルの向かいの席から訊いた。「おれのビールは変な味はしないけど。というより、むしろうまいけど」

「とってもおいしいわ」

「しかめ面をしてた」

「してない」とマリアンは言い返した。「いつもこんな顔なの」

「笑顔だったときもある」

「うっかりしてたのよ。でも次はないわ」

そのことばを聞いてロブはにやりとした。マリアンは意に反してしゃしゃり出ようとする笑顔を見られまいと、慌ててジョッキに手を伸ばした。

「娘さんはいくつ？」

その問いかけに、マリアンはジョッキを持ち上げる手を途中で止めた。

「四か月」

ロブがイライザのことを訊いてくるのはこれが初めてではなかったが、マリアンはその都度話をそらし、ロブのほうも追及はしなかった。ロブは彼女を気づかうように接していて、そのせいでマリアンはひどく無防備な気がした。同時に、なんともいえない気持ちになった。こんなふうに思いやりのある扱いを受けるのはいつ以来だろう。いたわるように接してもらうとどんな気持ちになるのか、もはやわからなくなっていた。

「顕現日[8]で五か月になる」とマリアンはつけ加えた。

「今はどこに？」

ロブはさりげなく、それでいて探るような口調で訊いた。

「ロンドン。こんな真冬に馬に乗せて連れ歩くわけにはいかないもの」

8　キリストが神の子として世に現れたことを記念する祝日。クリスマスの十二日後の一月六日。

娘を置き去りにしたわけじゃない、マリアンはそう弁解したかった。

「もしわたしの身に何かあったら、この国を離れなくちゃいけなくなったりしたら、パーシーが面倒をみてくれる。パーシーはあの子にめろめろだから」

自分もパーシーと同じくらい自然に娘に愛情をかけることができたら。何度そう願ったかしれない。

「それに世話係に五ポンド渡して頼んである。公爵がイライザに何かしようとしたら、兄のマーカスのところに連れていってほしいって」

公爵は彼女に一ペンスたりとも自由に使わせてくれなかったので、それだけの金を工面するのは容易ではなかった。訪ねた家々からティースプーンやこまごましたものをくすね、何週間もかけてどうにか用立てたのだった。

「フリートディッチの？」

「ええ？」

「どんなひねくれた理由があったか知らないが、歌詞をショーディッチじゃなくてフリートディッチに変えて歌ってたっていう世話係と同じ人かい？」

「そう」

ロブはマリアンのほうに身を乗り出して訊いた。

「どこを撃った？」

急に話題が変わったが、マリアンは黙って二本の指で自分の胸の真ん中を軽く叩いてみせた。

ロブはうなずいて言った。

「仮に公爵の命が助かったとしても、きみの娘に危害を加えられる状態じゃない。それはまちがいない」

自分でもずっとそう言い聞かせてきたが、傷を負うことにかけては経験豊富な人の口から聞くといっそう安心だった。マリアンはうなずいてロブに謝意を示した。

「きみに似てるのか？」

妙な質問だ。

「パーシーによく似てる。頭はまだ卵みたいにつるつるだけど」

ロブは笑った。

気づくと、マリアンは味わう間もなく料理をたいらげていた。ロンドンを発ってからというもの、食事をするたびにそんな状態だった。こんなに食欲旺盛なのは十三歳のとき以来だった。あの頃は成長期で、二週間ごとにスカートの裾を長くしなければならなかった。

ロブは彼女の皿にパンを乗せて寄越したが、どこかうわの空だった。彼女の肩越しに何かを見て、ひどく苦々しい顔をしていた。

「あいつら」

ロブは唸るような声で言った。

「ミセス・デニーを困らせてる」

「ミセス・デニーって？」

「ここの宿のおかみさんだ。待て、振り向くな。ひとりがおかみさんをつねって、別のやつがひどいことを言ってる。ミスター・デニーは厩舎にいるんだ。馬番がひとり、おたふく風邪で休んでいるから」

「あいつらね」とマリアンは言った。ロブが誰のことを言っているのかはすぐにわかった。ほかの客の倍ほどの大声でしゃべっている連中だ。

「ああ」

ロブは忌々(いまいま)しそうにそう言うと立ち上がった。

「ここを動くな」

マリアンは言われたとおりじっとしてはいなかった、もちろん。すぐさまロブが坐っていた席に移動した。そこからなら室内の様子がはっきり見える。部屋の真ん中の席に彼女と同年代か少し上と思われる男たちが坐っていた。猟犬を連れて狩りに出る紳士のような恰好をしていたが、外に出てその服装を役立てることもなく、宿の暖かい酒場で酒を飲みながら馬鹿騒ぎしていた。ブーツもコートも真新しく、どれもロンドンで仕立てられた高価なもののようだった。

ロブは男たちに厳重に抗議しようとしている。マリアンはそう確信して、うめき声をどうにかこらえた。そんなことをしても、おかみさんを余計に困った立場に追いやることにしかならない。そのくらいわかっていてもよさそうなものなのに。案の定、ミセス・デニーはうんざりした表情を浮かべ、不安そうにロブを見た。事態をどうやって収拾すればいいか、彼女にはわかっている。酔った男たちの対処など、宿の仕事にはつきものなのだから。

ところが、ロブは男たちに話しかけたのではなかった。ミセス・デニーと彼らのテーブルのあいだを歩き、わざとつまずいて転んだ。

「これは大変申し訳ない」

ロブは愛想よくそう言い、起き上がろうとして、今度はブーツを椅子の脚に引っかけた。はずみで椅子に坐っていた男が床に転げ落ちた。立ち上がろうとする男に手を差し伸べるふりをして、もうひとりの男の眼に肘鉄をくらわせた。

普段のロブは身のこなしも軽く、ゆったりと優雅に動く。そのことを知らなければ、ただのどんくさい男だと思ったかもしれない。マリアンは眉間に皺（しわ）を寄せて成り行きを見守った。ロブはひたすら謝り、男たちは気にするなとばかりにロブの背中を叩いた。居合わせた人にはロブと男たちが新たな友情を育んでいるように見えたことだろう。

ミセス・デニーがいなくなり、すぐに宿の主人とおぼしき男を伴って戻ってきたのをマリアンは視界の隅で捉えた。ロブもそれに気づいたようだ。最後に二の腕を男の鼻に押しつけると、手足がもつれるふりをやめて席を立ち、マリアンのいる席に戻ってきた。

「そろそろ出発の時間？」

マリアンは小声で言い、立ち上がった。

ロブはポケットから財布を出すと、どう見ても気前がよすぎるとしか思えない量の硬貨をテーブルに置き、出口に向かった。

「何も言うな」

ロブはそう言って、冬のよく晴れた寒空の下に出た。

馬に乗り、村のはずれまで来てからマリアンは口を開いた。

「見当はついてる。あの人たちの飲みものに毒を入れたか、さもなければ――」

「きみの得意分野だからな」

「誰だってわかるわ、ロブ。でもそれはないと思う。料理に毒がはいってたなんてことになったらミセス・デニーが困るものね。で、彼らのポケットからちょっとばかり失敬した。それも白昼堂々と」

マリアンはため息をつき、しかめ面をしてみせた。

「何があったのか、あの人たちもいずれ気づくでしょうね」

「気づいてくれなきゃ困る。だけど、その頃にはおれたちはとっくにいなくなってる」

「ロンドンに戻るときにばったり再会したら面倒なことになるかもしれない」

「別の道を通るよ」

「危険をおかした甲斐があるだけの実入りがあればいいけど」

「まだ数えてもいない」とロブは言った。「そんな暇はなかった」

「だったら今数えて」

「がめついな」

ロブはつぶやいた。が、素直にポケットから硬貨を出して種類ごとに数えた。

「一ポンド、八シリング、三ペンス」

マリアンは感心したが、努めて顔に出さないようにした。

「ミセス・デニーに置いてきた四シリングを差し引かなくちゃ」

「あの人にも分けまえをもらう権利があると思ったもんでね」

「確かに」とマリアンは嘲るように言った。「あなたは彼女の面目を見事に守った。あなたみたいな名ペテン師が居合わせて彼女は運がよかったわね」

マリアンがそう言うと、ロブはなぜか声をあげて笑った。マリアンは無視して続けた。

「あんなふうに大立ち回りを演じて恩を売らなくても、あの人は喜んであなたの相手をしたと思うけど」

「マリアン」

ロブは訳知り顔で真面目くさって言った。

「妬いてるのか？」

「まさか！　どうしてわたしがやきもちを妬かなきゃならないの？　あなたと戯れる気はこれっぽっちもないわ」

「おれはきみといちゃついてるつもりだったんだけど」

「あなたは宿のおかみさんやそこらへんにある品物と戯れてるのよ」

ロブはまた笑った。マリアンはうっかりロブの顔を見た。彼の笑顔がよからぬ作用をもたらすまえに引っ込めてもらわなくては。マリアンは急いで話題を変えた。

「びっくりするぐらい手際がよかった。掏摸をはたらくのはてっきり小さな子供だと思ってた。だけど……」

話しだしたものの、彼女はどう締めくくればいいかわからなかった。

「あなたは大人よね」

「個人的な話をする気になったのか？」

ロブは本気でたぶらかすように囁いた。彼の表情を見ずにすむように、マリアンは冬の枯れた茶色い景色を眺めるふりをして横を向いた。

「最初はおれもまだ痩せっぽちの子供だった。その頃からずっと続けてる。それだけだ」

「だけど、ちゃんと教育を受けたんでしょ？　読み書きできるじゃない」

「犯罪に手を染める人間はみんな読み書きができないと思ってるのか？　だとしたら、今夜は宿に鏡を取り寄せなくちゃならないな。自分の姿を見てみるといい」

「そういう意味じゃない」

マリアンは歯ぎしりし、苛立ち（いらだ）を抑えて言った。

「学校に通っていたなら、掏摸をはたらく時間なんかなかったんじゃないかと思っただけ」

「育ての親が学校にいれてくれたけど、死んでしまった。キットの家族も死んだ。おれたちは家族を奪われてひどく腹を立てた。だから金持ち連中から盗むことにした。厳密には、そう決めたのはおれだ。キットはシェヴェリル城に火を放って公爵もろとも燃やそうとしてた。だけどおれが止めた。おまえが放火の罪で縛り首になったら、おれは飢えて悲惨な死にざまをさらすことになるって言って説得した」

よどみなく語ることばの奥に語られていないたくさんの物語があるように聞こえた。そこには誠意と悲しみと友情があった。マリアンはそのすべてをもっと知りたいと思った。ロブが話すことはなんでも聞きたいと思った。

「だからハイウェイマンになったの？　そのほうが命の危険が小さいから？」

「そのほうがおれたちの能力を活かせると思った。十五歳のおれにはそれが正解だと思えたんだ」

「捕まったことは？」

またしてもおかしなことを言ってしまったのだろう。ロブは盛大に笑った。

「捕まったことがあるかだって、マリアン？」

ロブはまっすぐに彼女を見て言ったが、その表情が何を言わんとしているのか、マリアンには読み取れなかった。

「もちろんあるとも」

「それでもやめようとは思わなかったの？」

マリアンはというと、公爵を殺したのは自分だということがいつばれるかと考えるだけで頭がおかしくなりそうだった。だから極力考えないようにしていた。

「ちっとも。むしろ、どうすれば捕まらずにすむか考えるようになった」

「ちょっと待って」

ロブの身の上話が今になって心に引っかかった。さっきは彼の横顔を見まいと必死で、話が頭にはいってこなかったのだ。

「ミスター・ウェブはシェヴェリル城を燃やすつもりだったって言ったわよね？　公爵は彼の家族が死んだことと関係してるの？」

ロブはマリアンをじっと見つめた。

「知らなかったのか？　きみとホランド侯爵は何も知らずにキットを雇って公爵の馬車を襲撃させようとしてたのか？」

「そうよ」とマリアンは言った。心臓が早鐘を打っていた。「知るわけないでしょ？」

「だったら、どうやってあいつのことを知った?」

「ダイナが教えてくれた」

「ダイナって?」

「わたしのお産婆だった人。友達から聞いたって言ってた。どこの誰についてもなんでも知ってる女の人がいるって」

どんな反応が返ってくるか予想もつかなかったが、まさかロブが悪態をまじえて激しく笑いだすとは思ってもいなかった。

「世間は狭いとはよく言ったもんだ」

それだけ言うと、ロブはまえに出て馬をゆっくり走らせた。

10

母さんなのか？　キットがハイウェイマンだとマリアンたちに入れ知恵したのは、よりによっておれの母親だったのか？　マリアンのお産婆が誰なのか、ロブはそれも知っていた。母の店で働いている女たちの世話をしている金髪の四十代の女だ。母はどうしてその人に秘密を打ち明けようと思ったのか。ロブにはさっぱりわからなかった。ロンドンに戻ったら、一度ちゃんと話をしなくては。

あいにく、逆に責められることになるのは眼に見えていたが。彼は一年ものあいだ、母親に自分は死んだと思わせていた。母はきっとその話を蒸し返すに決まっている。道義の上から言っても彼には母を責める資格はなかった。結局、彼がまた謝る羽目になるのだろう。

「自分が死んだことにして、友人や家族を欺こうと考えているなら、名案とはいえない。それだけは助言しておくよ、マリアン」

「覚えておくわ」とマリアンは答えた。声の響きから笑っているとわかったが、振り向いて勘ちがいではないかと確かめることはあえてしなかった。

日はすでに沈みかけ、ふたりのまえに長い影を落としていた。もともと単調な田園風景がよりいっそう色彩を失いつつあった。

「しばらく馬を歩かせてもかまわないか？」とロブは訊いた。

答える代わりにマリアンは黙って馬から降りた。彼女が二頭の馬のあいだを歩きだしたので、ロブもそれにならった。道幅は狭く、ふたりの肩は今にもぶつかりそうだった。

「それで」とマリアンが口を開いた。言いにくいことを言おうとするときの口調だった。「あなたとミスター・ウェブは親友なの？」

ロブは思わず吹き出した。白い息で眼のまえが曇った。

「だといいけど。どうやら許してもらえたみたいだし」

「そういう意味で言ったんじゃない。あなたは毎晩あの人のコーヒーハウスを見ていた。何日もずっと。それからようやく勇気を振り絞って店にはいっていった。その日からロンドンを発つまで店に泊まっていた」

話がどこに向かっているのか、ロブにはわかりかねた。

「キットとおれは一緒に育った。あいつはおれの一番昔からの友達で、親友だ」

「それだけ？」

「それだけ？　それだけじゃ駄目なのか？」

ロブの人生にはいつもキットがいた。心から頼りにできるたったひとりの相手だった。その関係をあやうく壊しかけたことが今でもロブの心に重くのしかかっていた。

「ずっとそんなふうに親密な関係なの？　わたしが訊いてるのは、あなたとミスター・ウェブが恋人同士なんじゃないかってこと。もしくはあなたが彼を想っているか、彼があなたに恋しているか。それとなく訊いてあげたのに、こんなにはっきり言わせるなんて、あなたってほんとうに意地悪ね」

なるほど。ホランド侯爵と友達でいるには、そっちのほうについては寛大でなくてはならないのだろう。

ロブはそう思った。

「ああ、いや。そんなんじゃない。キットに誰か決まった相手がいるかどうかを知りたいのか？」

「どうしてわたしがそんなこと知らなきゃならないの？」

「そういうことなら、ホランド侯爵は気兼ねする必要はない。おれにも、ほかの誰にも」

「どうしてそこにパーシーが出てくるのかしら」とマリアンはそしらぬ顔で言った。ほんとうのことを口に出すわけにはいかない、だから、まるで説得力のない嘘でごまかすのが次善の策だと思ったようだ。

「どうしてホランド侯爵が出てくるかは説明するまでもないだろ。おあいにくさま。キットはいいやつだよ」

「パーシーだっていい人よ。いえ、それは嘘ね。パーシーにはいいところもたくさんあるけど、いい人とはいえない。わたしが知るかぎり誰よりも誠実ではあるけど。それに大切に思っている人のためだったらどんなことでもする。頭がよくてユーモアのセンスもある。この数か月はひどく辛い思いをしていたけれど」

ロブに言わせれば、ホランド侯爵は浪費家でうぬぼれ屋で、ほかの人のことなどこれっぽっちも気にかけずに生きてきた人間だが、そう思うのはバイアスがかかっているからだと自分でもわかっていた。キットを危険に巻き込むやつは許さない。それが誰であれ。

「きみはどうなんだ？　春みたいに穏やかな日々を送っていたとでも？」

「パーシーは希望を持っていた。わたしはそうじゃなかったけど。わたしの父は一年まえからちょっとした問題を抱えていて、たとえそれが解決したとしても大変な状況であることに変わりはない。イライザの行く末も考えなきゃならない。もっとも、ほんとうなら立派なレディとして育てられるはずだったなんて、当人は知る由もないでしょうけど」

なんと答えればいいのか、ロブにはまるでわからなかった。伯爵家の令嬢なのに希望が持てない？　公爵夫人だったのに何もかも失った？

「きみはこの一年、とてもいい夫とは呼べない相手と過ごしてきた」

「そうね」とマリアンはあたりまえのように答えた。雲が出てきたとか、馬の蹄鉄がはずれているとか、見ればわかることをわざわざ指摘されたときのような反応だった。

「だけど、それとわたしの将来とはなんの関係もない」

「公爵は偽りの約束をして、きみをベッドに連れ込んだ」

ロブはみずからのことばに赤面した。母のことを、母が公爵について語ったことを思った。

「きみを騙して子供まで産ませた。それは……」

ぴったりくることばを探したが、思い浮かばなかった。

「よくないことだ」

結局それしか言えなかった。

「もう過ぎたことよ」

マリアンの声はわずかにこわばっていた。

「それに、わたしは逃げ出して自由の身になった」

彼女はそう言うと、しばし黙り込んだ。どうやって逃げ出したのか思い出したのだろう。

そのまま数分が過ぎた。馬の蹄が土を踏む音と木立のあいだから吹き抜ける風の音だけが聞こえていた。

「手に入れたお金はどうするの？」

しばらくしてからマリアンは尋ねた。

「一ポンド、八シリング、三ペンス」

「今夜泊まる宿で風呂にはいって、それから薪を買う」

ロブは間髪入れずに答えた。だんだん寒くなってきて、いつのまにか暖炉の火にあたることばかり考えていた。

「正直に白状するなら、残りはロンドンに戻る途中で最初に出くわした不憫な身の上の物乞いにあげようと思う。そうやって金を使ってしまうから、いつもキットに硬貨入れを預けておかなきゃならなかった」

「あら、わたしは預かったりしないわよ。どれだけ気前よく振る舞おうと、あなたの勝手だもの。だけど、お風呂は恩恵にあずかるわ」

道はもうケント州の高原にはいっていた。丘の向こうの海から直接吹いてくるのではないかと思うほど冷たい強風が吹き荒れていた。

マリアンが立ち止まった。

「ちょっとこっちに来て」

そう言うとロブの手を取り、自分の手でこすった。それから下を向いて息を吹きかけた。

「どうして手袋をしないの？」とマリアンはつぶやいた。ロブは黙ったまま突っ立っていた。ちょっとでも動いたら、彼の手を握っていることに彼女が気づいてしまうのではないかという気がした。

「外套を貸してあげましょうか？　とても暖かいわよ」

ロブはマリアンを見つめた。からかわれているのかと思ったが、彼女の表情は真剣そのものだった。なんとなんと。彼女は本気で心配しているのだ。そうとわかってロブは顔を赤らめた。思わず眼をそらしたくなった。

「いや、大丈夫だ」

彼女の外套をはおっている自分の姿を想像するだけで、嬉しくもあり、恥ずかしくもあり、どうしていいかわからなくなりそうだった。できるだけそっと手を引っ込めたつもりだが、マリアンは咎められたように後ずさりした。

「ぐずぐずしてたら余計に寒くなる」とマリアンは言った。「それにあなたの馬の蹄鉄に小石がはさまってる。できるだけはやく取ってあげなくちゃ。気づいてた？」

ロブはまったく気づいていなかった。馬はこれまでと変わらずふつうに歩いているのに、どうして彼女にはわかったのか。ロブが答えるより先に、マリアンは馬に乗り、外套をはためかせて先を進んでいた。

白壁の小さな宿に着いたときには、太陽はすでに地平線の向こうに沈みつつあった。

「ここでいい？」

マリアンは息を切らしながら言った。

「もちろん」

馬を預け、ロブは庭を見まわした。冬の夜の田舎の宿にしては混み合っていた。馬車の馬を交換する宿ではないらしく、実際、厩舎のある庭には馬車も交換用の馬の姿もなかった。その代わりに五、六人の子供たちが厩舎と厨房のあいだを元気に走りまわっていた。

「風邪を引くわよ！」

ドアの奥からエプロン姿の女が怒鳴った。

「部屋にはいりなさい！」

が、子供たちにはまるで聞こえていないようだった。

「忌々しい仔猫どもめ」と馬番がつぶやいた。

「あらあら」

マリアンは声を抑えて言った。

「なんだ？」

「今、眼が輝いた。本で読んだことしかなかったけど、ほんとうに輝くものなのね」

「そんなはずない」とロブは言い返したが、実際輝いていたにちがいない。仔猫がいると知って心が弾んでいた。

マリアンはやれやれというように首を振り、ロブを見て笑った。歯まで見せて心から笑っていた。その笑顔を見てロブは不安になった。自分は今、考えるのも恐ろしいほどわかりやすい表情をしているのではないか。仔猫に会えると期待したときよりもずっとあからさまに気持ちが顔に出てしまっているのではないか。

「かばんを貸して。部屋を取って、食事の注文をすませておくから」

マリアンが自分からそう申し出たのは初めてだった。それまでは黙ってロブのうしろに隠れ、彼が宿の手配をするのを見ていただけだった。彼女の変装は完璧とはほど遠かったが、服は土ぼこりで汚れていて、実は女性だと気づかれることはおろか、クレア公爵夫人だと見抜かれるおそれはまずなかった。「ありがとう」とロブは申し出を受け入れた。

「仔猫ちゃんとごゆっくり」

マリアンはそう言い残して、庭を突っ切った。

「蹄鉄を見てもらうのも忘れないでね」

どちらも同じように毅然(きぜん)としたもの言いだった。ロブのお愉(たの)しみも馬の健康も等しく彼女の支配下にある。そんな口ぶりだった。マリアンはドアを押さえ、厩舎に向かって走っていくふたりの少女を先に通した。ロブはふと彼女を呼び止めたい衝動に駆られた。理由はわからなかった。ただ、まだ見送る心構えができていなかった。父親の家に送り届けたあとにしろ、その先に何が待ち受けているにしろ、いずれ彼女とは別れなければならない。その覚悟はいつまで経(た)っても持てそうになかった。

11

「まんまとしてやられた」

部屋にはいるなりロブは言った。風呂が用意されていて、マリアンがすでに使ったあとだった。ロブはベッドの端に腰かけ、ブーツを脱いだ。

「仔猫を餌におれを遠ざけて、その隙に先に風呂にはいる算段だったというわけか」

マリアンは、ベッドで上掛けにくるまり、髪を梳かしていた。

「形勢を見極めただけよ。暖炉のやかんでお湯も沸かしてあるから、風呂が冷めてるって文句を言わないでね」

これまでの人生で最高のバスタイムだった。髪が濡れたまま寝たら湯冷めして、凍えるほど寒い思いをするのはわかっていた。それでも、やはりはいってよかった。

「仔猫は？　かわいかった？」

「かわいくない仔猫なんているか？」

ロブはコートを脱いで椅子の背に掛け、ウェストコートのボタンをはずした。

「仔猫はみんなかわいいに決まってる」

「そんなんでよく泥棒が務まっていたわね」

「いいかい、かわいこちゃん、おれが盗みをはたらくのは、一日一善の精神からだ」

〝かわいこちゃん〟という呼びかけも、シャツを脱ぎながら言われるといつもとはちがって聞こえた。眼をそらすべきだったのかもしれないが、マリアンはそうしなかった。ロブの胸は髪よりもやや濃い色の胸毛に覆われていた。触れたらどんな気持ちになるだろう。あろうことかそんな想像を膨らませた。ロブの肩には大きな傷痕がひとつあった。ほかにも顔や手に小さな傷がたくさんあるところを見ると、腕や胸にもあるのかもしれないが、ここからではよく見えなかった。

マリアンも以前は男性にまるで魅力を感じないわけではなかった。パーシーと一緒になって、男たちの逞しい二の腕や顎の形や胸毛について熱く語ったこともあった。しかし、公爵と結婚していた一年のあいだに、ハンサムな男性に抱いていたかつての憧れはすっかり消え失せてしまった。

ロブが咳払いをして、何か言いたげに彼女を見た。マリアンは慌てて眼をそらした。

「気をつかって眼をそらさなくてもかまわないよ、かわいこちゃん」

マリアンの口はからからに乾いていた。

「かわいこちゃんですって？　そんなふうに呼ばないで」

「仰せのままに、お嬢さん」

ロブはバックスキンのブリーチズの縁に指をかけ、脱ごうかどうしようか迷っているふりをした。

「あなたが誰とでもいちゃつく人じゃなかったら、真面目に言ってると思ったかもしれないわね。そうしたら、どうなっていたと思う？　発言には気をつけることね」

「おれはきみとずっといちゃいちゃしてる。もう何か月もまえから。いや、いちゃいちゃを通り越して、もっと先まで進んでたんじゃないかな。気づいてなかったとしたら、きみはかなり鈍感なんだね」

マリアンの鼓動がはやくなった。

「どういう意味？」

ロブはしばし彼女をじっと見つめた。

「はっきり言えばいいってことさ」

その瞬間、マリアンは崖の縁に立っている感覚に襲われた。はっきり言えばいい。ロブはそう言っている。けれど、言ってしまったらどうなる？

そのひと言を言ってはいけない理由はない。公爵と結婚したときに立てた誓いなど、もはや守る必要はなかった。公爵が重婚の罪を犯していたからではない。悪びれもせずに彼女の人生をないがしろにしたからだ。公爵はなんとかしてマリアンに子供を産ませようとした。彼女の体では出産は無理だと医者から告げられたあとも、それは変わらなかった。そんな男に義理立てする理由はない。

今より若かったら、マリアンもためらわなかったかもしれない。今ではるか昔のように思えるが、彼女のまわりには躊躇せずに突き進む人たちが大勢いた。パーシーと兄のマーカスもそうだ。ふたりはオックスフォードシャーで一緒に学生時代を過ごし、休みの日には互いの寝室を行き来していただけでなく、同じ指向の人たちとも夜を共にしていた。だから、マリアンも自分だけがそうしてはいけない理由はないと思っていた。午後のひととき、ダンスの先生と戯れたこともあった。有意義な経験ではあったが、それほど夢中にはなれなかった。父のところに出入りしていた弁護士の妹とひと夏付き合ったこともある。そちらのほうが少しは刺激的だった。

わが道を行くのではなく、みんなと同じルールに従って生きていればもっと楽に人生を送れたかもしれない。が、もし彼女がそういう人間だったら、あのとき引き金を引くのをためらったにちがいない。もし引き金を引かなかったら、イライザはどうなっていたか。パーシーも、それに彼女自身もどうなっていたことか。いや、マリアン自身がどうなっていたかは想像がつく。ダイナにもらった薬草は万能ではない。本人がそう言っていた。いずれまた妊娠し、イライザがおなかにいたときと同じように餓死しそうになるほどの症状がずっと続いて、今度はほんとうに命に関わるかもしれなかった。いつまた病気が再発するかわからない。ダイナはがらにもなく本気でそう心配していた。医者たちの意見も同じだった。

ロブはまだマリアンを見つめていた。

「はやくはいったら、ミスター・ブルックス。ついたてでちゃんと隠してね」

マリアンは髪を梳かす手を動かしつつ、眼の端でロブの姿を追った。ロブはついたてに隠れて見えなくなり、ややあって、湯船に湯を注ぐ音がした。

「昼間はロブって呼んだ」

「たわごとはやめて」

マリアンはそう答えたが、確かに呼んだかもしれない。心の中では何日もまえから彼のことをずっとロブと呼んでいた。

水しぶきの音がかすかに聞こえてきた。ロブが湯船にはいったのだろう。湯につかる彼の姿がぼんやりと脳裏に浮かんできて、マリアンは苛立(いらだ)った。そんな想像をしてしまう自分にも、もっとはっきりと彼の姿を思い描けないことにも。

「おれが今何を求めているかわかるか?」とロブが言った。

「すぐにわかるでしょうね」

話がいかがわしいほうに進むことを予想してマリアンは身構えた。

「本が欲しい。どんな本でもいい。つまらない本でもかまわない。寝るまえは本を読みたいんだ」

「つまらない本ってどんな本?」

ロブが淫(みだ)らな展開を求めているのではないとわかってほっとしたのか、がっかりしたのか、マリアンは自分でもよくわからなかったが、その点はあえて考えないことにした。

「哲学書」とロブはすぐさま答えた。「ああいう本はどうもいただけない。ジョン・ロックやトマス・ホッブズなんて、文がだらだらと長くて、やっと一文を読み終える頃にはその文の最初に何が書いてあったのかさえ思い出せない。おれは小説のほうがずっと好きだ」

「小説が読みたいのね」

「そうだ。つまらないやつでもいい。いかにもお涙ちょうだいの物語でもないよりはいい」

ロブはそこでひと呼吸置いてから続けた。

「むしろ、そういう小説を読みたい。きみはどんな本が好きなんだ?」

最後に読書の愉(たの)しみにふけったのがいつだったか、マリアンはもはや思い出せなかったが、それを口に出して認めるのはあまりに惨(みじ)めに思えた。

「そんなに本が好きなら、盗めばいいじゃない?」

「極悪非道な書店の店主を見つけてくれたら、根こそぎ盗んでやる」

「ああ、そうだった。わたしとしたことがすっかり忘れてた。誰の手に財産が残って誰の手に残らないのか、誰が罰を受けるべきで誰がそうじゃないのか。決めるのはあなただったわね」

「おれよりほかに適任なやつがいるか？」とロブは答えた。「法に触れるなんて言われるのは我慢ならない。そんなことを言ったら、今ここで叫ぶぞ。脅しじゃない。ロックの本もホッブズの本も退屈でうんざりだったけど、彼らが何を言わんとしたかはおれにだってわかる。人間はかつて恐ろしい洞穴の中で暮らし、互いに棒で殴り合っていた。やがて法ができて、そのおかげで殴り合いをやめた。法律なんておれにはどうでもいいが」

マリアンは反論しようとして口を開きかけたが、何も言えなかった。

「おれたちはいまだに洞穴にいて、殴り合いを続けてるのと変わらない」とロブは続けた。「今日の午後、おれは宿で出くわした阿呆どもから金を盗んだ。それが法に触れる行為なのはわかってる。だけど、おれのしたことと、貧しくて借金すら返せない人たちを牢獄にぶち込むのとはどこがちがう？　おれのやり方はむしろ寛大なほうだ。悪行三昧の金持ちから税金を取るようなものだ。おれのほうがよっぽど文明人だと思わないか？」

マリアンも盗みをはたらいていた。この秋に訪ねた家々からこまごましたものをくすねた。招待してくれた家の主人たちには所持品を失わなければならないいわれはなかった。ただ、マリアンはだんだん公爵を怖れるようになっていた。公爵のほうはマリアンを疑いの眼で見るようになり、財布の紐(ひも)もかたくなる一方だった。万が一に備えて、イライザの世話係にあらかじめまとまった金を渡し、いざとなったらイライザを安全な場所に連れていってくれるように頼んでおきたかった。しかし、その金が手元になかった。泥棒はいけないとわかっていたが、ほかに方法がなかったのだ。公爵を撃ったのも同じ理由からだった。訴えて裁判をおこすことも、法にすがることもできなかった。

「びっくりさせてしまったかな？」

ついたての向こうからロブが訊いた。

「あいにくだけど、その程度は驚かないわ」とマリアンは言い返したが、現実に引き戻してもらえたのはありがたかった。たとえその現実が、腰に布を巻いただけの姿でロブがついたてのうしろから出てくる場面だとしても。

ロブはマリアンを不思議そうに見つめ、それから、かばんの中をまさぐってシャツを出した。

「きみを驚かせようなんて思ってないよ、マリアン」

マリアンはその声音が気に入らなかった。落ち着いた優しい声で、わかっているくせにと諭すような口ぶりだった。マリアンにはどういうことなのかさっぱりわからなかったが。

「着替えのお邪魔でしょうから、先に階下に行ってるわ。そろそろ食事の用意ができている頃だし」

すぐにロブも降りてきた。石けんのにおいを漂わせ、髪は湿って襟のまわりで跳ねていた。夕食はマトンの煮込みとじゃがいもだった。食べているあいだもロブはひっきりなしに他愛もないおしゃべりを続けた。それはいつものことだ。いつもとちがったのは、彼がマリアンとだけ話をしていたことだった。近くの席に居合わせた客たちとは話をせず、料理を運んできた給仕係にも礼儀正しく礼を言っただけだった。あえてそうしているのか、それともマリアンがそれを望んでいると思っているのか。

「もっと食べるか？」

マリアンは顔をあげた。皿の底に残ったグレイビーソースを無意識にフォークの先で引っ掻いていたようだ。自分の分を食べ終え、ロブがくれたじゃがいもも食べた。ビールも二杯飲んでいた。

「おなかが空いてるわけじゃない」

「いつでもおなかを空かせてるのかと思ってた」とロブは軽い口調で言った。「いつもあっという間にたいらげるから」

マリアンは頬を紅潮させた。

「わたしったら意地汚いわね」

「そんなことない。ただ、最後におなかいっぱい食べたのはいつなんだろうって思っただけだ」

「今日のお昼よ。あなたも一緒にいた」

ロブはしかめ面をして言った。

「ロンドンを発つまえの話だ」

マリアンは覚えていなかった。あの頃は頭がいっぱいで、そんなことを考える余裕もなかった。それはロブもよく知っているはずだ。

「それどころじゃなかった」

「食べさせてもらえなかったのか?」

ロブはビールを口に運びながら尋ねた。あまりにさりげない口調だったので、一瞬何を訊かれているのかわからなかった。

マリアンはフォークを置いて言った。

「公爵がわたしを飢え死にさせようとしていたかを知りたいなら、見当ちがいよ。あなたが想像してるようなひどい仕打ちをされたことはないわ」

「マリアン」

悲しげで、咎めるような声だった。マリアンは彼に平手打ちを食らわせたい気分になった。

「あなたの大好きな小説に出てくる悪党と公爵を一緒にしないで。ちゃんと食べていたし、殴られてもいないし、鎖でつながれてもいない」

「誰かを痛めつけようと思ったら、ほかに方法はないからね。言うまでもないけど」

公爵のせいでひどい目にあったのは事実だが、ロブに理解してもらいたいとは思わなかった。ただ、公爵を撃った理由は彼の想像とはちがっていた。きっと仕方なかったのだろうと正当化されるのだけはごめんだった。だからと言って、ほんとうの理由を話すわけにもいかなかった。ほんとうの理由を伝えようと思ったら、何もかもあらいざらい打ち明けなければならなくなる。行動倫理がまわりとずれている自覚は昔からあった。それでも、ロブに真実を知られ、なんとおそろしいことをする女だと思われたくはなかった。そんな眼で見られるのには耐えられそうになかった。

「どうやら信じてもらえそうにないわね」

そう言うと、マリアンは椅子を引いて立ち上がった。椅子の足が床を引っ掻いて耳障りな音を立てた。立ってしまった以上、ここから出ていくしかないが、当然ながら行くあてなどどこにもなかった。自分の馬鹿さ加減が身にしみた。どうして別に部屋を取らなかったのか。それが悔やまれた。

ほかに行く場所が思いつかず、仕方なく厩舎に行った。逃げ出したいときはいつもそうしていた。いきなりやってきたことを馬番たちに詫び、中にはいった。馬番たちはきっと予期せぬ客に眼を光らせているより、火鉢を囲んで身を寄せ合っていたかっただろうから。厩舎には馬が六頭いた。グウェンもいたが、マリアンがそばにいるとわかったらグウェンは休憩はもう終わりだと勘ちがいして気が滅入るだろうと思い、近寄らないようにした。マリアンは慣れ親しんだ干し草と馬と革製品用の石けんのにおいを吸い込み、柱に寄りかかって眼を閉じた。

三十分ほどして、ロブが厩舎にやってきた。入口でわざとらしく大声で悪態をついてからはいってきた。逃げるか降参するか決める猶予を彼女に与えようとしたのだろう。

「思ったより時間がかかったわね」

マリアンは眼を開けずに言った。

「宿じゅうのベッドの下をのぞいて捜しまわってたの?」

「きみみたいに真夜中に誰かのあとを尾けるのが得意な人ばかりじゃない」

ロブは隣りの柱に寄りかかった。袖が触れ合うくらいの距離だったが、それ以上近づきはしなかった。

「ちゃんと聞こうとしなくて悪かった。きみがあんなことをしたのは、それなりの理由があるからだ。それだけは信じている。そう伝えたかっただけなんだ」

マリアンはため息をつき、そのことばを信じられればいいのにと思った。

「あなたは簡単に人を信じすぎる」

「おれが——なんだって——」

ロブは勢い込んでことばに詰まった。

「あなたは去年、友達をいっぺんになくした。でも、愛する人や信じる人がそばにいないと生きていけない人なのね。それで、わたしがその穴を埋められると思い込もうとした。だから、何度も手紙に返事を書いた。わたしがその手紙を利用してあなたのあとを尾けていると知っていたのに。あなたはひとりでは生きていけない人なのよ」

ロブは体をこわばらせたが、何も言わなかった。図星だったようだ。彼女はロブにとって心の隙間を埋めるのに都合のいい存在だった。だからなんだというのか。これまでだってずっと誰かにとって都合のいい存在でしかなかった。マリアンは自分にそう言い聞かせた。

12

ロブは寝るまえに、どうしてももう一度だけ仔猫たちに会っておきたかった。仲直りの印のつもりなのか、マリアンもついてきた。そそくさときれいな藁(わら)の上に坐り、仔猫が大胆にも外套(がいとう)の袖にまとわりついても好きにさせていた。

ロブも隣りに坐り、スキットルを出してマリアンに差し出した。驚いたことに、マリアンはスキットルを受け取った。

「今夜は強いお酒を飲みたい気分なの」

マリアンはジンを飲み、スキットルをロブに渡しながら弁解するように言った。

「寒さがこたえるから?」

「ふたりとも感傷的な気分だからよ」

一緒にしないでくれ。ロブはそう言い返したかったが、彼女の言うとおりだった。ジンをゆっくりひと口飲んで、顔をしかめた。それなりにおいしい食事にありつき、そこそこまともなビールとワインを飲んだあとだと、ジンは砒素(ひそ)を混ぜた胆汁のように苦く感じた。

「ホームシックにかかったらしい」とロブは言った。「正確にはホームじゃないけど。もう長いことおれには家はなかったから。ただ、以前の生活に戻りたい。何もかもめちゃくちゃにしてしまって、取り返しがつかないんだ」

マリアンはうなずいたが、それ以上深くは訊かなかった。訊く必要もなかったのだろう。手紙のやりとりと尾行によって得た情報から、ロブがどんな状況に置かれているか彼女はとっくに知っていた。

「よっぽどあの人のことが好きなのね、愛しのミスター・ウェブが」

「きみが想像してる関係とはちょっとちがうけど。あいつが男に興味があると知っていたらちがう関係になっていたかもしれないし、おれも馬鹿な真似をしたかもしれない。だけど、おれは——とにかく、そんなんじゃない。それでも、おれたちはいつも一緒だった」

マリアンが手を出したのでロブはスキットルを渡した。

「一緒にいる理由にもいろいろある」

ジンを飲んでからマリアンは言った。

ロブはスキットルを取り返して自分も飲んだ。

「あいつのために人殺しもしたし、この先も必要とあらばなんでもする」とロブは言った。ジンが頭までまわってきたようだ。今まで誰にもそんな話はしたことがなかった。

「わたしも」とマリアンが断固とした口調で言った。彼女が公爵を殺した理由に触れたのはこれが初めてだったが、ロブのほうもあえて追及しない分別は持ち合わせていた。ロブは何も言わずにスキットルを渡した。

「手紙のことだけど、何度も返事を書いたのは、あなたを尾行する手がかりを手に入れるためだけじゃなかった」

ロブの胸が高鳴った。

「へえ?」

「あなたはただのつまらない文通相手じゃなかった」

「まさかお褒めにあずかるとはね。そいつは驚きだ」

「それに、苦しい立場に置かれていることを素直に話せる相手はふたりしかいなかった。あなたともうひとり」

「もうひとりはホランド侯爵?」

「そう、パーシー。話したと思うけど、兄のマーカスも事情は知ってた。だけど、マーカスはわたしたちに頼まれて、イギリスとフランスをあちこち訪ねてまわってた。公爵の古い友人たちをうまく丸め込んで、例のエルシー・テリーだかルイーズ・ティエリーだかっていう女の人について誰かが何か覚えていないか調べてた。だから、肩を借りて泣くわけにはいかなかった」

そう言われて、ロブは何から話せばいいかわからなくなった。辛辣なことばで綴(つづ)られた手紙に誰かの肩を借りて泣きたい気持ちが込められていたとは。ロブはその事実にいつまでも浸っていたかった。どう見ても温厚そうな兄を彼女がどう説き伏せ、恐るべきスパイに仕立て上げたのかも知りたかった。それだけじゃない。彼女はロブの母親の本名まで突きとめていた。そこまでわかっているなら、彼がエルシー・テリーの息子だとばれるのも時間の問題だ。正直に打ち明けるのを先延ばしにすればするほど、彼女が真実を知ったときの裏切りの代償は大きくなる。

しかし、彼らは今、とても大事な局面を迎えていた。いつ崩れ落ちてもおかしくない崖っぷちに立っていた。文通のおかげで本物の友達になれた、ロブはそう感じていた。その関係を壊したくなかった。

そのあともふたりは飲みつづけた。スキットルが空になり、ブーツにまとわりついていた仔猫たちが遊び疲れてふわふわのひと塊になって眠ってしまうまで。それから屋内に戻り、時々互いにもたれ合いながら階段をのぼった。部屋がぐるぐるまわって見えた。

部屋にはいり、ドアを閉めると、マリアンはベッドに倒れ込んだ。

「こんなに酔うのは初めて。だからみんなジンには気をつけろって言うのね」

「酔いたい人にはもってこいだ」

ロブも同意して彼女の隣りに横たわった。

「ブーツを脱ぐまえに眠ってしまうかも。オッズはどのくらいだと思う?」

普段は口やかましいおばあさんのようなマリアンから賭け屋まがいの台詞が出てくるとは。その変貌ぶりにロブは思わず吹き出した。寝返りをうって枕に顔をうずめながら答えた。

「五倍ってところかな。だけど、きみのことはよくわかってるつもりだ。たとえぐでんぐでんに酔っていたとしても、そのまま寝てしまうほうに賭ける気にはならない」

ロブはそう言って気持ちを落ち着かせようとした。

マリアンは体を起こしたかと思うとベッドから滑り落ちた。

「ついさっきまでここにマットレスがあったのに」

当惑したようにそう言った。

「はやくあがっておいで」

ロブは手を差し伸べた。

「海にはサメがうようよしている。助かるにはこの筏に乗るしかない」

マリアンが何やら音を立てた。笑ったのかもしれないが、はっきりとはわからなかった。マリアンの笑い声を聞いたことはおろか、笑顔を見たことすらなかったからだ。マリアンはロブの手をつかみ、体を引き上げた。ロブがその手を引っ張ると、彼の上に彼女が乗っかる恰好になった。わざとそうしたわけではなかったが、文句を言う理由もなかった。ロブが両手で腰を支えると、マリアンはうつろな眼で彼を見下ろした。

必要に迫られた場合を除いて、ロブはマリアンに触れないように気をつけていた。誰かに触れられると心が落ち着く人ばかりではないというのが一番の理由だが、マリアンに触れるのが怖いからでもあった。ひとたび手を握ろうものなら、ほのかな恋心にたちまち火がついてしまいそうだった。いや、火がつくどころか一気に燃え上がってしまう。そう思っていた。けれど、今ならわかる。触れてほしくなければ、マリアンはさっと手を引っ込める。それに、彼女に恋したくないと思っても、もはやあとの祭りだった。

ロブは彼女に心を奪われていた。最初に手紙を受け取ったときからそうだった。痛烈な文面にも――自分の命運を握っている男に向けて、あんな手紙を書く女がどこにいる？――イタリアの詩人が好き勝手につくりあげた地獄の成り立ちにまつわる蘊蓄にもすっかりやられていた。あの夜、血まみれになった彼女があの狭い部屋に現れたときには、もうとっくに始まっていたのだ。あれから二日間一緒に過ごした。もはやロブの運命は定まっていた。

ここにいるのはクレア公爵夫人だ。どんな形にしろ、彼女と関係を持ったりしたら最後には傷つくだけだ。

ロブは自分にそう言い聞かせた。が、いまだかつてロブが心の警告に耳を傾けたためしはなかった。

「あなたは脅迫者としては失格だった」

マリアンはロブの胸骨を押しながら言った。それまでは両手をついて体を支えていたが、支えを失った彼女の体はロブの胸の上に完全にのしかかった。

「面目ない」とロブも同意した。

「あと二週間あれば、きっと完膚なきまでに打ちのめしてた。何ポンドか巻き上げて、あなたのために祈りを捧げてあげていたにちがいないわ」

ことばがくぐもって、はっきりしなかった。酒のせいもあるし、ロブのシャツに顔をうずめたまま話しているせいでもあった。

「尾行していたときに見たあなたはちっとも愉しそうじゃなかった。だけど今日の午後、あのいけ好かない連中からお金を盗んだときのあなたは、とっても愉しそうだった。愉しくもないのに、どうして脅迫なんかしたの？」

「脅迫するのが道理だと思ったからだ。ひょんなことから重大な秘密を知ることになった。だったら、その秘密を利用して公爵から金をせしめようと思うのがすじじゃないか」

「だけど実際には公爵じゃなくてわたしを脅迫した」

「きみが事実を知らないままでいるのはよくないと思ったんだ」とロブは反論した。もっとも、それで彼女が納得してくれるとは思えなかったし、自分でも理に適っているとは思えなかった。

「後悔してるよ。これまでにもいろいろ後悔してきたけど、きみを脅迫したことが一番の後悔だ」

「わたしは後悔してない。真実を知らなきゃならなかったし、それに、あなたを尾行するのはいい運動になった」

「いい運動」とロブは消え入りそうな声で繰り返した。

「ふつうに友達をつくるのは苦手だったから、嬉しい誤算でもあった」

「友達」

マリアンは相当な労力を伴ってどうにか顔をあげ、怒った顔をしてみせた。

「いちいち繰り返すのはやめてくれない？」

「これは申し訳ない」

「まったくもってそのとおりよ」

マリアンは横柄な口調で言った。

「今でもあなたはおかしいんじゃないかって思ってる。わたしの手紙にその都度返事を寄越すなんて」

「おれを愛してくれる人はみんなそう言う。おれがどれほどいかれているかについて、母親やキットがなんて言ってるか聞かせたいよ。それに、おれもちょっと運動したほうがよかったし、何人か新しい友達も欲しかった」

「何人かじゃない。新しい友達はわたしひとりよ。わたしとあなただけ」

「おれときみだけだ、マリアン」

マリアンはしげしげとロブの顔を見た。瞳はいくらか潤んでいたが、温かみのある真剣な眼差しだった。

「あなたの眼ってすてきな色をしてるのね」

そう言われ、ロブは胸から首にかけて、さらには耳の先まで真っ赤になった。

「すてきな色」

ロブはまたしてもおうむ返しに言った。

「蜂蜜みたい。ううん、ブランデーかも。それともシナモンかしら」

「どれも褒めことばだ」とロブはおどけて言った。もっとも、本心では、自分の眼はただの茶色だと思っていたが。

マリアンは大真面目な顔でうなずいた。

「それにそばかすがたくさんある」

「顔じゅうにある」とロブは答えた。全身が緊張で硬直した。つい何時間かまえに彼女の眼のまえで半裸になったことなど忘れてしまったかのようだった。マリアンも同じことを考えていたのか、眼を大きく見開いた。

マリアンが手を伸ばし、ロブの髪をすくって耳のうしろにかけた。

「マリアン」

ロブはどうにか声を絞り出した。

「何をしようとしてる?」

マリアンはわずかにがっかりしたような表情をした。股間が反応しなくて助かった、ロブはそのことに安堵(あんど)した。

「はっきり言えばいいだけだってあなたは言った」

「おいおい」とロブは抵抗した。「いつもこんなに大胆なのか?」

マリアンは嘲るように答えた。

「見ればわかるでしょ」

それだけ言うと、マリアンは彼の胸に手を置き、そのまま眠りについた。

13

眼が覚めると、マリアンは仰天した。大問題がふたつあった。ひとつは頭の中に短剣と小石が詰まっているのかと思うほどひどい頭痛がしたこと、ふたつめはロブの胸に覆いかぶさるようにうつ伏せでいたことだ。ゆうべ何があったのかはっきり思い出した。そこまで鮮明に覚えていなくてもいいのにと思うほどに。飲んだジンの量を考えれば、覚えているのが不思議に思えるほどに。

「やっと起きたか？」とロブが言った。地響きのような低い声で、聞こえたというより感じたというほうが近いかもしれない。

「死んじまったかと思った」

「まさか」

マリアンはどうにか声を絞り出した。声を出したせいで頭の中の短剣と小石が激しく揺さぶられ、頭蓋骨に響いた。ロブのシャツに顔を埋めたまま、痛みに顔をゆがめた。起き上がって体を離すべきなのはわかっていたが、まだとても動けそうになかった。それに、起き上がるには腰に巻きついているロブの腕をほどかなければならない。

「ひょっとしたらほんとうに死んじゃって地獄にいるのかも。わたしは地獄に落ちて当然の人間だから」

「地獄とは思えないな。おれはすごく気分がいい。きみの鼾で起こされたけど」

不当なそしりを受けてマリアンは思わず顔をあげた。

「鼾なんてかいてない」

「おやおや。だったら、誰かが鼠みたいにおれの服にもぐり込んで一晩じゅう音を立てていたんだろう。それとも、おれは牧場で豚に囲まれている夢でも見ていたのかな」

マリアンは枕をつかんでロブの顔に叩きつけた。

「なんて意地悪な人なの」

「おとといの夜も鼾をかいていた。きみの倍は歳を取っていて、倍くらい大きな体をした男がかくような鼾だった。驚いたよ、まったく」

マリアンはベッドから這い出た。服を着たまま眠ってしまうことの利点は、起きたときに着替えずにすむことだ。今はそれがありがたかった。とてもじゃないけれど、ちゃんとブリーチズに着替えられるとは思えなかった。

「紅茶を飲めば気分がよくなるよ」

「わかってる」とマリアンは苛立ちもあらわに言い返した。「酔っぱらったのは初めてじゃない」

窓ガラスは曇っていて、外の様子は見えなかった。マリアンは掛け金をはずし、窓を大きく開けた。冷たい風が部屋に雪崩れ込んだ。

「なんのつもりだ？」とロブが文句を言った。

「天気を確かめてるの」

朝日はまだ地平線から顔を出していなかった。それでも、一晩のうちに谷にはすっかり霜が降り、彼らが今日通るはずの道も霜に覆われているのがわかった。遠出するのにうってつけの日とは言いがたかった。馬に乗って、しかも二日酔いに悩まされながらとなればなおさら。とはいえ、リトル・ヒントンまではあと数時間の距離だった。

「今のところ雪は積もってない」

紅茶を何杯か胃に流し込み、一時間ほど経ってから出発した。田舎の道は静まりかえっていた。空はどんよりと曇り、陽光を遮っていた。凍った芝を踏む蹄の音だけが聞こえ、マリアンは顔をしかめた。馬たちが哀れに思えたのだ。グウェンをゆっくり駆けさせた。振り向くとロブはまだかなりうしろにいた。

「何をぐずぐずしているの？」

「してない」とロブは答えた。

「してるじゃない」

マリアンは馬を止め、ロブが追いつくのを待った。

「馬が怪我してるの？　それともあなたが怪我してるの？」

二日酔いくらいで進みが遅くなるとはとうてい思えなかった。

「なんでもない」

二日間一緒に過ごしていなければ、そのことばを信じたかもしれない。が、マリアンは知っていた。ロブは嘘をつくとき、眼を見開き、しきりにまばたきするくせがある。ふと、彼のコートの不自然な場所がもぞもぞと動いているのに気づいた。マリアンはロブの眼をまっすぐに見つめて言った。

「まさかそこに仔猫を隠しているんじゃないでしょうね」

「仔猫なんて連れてきてない」とロブは言い返した。「まだ小さいのに母猫から引き離すわけにはいかないだろ、マリアン。おれがそんなに無慈悲な人間に見えるか？」

　マリアンはため息をついた。

「見せて」

「仔猫じゃない」

「見せないなら、そこに隠しているものもろとも川に突き落とすわよ」

　ロブは諦めてため息をつき、コートの端をめくった。隠れていた生きものが手を伸ばし、彼の顎に一撃を食らわせようとしたが、ロブはすんでのところで攻撃をかわした。

「当然の報いよ」とマリアンは言い放った。「それは何？」

　ロブが下を向いてその生きものを見た。マリアンも彼の視線を追った。確かに仔猫ではなかった。猫は猫でも見たこともないほど醜い姿をした猫だった。片耳と尻尾の大部分が欠けていて、全身から敗者の雰囲気が感じられた。

「仔猫たちと戯(たわむ)れていたら、こいつが影に隠れてこっそり歩いているのが見えたんだ。ほら、がりがりに痩せてるだろ。納屋に住み着いているほかの猫たちと折り合いが悪かったんだと思う。鼠捕りは得意じゃないみたいだ」

　猫は甲高い声で鳴き、ロブの腕の中で体をよじった。

「猫と馬は相性がいいって昔から言われてる。それに、こいつはずっと納屋で暮らしてた。頼むよ、一緒に連れていってもかまわないだろ？」

「言わせてもらうなら、馬に乗ったことはないはずよ」とマリアンは突き放すように言った。「貸して」

ロブはためらった。

「こいつは凶暴だ。さっき見ただろ」

マリアンは手を差し出して、もう一度言った。

「こっちに寄越して」

有無を言わせぬ迫力があった。

猫を受け取ると、マリアンはそっと外套（がいとう）で包み、パンを抱えるように脇の下に入れた。マーカスもパーシーも子供の頃から情が深く、傷ついた動物を見つけては救出しようとした。ただ、ふたりには血や骨を見ても平常心を保っていられる度胸がなかった。結局、すばやく動物の安全を確保する術（すべ）を身につけたのはマリアンだった。

「わたしが蚤（のみ）に食われたらあなたのせいよ」

マリアンはそう言い捨て、また馬を駆けさせた。

「あなたのために連れていくのよ」

しばらく進んでから今度は猫に語りかけた。

「理解できるとは思わないし、誘拐されて腹を立ててるのもわかってる。でも、あの人はあなたが飢え死にするのを放っておけなかったの」

「聞こえてるぞ」とロブは言った。

「それに、あの人はすごく失礼な人なの」

マリアンは猫に向かってそう言った。

「馬には話しかけないくせに、猫とは話すのか？」

あなたは何もわかってない。マリアンは眼でロブに伝えた。

「馬には英語は通じないでしょ」

「猫には通じるのか？」

答える代わりにマリアンはスピードを上げた。

日が高くなり、少し暖かくなってきた。どんよりとした雲が立ちこめていなければ、このまま晴れると思ったかもしれない。けれど、すぐに雨が降りそうな気配がしてきた。

「お父さんの家まではあとどのくらいかかる？」とロブは訊いた。

「長く見積もって一時間」

ということは、家に着くより先に嵐が来そうだ。ふたりは揃って暗くなりつつある空を見上げた。

「あそこに納屋がある」

ロブは少し先にある石造りの建物を指して言った。マリアンが反論するのを見越してか、機先を制して続けた。

「ここにはずぶ濡れになりたくない馬が二頭と猫が一匹と男がひとりいる。納屋で雨宿りしよう。自然の猛威に果敢に立ち向かう方法はあとから見つければいい」

マリアンはロブを睨んだが、本気で怒ってはいなかった。ふたりは道をそれて納屋に向かった。

雨が降りだし、最初は霧雨だったがすぐに本降りになった。いきなり頭上で雷鳴が轟いた。マリアンの馬が驚いて後ろ脚で立った。マリアンは咄嗟に屈んで馬の首にへばりつき、太ももに力を込めた。乗っている馬が反り返る経験は初めてではなかったし、これが最後になるとも思わなかった。馬は半狂乱になって前脚をばたつかせ、やがて着地した。ほんの数秒だったにちがいないが、落ち着くまでに一分はかかったように感じた。

「よしよし」とマリアンは馬をなだめた。わずかに息があがっていた。「ちょうど退屈していたところよ。愉しませてくれてありがとう、グウェン」

それからロブに向き直った。

「行きましょう」

「ああいうときはすぐに馬を下りるものだ」とロブは言った。

「そんなことしたら、この子は駆けだしてしまう。借りものの馬を逃がすわけにはいかないでしょ。それにすごく怖がっているのがわからないの？　どこともわからない田舎の片隅で、ひとりで寒さと空腹に耐えなきゃならないなんて不憫じゃない」

「やれやれ」とロブはつぶやいた。

マリアンは小脇に抱えた猫に向かって言った。

「あなたには文句を言う権利なんかないわよ」

「ずっと抱えてたのか？」

「あのね、ロブ、この子を振り落としたって事態はよくならないでしょ？」

ロブは黙って首を振り、先に立って進んだ。

納屋には誰もいなかった。屋根に大きな穴があいていたので、片側の隅に馬をつなぎ、反対側の隅に固まって雨風をしのいだ。猫はふたりの足もとでしょんぼりと丸まっていた。

ふたりはどちらともなく身を寄せた。そうするのが自然だとマリアンは自分に言い聞かせた。寒くて凍えそうだったし、場所も狭かった。ただそれだけだ。昨夜はもっと密着して寝ていたではないか。

「マリアン」

ロブは彼女を一心に見つめた。

「馬鹿な真似はよして」

マリアンはそう言ったものの、心の底では聞き入れてほしくないと願っていた。

「キスしたいなら、黙ってして。前置きはいらない」

ゆうべの彼女の振る舞いを覚えていないとでもいうのだろうか？

ロブは鼻を鳴らしたが、その表情は優しさに満ちていた。

「おれはきみのとりこだ」

マリアンは呆れて眼をぐるりとまわしそうになるのをどうにかこらえた。

「あなたは勘ちがいしてるだけよ。いつも友達に囲まれているのに、今はわたししかいないから」

「たわごとはやめてくれ」

マリアンの主張は正しかった、もちろん。が、感情を昂ぶらせている男を相手に議論しても仕方ない。

「わかったわ。あなたはわたしに夢中になってる。そう宣言したところで、何が望みなのかさっぱりわからない」

またしてもおかしなことを言ってしまったのだろう、ロブが吹き出した。けれど笑い声は穏やかで――なんて哀れな人なのかしら――愛情に満ちていた。ロブは彼女の顎に触れた。

「その答は自分で見つけるといい、マリアン」

ふたりともそのまましばらくじっとしていた。ふたりを隔てているのはほんのわずかな距離だけだった。この狭い場所にふたりきりでいる。それ以外のことはもはやどうでもよくなっていた。

マリアンは前に屈んで距離を詰めた。最後に誰かとキスしたのはどのくらいまえだっただろう。一瞬、どちらに顔を傾ければいいのかわからず、躊躇した。そうするあいだもロブはじっとしていた。いつもそうだ。彼はいつだって彼女に主導権を握らせようとしていた。彼女が与える以上のものは求めなかった。体が熱を帯び、優しい気持ちに呑み込まれそうな不安に襲われた。けれど、彼女はロブよりも断固とした意思の持ち主だった。愚かだとわかっていながら、かまわずに彼にキスした。

宿を発つまえに大量に飲んだ甘い紅茶の味がした。ロブの唇はかさついてひび割れていた。外套の下に彼の手が滑り込んできて彼女の腰に触れた。その手はシャツ越しでもわかるほど冷たかった。ロブの動きは慎重だったが、ためらいは感じられなかった。

マリアンの中に熱いものがこみ上げてきた。あれほどひどい目にあってもなお誰かを求める気持ちになれるなんて。自分のなかにそんな気持ちが残っていたと知り、マリアンはひどくほっとした。

そのとき屋根の一部がいきなり落ちてきて、ふたりは同時に悪態をついた。ロブはかばんを、マリアンは猫を抱え、ひと言も発することなく馬にまたがった。まるで今まで何度も同じ経験をしてきたかのように。これから先もきっと何度もそうするとわかっているかのように。

14

ロブは手をかざして雨をよけ、行く手を眺めた。朝のうちはなだらかなのぼり坂がずっと続いていたが、途中で道が折れて急に視界がひらけた。はるか遠くまで広がる田園風景は、くすんだ茶色と灰色で描いた風景画の手本のようだった。大地は枯れ、木々は落葉し、空は重い雨雲が立ちこめてどんよりと暗かった。見知らぬ土地に足を踏み入れた招かれざる客になったような気がした。着古した服を着て、髪も整えていない人に出くわしたような気恥ずかしさを覚えた。季節がちがっていたら、木々が青々と生い茂る夏にしろ、雪に覆われた冬にしろ、もっといい景色に出会えたかもしれなかった。

気づくと馬を止めて見入っていた。マリアンも馬を止めた。

「何か月かまえだったら、もっといい景色に出会えただろうな」

ロブは土地に代わって弁解するように言った。

「夏に田舎の風景を見てもうんざりするだけ」

マリアンはそう言って、顔にかかる雨粒を外套（がいとう）の袖で払いのけた。

「花も木も見る人の気を引こうとして張り合ってる。誰もが想像するとおりの景色よ。あちこちに羊がいて、どの枝にも葉が生い茂っている。それがどこであれ、もう行きつくところまで到達してしまっている」

「よくわからないんだが」

「冬なら、この景色はこの先どんなふうに変わるんだろうっていくらでも想像できる。だけど、夏がきたら、そのあとは冬になって枯れるのを待つだけ」

　これまでそんな考え方をする人に出会ったことがなかったので、ロブはなんと答えればいいかわからなかった。ただ、泥と土だけが果てしなく続く大地を見て喜ぶ人がいるとすれば、マリアンはそのひとりなのだろうと思った。

　数分後、雨に霞む視界の先にかすかに屋根らしきものが見えた。そろそろ到着してもいい時間だ。ロブは不快な思いをするのは慣れっこだった。キットと一緒に厳しい冬を越したこともあったし、牢獄は天気のいい日でも寒くてじめじめしていた。それでも、ここに来るまでの一時間はこれまでに体験した中でも一、二を争う過酷さだった。今すぐにでも服を脱ぎ捨て、暖炉の火で乾かしたかった。マリアンは寒さなどまるで感じていないようだったが、相当無理をしているのはロブにもわかった。

　額に手をかざして雨をよけ、目指す家をよく見た。どんな屋敷を想像していたにせよ、今眼にしているような家ではないことは確かだった。マリアンの父親はアインシャム伯爵だ。伯爵というからには、当然、屋内の暖気をすべて外に逃がしてしまいそうなほど窓がたくさんある馬鹿みたいに大きな石造りの城に住んでいるものと思っていた。もしくは、鯨が口を開けたみたいに大きな柱廊玄関があり、訪れる人を圧倒するような左右対称の造りの大邸宅か。寝室が四つ以上ある大きな家は災いのもとにしかならない。それがロブの持論だった。

　ところが、たどり着いた家は田舎の農家に毛が生えた程度の質素な家だった。藁葺きの屋根と庭で土をついばむ鶏が加われば完璧、そんな趣の家だった。

マリアンは家の裏手にある小さな厩舎まで行き、慣れた様子で馬から下りた。

「ネトリー！」

それまでロブは彼女が大声を出すのを聞いたことがなかったが、雨音に負けないように声を張らなければならなかったのだろう。

「どうやら自分たちで馬の世話をしないといけないみたい」

返事がないとわかると、マリアンはそう言った。

ところが、厩舎にはいると、神と同じくらい歳をとっていそうな、ひげをたくわえた白髪交じりの男がいた。ライフルを構え、ロブの胸に銃口を向けていた。

「ネトリー！」とマリアンは嬉しそうに言った。「あら、わたしが誰だかわからないのね。こんな恰好をしているから。マリアンよ」

「ほんとうに？」

男は一歩近づき、眼をすがめてマリアンの服装をじっと見つめ、それから銃を下ろした。

「ええ」とマリアンは笑いながら言った。「ロンドンから馬に乗ってきたの」

「なんて無茶なことを」

「でしょ？　こちらはミスター・ブルックス」

ネトリーは咎めるような眼でロブを見た。

「ご結婚されたお相手ではないようですが」

「ミスター・ブルックスはわたしが道中で困らないように付き添ってくださったのよ」

ネトリーはあらためてロブのほうを向き、小声で何やらつぶやいた。さぞかし立派に付き添いのお役目を果たしたようだな。ロブにはそう聞こえた。およそ公爵夫人とは思えないマリアンの出で立ちを目のあたりにしたら、そんな皮肉のひとつも言いたくなるのも無理はない。

「馬をよろしくね、ネトリー。丁重にねぎらってあげて。この数日、重労働をさせてしまったから」

マリアンは厩舎を出て、ぬかるんだ庭を突っ切り、家の裏口に向かった。ロブもあとに続いた。彼のブーツが地面を踏むと泥が勢いよく跳ねた。

裏口のドアは小さなキッチンに通じていた。暖かい室内にはいってロブは安堵のあまり泣きそうになった。それなのに、マリアンは暖炉には眼もくれず、さらに部屋の奥へと進んだ。

「ヘスター！」

キッチンを通り抜け、反対側のドアを開け、もう一度呼んだ。

「ヘスター！」

ひとまず濡れた服とブーツを脱いだほうがいい。ロブはそう言おうとしたが、口に出すまえにマリアンが彼の手に猫を押しつけ、さらに家の奥へとはいっていった。

大部分を階段に占拠された狭い玄関ホールに出た。階段のうえに、地味な灰色の服に真っ白なエプロンをつけた女が現れた。

「マリアンお嬢さま！」

女は大声で言い、慎重な足取りで階段を降りてきた。マリアンは階段をのぼり、中ほどで女を出迎えた。

「お嬢さま、いいえ、奥さまとお呼びしないといけませんね」

ヘスターと呼ばれた女は腕を伸ばしてマリアンを抱きしめ、それから彼女の顔をじっと見た。ネトリーよりもさらに年配のようだった。顔には深い皺がいくつも刻まれ、白いキャップとの境目が見分けられないくらい真っ白な髪をしていた。

「びしょ濡れじゃありませんか。お風邪を――」

「お父さまはどう？」

ヘスターが一瞬ためらうような素振りを見せ、マリアンの表情が曇った。

「よくはありません、申し上げにくいですけれど」

ヘスターはそう言い、マリアンが差し出した腕につかまって一緒に階段を降りた。

「お嬢さまのお顔を見たらきっと喜ばれますよ。それにしても、よくぞブリーチズを穿いてきてくださいました。あれからどれくらい時が経っているか、ご主人さまにはおわかりにならないのです。なんともおいたわしい。お嬢さまは帰ってこないと毎日お伝えするのが忍びなくて、看護師もわたしもほんとうのことをお伝えするのはもうやめました。とても寂しそうなお顔をされるので」

「あなたはよくやってくれているわ」

マリアンは気丈に言った。顎に鋼でもはいっているのかと思うほど断固とした口調だった。

「ヘスター、こちらはミスター・ブルックス。ロンドンからここまで連れてきてくださったの」

ロブは老女にできるだけ恭しくお辞儀した。全身びしょ濡れで滴が垂れている上に、不機嫌な猫を抱いたままではあったが。猫が抗議の声をあげた。

マリアンが階上の部屋にはいっていくと、ロブは急いでキッチンに駆け込み、年老いた使用人が持ってきてくれたきれいなシャツに着替えた。猫と一緒に暖炉の火にあたって温まりながら、コートを乾かした。ブーツは残念ながらもはや使いものになりそうにない。コートの内側に手を突っ込んで手紙の束を捜した。まわりは濡れていたが、広げて乾かせばなんとかなりそうだった。猫は暖炉のまえで丸くなり、殺気に満ちた眼でロブを睨(にら)んでいた。

穿いたままのブリーチズをできるだけよく乾かしてから、キッチンを見まわした。彼が育った田舎の家のキッチンによく似た、狭くて四角い部屋だった。使用人の手を煩わせるまでもない。ロブは自分で紅茶をいれようと立ち上がった。食器棚のうえのフックにカップが四つぶら下がっていた。そのすぐそばに、どこにでもありそうな陶器のティーポットが置いてあった。棚にはいろいろな容器が並んでいた。

ところが、砂糖入れを開けてみると中は空(から)で、茶葉も容器の底のほうにわずかに残っているだけだった。ロブはもう一度室内を見まわし、ある事実に気づいた。ほんとうなら家にはいってすぐに気がつくべきだった。ここには料理人はおろか、キッチンメイドすらいない。暖炉の火にかけられているのは、大きなキッチンにありそうな串刺しの肉でも豪華な料理の数々でもなく、鍋がひとつだけだった。

ロブは残っていた茶葉を少しだけすくってティーポットに入れた。薄い紅茶をそっとカップに注いでいると、マリアンが戻ってきた。

黒髪が頭に張りついて、ずぶ濡れになった鼠(ねずみ)みたいだった。唇は寒さのせいで真っ青で、顔のところどころに赤い斑点ができていた。それでも、顎には頑(かたく)なな意思が表れ、眉は妥協を許さないとばかりに弧を描き、眼に宿る冷酷な光は時々輝いていた。ロブはそんな彼女の顔をつぶさに観察した。そこにマリアンという人間のすべてが表れていた。そこから眼を背けたくなかった。

ロブはマリアンに紅茶のカップを渡した。それしかできることがなかった。

「お父さんは具合がよくないみたいだな」

ヘスターと彼女の会話から察するに、伯爵の病状は容易に想像がついた。

「わたしが誰だかもわからないの」

「それは気の毒に」

マリアンは両手でカップを包み込んだ。

「去年よりひどくなってる。よくなる見込みがないのはわかってた。お医者からもそう言われていたし。だけど――ううん、わたしが馬鹿だったのよ」

「きみは希望を持っていた」

「そう」

ロブは彼女の手を握りたかった。が、そうせずに紅茶を飲んだ。

「お父さんはどうしてここにいるんだ？　チルターン・ホールじゃなく」

マリアンは無表情で彼を見た。

「わたしが子供の頃は家族でここに住んでいた。父が伯爵の地位を継ぐまでは。父には兄がいたから、誰も父が爵位を継ぐとは思っていなかった。とくに本人は。それはどうでもいいわね。とにかく、記憶があいまいになると、父の心は決まってここで暮らしていた頃に戻ってしまうの。一年くらいまえから、道に迷ったり、亡くなった母を捜したりするようになって、ここで暮らすほうが父のためになるんじゃないかと思った。どうやら父はここがわが家だと思っているみたいだから」

マリアンは紅茶をひと口飲んで顔をしかめた。薄いだけでなく、砂糖もはいっていなかったせいだろう。

「だけど、効果はなかったみたい。ものごとが計画どおりにいかなくて悲惨な結末を迎えても、もう驚かないようにしなくちゃね」

問題はそれだけではない。それは明らかだった。この家にはさっきの老女とネトリーと看護師のほかには使用人はいないらしかった。薪はわずかしか残っておらず、キッチンにも質素な食べものしか見あたらなかった。クレア公爵夫人ともあろう人が父親に満足な生活すらさせられないというのはどういうわけなのか？

マリアンは薄い紅茶から何もないキッチンにすばやく視線を走らせ、眉間に皺を寄せた。困惑しているようだった。彼女が不安そうな顔を見せるのは初めてだった。ロンドンを抜け出すときも、雷に驚いた馬に振り落とされそうになったときも、まるで動じることがなかったのに、今は明らかに戸惑っていた。

ロブがまともだったら、自分には関係ないと割り切れただろう。やるべきことはやった。マリアンを家まで安全に送り届け、彼女がキットを窮地に追い込むつもりがないことも確認した。あとはさっさと立ち去ればいいだけだった。今の彼にどんな人生が残されているにしろ、もとの生活に戻ればいいだけだった。ロンドンに戻ったら、彼女が公爵殺害の罪でおたずね者になっているかどうか手紙で知らせてやればいい。

が、そうするつもりがないことは自分でもわかっていた。マリアンが抱えている問題は自分の問題でもある。そんなふうに考えるのは危険でしかない。それは重々承知していた。しかし、ロブは危険をかえりみる男ではなかった。

15

マリアンは家じゅうをくまなく見てまわった。どの部屋もチルターン・ホールの半分の広さしかなく、壁は塗り直しが必要で、家具は部屋と釣り合っていなかった。家の東側にある煙突からはひどい煙が出ていて、ヘスターの寝室の天井には雨漏りのあとがいくつもあった。窓はどれも建て付けが悪く、風が吹くとがたがた音を立て、すきま風が大量に吹き込んでいた。

用意された寝室でマリアンは濡(ぬ)れた服を脱ぎ、ヘスターが置いていった服に着替えた。どれもヘスターの服だった。ヘスターはマリアンよりも六インチも背が低く、横幅は倍くらいあったが、それでもびしょ濡れになったバックスキンのブリーチズを穿(は)いているよりはずっとよかった。弱々しくはぜる火のまえに濡れた服を吊(つる)しながら、マリアンは思った。この窮状に早急に手を打たなくては。父親をこのまま寒い家に閉じ込めておくわけにはいかなかった。

「ヘスター」

老女がシーツを抱えて部屋にはいってくると、マリアンは問いただした。

「ほかの使用人たちはどこに行ったの？」

使用人ふたりの給金よりずっと多くの金額をマリアンは仕送りしていた。

「お許しください、奥さま。よほどのことがないかぎり手紙を送ってはいけないと言われていたので」

マリアンはシーツの端を片方つかんでマットレスにかけるのを手伝った。確かにあまり手紙を書かないようにと言ってあった。父親の居場所を知っている人が少なければ少ないほど安全だと考えたからだ。

「それはもういいわ。何がどうなっているのか教えて」

「使用人たちに暇を出すよりほかなかったのです。ジョン・ファンショー卿が三か月まえから賃料を値上げしたので」

「そう」とマリアンは消え入るような声で言った。体じゅうに寒気が走ったが、寒さのせいではなかった。「相当値上げしたんでしょうね。わたしが送ったお金じゃ足りないくらいに」

ヘスターはエプロンの下に隠した手をもみしだいた。

「あの方はクレア公爵が莫大な資産を所有していると知っているのです。それに……伯爵の病状をリチャードさまに知られないほうがいいだろうとかおっしゃって」

なるほど。マリアンはようやく合点がいった。そういえば、ジョン・ファンショーは昔から兄のリチャードと仲がよかった。伯爵の病状をリチャードに知らせない代わりに、口止め料として法外な賃料を払えということだ。マリアンが父親を領地から遠く離れたこんな田舎に住まわせている理由は、リチャードの眼が届かないようにするためでもあった。父の記憶があいまいになると、兄は、民間の施設に父を預けるべきだ、鍵のかかる部屋でちゃんと面倒をみてもらえるほうが安心だと言い出した。ようするに、精神病院に監禁しろという意味だ。

そうでもしないと父は耄碌（もうろく）した頭で判断をあやまって、伯爵家の財産が失われてしまう。兄はそれを心配していた。実際、そうなりつつあった。実は、もう何年もまえからマリアンは父の筆跡を真似（まね）た偽（にせ）の署名を用いて財産を管理していた。しかし、兄にそのことを打ち明けるわけにはいかなかった。それに、彼女が気づいたときにはすでに財産の大部分が失われていた。現金はほとんど底をつき、残っていたのはチルターン・ホールのまわりのわずかな土地といくばくかの投資だけになっていた。その投資についても、父が手をつけられないようにすでに策は講じてある。だから、今さら父を監禁しても意味はないし、失われた財産を取り返せるわけでもない。幸い、リチャードは妻の財産で悠々自適に暮らしている。残った財産に手をつけずにおけば、リチャードの息子が爵位を継ぐ頃には多少は増えているかもしれない。しかし、リチャードがそれで納得するとは思えなかった。説得しても無駄だ。経験上、マリアンにはそれがわかっていた。兄は言い争う機会を見つけては、相手の意見にことごとく、しかも猛烈に反対する、そういう人間だった。

マリアンが公爵と結婚したのはそのためだった。公爵が父の借金を肩代わりし、マリアンは父をリチャードの眼が届かない田舎に移した。願わくば、リチャードには父の存在そのものを忘れていてほしかった。

ところが、今度はジョン・ファンショーが彼女のまえに立ちはだかった。この家を借りるときに何度か手紙のやりとりをしただけで、よく知らない相手だったが、その家主がおのれの私腹を肥やすために父の生活をおびやかそうとしていた。ファンショーが父の病状について何か言ったところで、リチャードが意に介するかどうかはわからない。が、それはどうでもよかった。公爵と結婚してからの一年でマリアンは痛いほど思い知らされた。絶対的な力を持つ相手に脅迫され、その脅迫がわずかでも実行されるおそれがあるときには、絶対に受け流してはいけない。

マリアンは人を殺して血まみれになり、夜の街をうろつき、馬に乗って逃亡し、人生をすべて失いかけていた。それなのに、この期に及んで、またしても抗いようのない相手の気まぐれでさらなる窮地に追い込まれるなんて。この秋だけで二度も脅迫を受けた。それだけでも充分ひどい目にあっていると言えるが、実のところ、ずっと以前からひどい扱いを受けていた。

今度ばかりは立ち向かって、災難を跳ね返さなければならない。この一年は不幸の連続だった。それでもマリアンはこうして生きているし、イライザもすくすく育っていた。一年まえには誰も予想だにしなかったことだ。イライザが生まれて数か月が経った今でも、また気持ちが悪くなるのではないかと思うと食べたり飲んだりするのをためらうことがあった。ペパーミントやショウガのにおいを嗅ぐだけで、公爵おかかえの医者が処方した百害あって一利なしの煎じ薬を思い出さずにいられないときもあった。窒息しそうになって眼を覚まし、頭痛と地上で溺れているかのような息苦しさに悩まされた日々を思い出すこともあった。

イライザはずっと世話係が面倒をみてくれていて、生まれたあともまだおなかにいた頃と同じくらい他人としか思えなかった。似ているのはふたりとも未来が危ぶまれていることくらいだった。この子はわたしの娘だ、マリアンはそう自分に言い聞かせた。イライザの小さくて真っ赤な顔を見ては、この子はわが子だ、家族なのだと努めて信じようとした。

最初に脅迫状が届いたとき、妙に納得できたのを覚えている。誰かの娘や母親や妻である以前に、そこには彼女だけの使命が、果たすべき務めがあった。溺れかけていたところへ救命ロープを投げ込まれたような感覚だった。それに、手紙には相手がいた。ときに賢明で、ときに危険な香りのする男、夜の闇に隠れ、彼女をひとりの人間として見てくれる男がいた。本来の自分に戻る道を見つけられたような気がした。

マリアンは事態を打開しようとあらゆる手を打った。が、何ひとついい結果には結びつかなかった。あと少しでパーシーとイライザの未来を守れるはずだった。それなのに、公爵は死んでしまい、金を要求できなくなった。父を窮地から救えたと思っていたのに、質素な狭い家に閉じ込めたばかりか、父が精神病院送りになる危機は依然としてすぐそこにあった。

たとえ命を投げ出してでも、愛する人たちの安全をおびやかす者は絶対に許さない。愛する人たちが傷つけられるなんてとても耐えられない。これまでだって、ジョン・ファンショーよりもっとひどい相手と対峙してきたではないか。マリアンにはその自負があった。

16

ロブはひとりでキッチンに残り、二杯目の紅茶を飲んでいた。するとそこにまた別の老人が現れた。最初に会ったふたりよりもさらに年嵩(としかさ)の男だった。いやはや、この家の住人の平均年齢は百歳に近いのではないだろうか。

「どなたかな？」と老人が言った。灰色の髪をうしろできちんとひとつに束ね、膝丈のブリーチズを穿(は)き、分厚い眼鏡をかけていた。おそらくこの家の執事だろう。

「ロバート・ブルックス」

どうしてフルネームで名乗ったのか、ロブは自分でもよくわからなかった。これまで執事と話した経験がほとんどなかったので、なんだか恐れ多い気がしたのかもしれない。

「ロンドンからマリアンを連れてきた」

これではまるで御者みたいだが、実際、当たらずとも遠からずといったところだった。

「マリアン？」

老人は語気鋭く訊(き)き返した。

「クレア公爵夫人」とロブは言い直した。

老人の顔から戸惑いが消えた。

「彼女はすばらしい女性だ。まさに淑女の鑑だ」

ロブ自身はマリアンをそんなふうに称えようとは思わないが、あながちはずれてはいなかった。向こうっ気が強くて気性の荒い女や辛辣なもの言いをする女まで理想の女性像に含めればの話だが。もちろんロブは喜んで理想の拡大解釈を受け入れた。

「いかにも。紅茶をいれたので、一杯いかがです？」

ロブはおこがましく聞こえないことを願いつつ申し出た。

「そんなものはいらん」

執事はそう言うとキッチンを出ていき、すぐにブランデーのボトルを持って戻ってきた。

「こんな天気だからな。こっちにしよう。気分がよくなる」

老人はロブのカップにブランデーをなみなみと注ぎ、続いて空のカップにも注いだ。ロブは口ごもるように礼を言った。

「ルーシーが種付けして生まれた馬がニューマーケットのレースで勝って百ギニー獲得したんだ。その馬を売ってしまうとは、リチャードも馬鹿なことをしたものだ。百ギニーだぞ」

「それはすごい」とロブは調子を合わせた。

「そうだとも」

老人は黒い瞳でロブをじっと見つめた。今ではすっかり濁っているが、昔はもっと真っ黒だったにちがいない。老人はその眼をすがめるようにして、骨張った指でロブを指差した。

「ブランデーを飲みたまえ。温まるぞ、お若いの」

ロブは言われたとおりに飲んだ。ブランデーはあまり好きではなかったが、この執事には有無を言わせない眼力があった。蝋燭の蝋を飲めと言われても、きっと従ったにちがいない。

「雨はやみそうもないな。公爵夫人のベッドを用意したほうがよさそうだ。エレノアはきっと喜ぶにちがいない」

エレノアが誰なのかロブは知らなかったが、この家で出会った人たちの傾向を考えると、その女性は百十歳でもおかしくない。

「公爵夫人はヘスターの部屋を使うらしい」

「馬鹿な。そういうわけにはいかない。エレノアにそう伝えてくれないか。私はルーシーが雨に濡れないようにしてやらねばならんのでね」

老人が立ち上がったので、ロブも立った。老人の脚がふらついていて危ないと思ったのだ。

「ルーシーの面倒ならおれが引き受けるよ」とロブは申し出た。家から厩舎までこの老人がぬかるみに足をとられて転ばずにたどり着けるとはとうてい思えなかった。

「お父さま!」

声がしたほうを見ると、マリアンがキッチンに駆け込んできた。

「お部屋にいないと思ったら」

マリアンは老人に近寄り、腕を取ろうとした。老人はおぼつかない足であとずさり、よろけた。ロブは咄嗟に腕を出して老人を受け止めた。体格の割にとても軽かった。

「靴も履かず、キャップもかぶらずに家の中をうろうろしていると奥さまに叱られるよ」

老人はマリアンに向かって言った。きっぱりとした口調だったが、いくらか優しさがこもっていた。老人は体勢を立て直すとつけ加えた。

「奥さまが帰ってくるまえに身だしなみを整えたほうがいい」

「かしこまりました」

マリアンはゆっくりと答えた。複雑な表情を浮かべていた。

「おっしゃるとおりです。でも、まずは一緒にお部屋に戻りましょう」

ヘスターがやってきた。真っ赤な顔をして、息を切らし、しきりに詫びていた。それから、どうにか老人をなだめすかして階上の部屋に連れていった。

「きみのお父さんだったのか」

ふたりきりになるとロブはついそう言った。

マリアンは食器棚や引き出しを次々に開けては閉めた。まるで棚卸しをしているみたいだった。でなければ、へらやお玉のあいだに解決策があると思っているのか。

「当の本人はそう思っていないみたいだけど」

ロブには返すことばが見つからなかった。愛する人が自分のことを覚えていないなんて想像もつかなかった。

「ずいぶん歳を取っているようだけど」

「わたしは父が五十歳を過ぎてから生まれたの」

マリアンは暖炉の向かい側に備えつけられた戸棚の戸を開けて中をのぞき込んだ。

「貯蔵庫にバターが少しとチーズ。あら、ハムもある。今日一番の朗報だわ」

「お父さんはルーシーという馬の世話をしに行こうとしていた」

マリアンは戸に手をかけたまま動きを止めた。

「ルーシーはチルターン・ホールにいた種馬よ」

「雄なのにルーシー？」

「ルシファー[9]の愛称。二歳でうちに来たときはすごく気性が荒かった。だけど、わたしとマーカスはすっかり気に入って、ちゃんとしつけもした。父は名前の縁起が悪いと言ってルーシーって呼んでた」

マリアンはそこでロブのほうを見た。

「外に出ようとしていたの？　なんてこと。ヘスターと看護師はきれいなシーツを捜していて、お父さまから眼を離したの。昼も夜もずっと付き添っていなきゃならないのよ」

そう言うと、袖口を引っ張った。灰色のウール地の服はマリアンには袖が短く、それ以外の部分は幅が広すぎた。

「エレノアというのは？」

「母の名前。わたしがまだ赤ちゃんだった頃に亡くなった」

思い出の中の人々が――それに動物も――もうそばにいないという現実は年老いた人にとってどれほどの混乱をもたらすものなのか。心の中の世界と外の世界がかみ合わなくなったとき、人はどれほど困惑するのだろう。

9　堕天使の名前。サタンの別名で、悪魔と同一視される。

そのときロブは気づいた。伯爵が公爵夫人だと思っていたのはマリアンではなく公爵の先妻、つまりホランド侯爵の母親のことだった。おれはついさっきまで伯爵と話をしていたのだ。今になってそのことも実感した。初めての経験だった。貴族と話したいと思ったことなどなかった。それにしても、よりによって執事とまちがえるとは。

言われてみれば、確かにマリアンに似ていた。ただ、娘のほうは研ぎ澄まされたナイフのように切れ味が鋭いのに対し、父親は穏やかで、むしろ傷つきやすそうに見えた。

マリアンはキッチンを調べる作業に戻った。手当たり次第に容器を開け、中に何がはいっているか確かめた。ロブはあとをついていき、マリアンが調べている棚に寄りかかった。

「オート麦」

マリアンは中身を確認すると容器をもとの場所に戻した。

「棚卸しをしてるなら、記録係を引き受けようか?」

ロブはマリアンのすぐそばにいた。次の容器を取ろうと伸ばした彼女の腕が彼の肩をかすめるくらい近かった。

「棚卸しをしてるわけじゃない」

「わかってる」

「干しぶどう」

マリアンは陶器の中をのぞいて言った。

「食べる?」

「喜んで」

　ロブは手のひらを差し出した。

　マリアンは二本の指で干しぶどうをいくつかつまみ、ロブの手のひらに乗せずに口もとに近づけた。ロブは固まったようにじっとしていた。マリアンも動かなかった。ロブの唇のすぐそばで干しぶどうを持った手を止め、眼を少し見開き、口を一文字に結んでいた。ロブは顔を傾けて干しぶどうを食べた。ほんの一瞬、唇が彼女の指先に触れたが、すぐに顔を離した。

「家主が家賃を値上げしたの」とマリアンは言った。「最初の取り決めよりずっと高い値段に吊り上げた。そんなのただの強奪よ。面白半分で脅迫しているようなものだわ。リチャードには援助を頼めない。だって、あの人の願いはお父さまをベスレムよりちょっとだけましな場所に閉じ込めることなんだから。お父さまをここに移したのはそのためよ。リチャードのそばには置いておけないから。パーシーかマーカスに手紙を送って足りない分を工面してもらえればいいんでしょうけど、マーカスはどこにいるかわからないし、そもそもお金なんか持ってない。パーシーのほうは今それどころじゃない」

　精神病院？　強奪？　何がどうなっているのか、ロブは自分にもちゃんとわかるように説明してほしかった。が、その気持ちはひとまず脇において、マリアンにとって目下最大の心配事と思われる問題に切り込んだ。

「この家の生活費は誰がまかなってるんだ？」

「お父さまの資産はだいぶ減ってしまったけど、小さな家で年老いた使用人をふたり抱えて質素な暮らしができるくらいは残ってる」

　明らかに嘘だった。マリアンはもっともらしく聞こえるようにわざわざ声音を変えようとすらしなかった。

それはむしろよいことだとロブは思った。

「それじゃ答になってない」

マリアンはロブを見つめた。ほんとうのことを打ち明けるべきか決めあぐねているようだったが、やがて話しだした。

「わたしが払ってる。何年かまえ、ニューマーケットのレースで儲けたの。たいした額じゃないけど。でも、この家の暮らしをまかなうにはそれで充分足りていたし、公爵はそのお金の存在を知らなかったから取り上げられる心配もなかった」

「お父さんには収入がないのか?」

「資産には手をつけられないようにしてある。記憶があいまいになりかけた頃、お父さまは賢明とは言いがたい判断をいくつもしてしまった。それ以前に、おじいさまの代から何年も投資に失敗していた。領地は売るか、抵当に入れるかしてほとんどなくなった」

マリアンは苦い顔をして続けた。

「残ったのは莫大な借金だけだった」

彼女が過去形で話しているのにロブは気づいた。どうして彼女が公爵と結婚したのか、ずっと不思議に思っていたが、今になってその答がわかった気がした。

「だから公爵と結婚したのか?」

「結婚と引き換えに、公爵は父の借金をすべて肩代わりしてくれた」

マリアンは苦々しく笑った。

「それで問題はすべて解決するはずだった。それなのに、今度はジョン・ファンショーが父からむさぼり取ろうとしてる。絶対にそんなことさせない」

「そうだとも」とロブも同意した。「そんなこと許せるはずもない。ジョン・ファンショーがどこの誰だか知らないが、きみはもっとひどい男と渡り合ってきた」

「そのとおり」

マリアンも同調して言った。

「撃つか、毒を盛るか、それが問題だ」とロブはつぶやいた。

「冗談はやめて、ロブ。もっと現実的に考えなきゃ」

そう言いつつもマリアンはかすかに笑顔を浮かべた。

「その人の跡継ぎが公正な精神の持ち主じゃないかぎり、殺したところで問題は解決しない」

彼女がこれまでロブを名前で呼んだのはほんの何回かだけだった。そのひとつひとつが幸運を呼ぶペニー銅貨のように思えて、ロブは思わずその硬貨をつかみ取りたい衝動に駆られた。

「そいつから金を根こそぎ奪い取るとか？」

「話し合う」とマリアンはロブのことばを制するように言った。

「ほう、ということは、話のわかる寛大な相手なんだな？」

マリアンは刺すような視線をロブに向けた。

「そうは思えない。でも、まずはチャンスを与える。わかりやすい手段に出るのはそれからよ」

控えめながらもどこか愉しんでいるようだった彼女の表情にふと暗い影がさした。

「ただし、わたしに殺人の疑いがかけられていないかはっきりわかるまでは、会いに行けない」

一度ロンドンに戻り、またここに来るまでにどのくらい時間がかかるか、ロブは頭の中で計算した。

「おれが引き受けてもいい。そいつの屋敷に出向いて、ちょっと脅して選択を迫るのもいいが、ポケットにおさまって、かつ換金しやすいものをいただいてくるほうが手っ取り早い」

マリアンはしばしロブの提案について考えていたが、やがて彼に背を向け、キッチンの反対側にある壁の傷み具合を調べはじめた。それから、近くのドアを開けて言った。

「そうそう、ヘスターがこの部屋を使ってくれって。ベッドと椅子があるからとりあえず用は足りると思う」

ロブは彼女のあとについて部屋にはいった。

「おれは厩舎のほうがいい。わかってるだろ」

「そうはいかないわ」

マリアンがベッドのシーツをはがそうとしたので、ロブはシーツの反対側をつかんで手伝った。

「きれいなシーツを取ってくる」

マリアンはそう言うと、ロブに反論する隙も与えずに部屋から出ていった。ロブはかばんから丸めたシャツと石けんを取り出した。流し台でバケツに水を汲み、シャツと石けんを入れて浸した。八十過ぎの女性に洗濯を頼むわけにはいかなかった。ましてや、マリアンに頼むのは論外だった。

マリアンがきちんとたたまれたシーツをひと揃い持って戻ってきた。ロブはキッチンで彼女を呼び止めた。

「自分でやるよ」

「あなたはお客さまよ」

ロブはおかしくなって吹き出した。

マリアンは彼を押しのけて部屋にはいった。

「あらあら。とうとう頭がどうかしちゃったみたいね。遅かれ早かれそうなるんじゃないかと思ってたけど」

「きみはおれを監禁してたんだぞ。忘れたのか？」

ロブはむせびながら言った。

「そういうことなら、いつでも出ていってくれてかまわない」

マリアンはドアのほうを示した。

「まあ、最後まで聞けよ。ここからが面白いところなんだから。実を言うと、おれもきみを誘拐しようとしていた」

「それはない。もしそうなら気づいてたはずよ」

笑いすぎてロブは眼に涙まで浮かべていた。腹がよじれて痛かった。ベッドの支柱に腕を突っ張り、その上に顔をもたせかけた。

「マリアン、本気でおれのためにベッドの支度をするつもりなら大声で騒ぐぞ」

マリアンはマットレスの上にシーツを放り投げた。

「だったら、床でもどこでも好きなところで寝ればいいわ。わたしの知ったことじゃない」

すぐそばにいたので、彼女の息が首にかかるのを感じられた。

ゆっくり顔を上げると、マリアンは口を引き結び、彼を睨(にら)みつけていた。それ以上近寄れるものなら来てみなさいと挑発しているかのようだった。ロブはじっと動かずにいた。というより、押し倒されるのを待っていたのかもしれない。どうするか彼女に決めてもらいたかった。同時に、彼女がどんなことをするのか知りたくてたまらなかった。

「そういう取り決めだった」とマリアンは言った。彼女の手がロブの二の腕に触れた。まるでそこに押しとどめようとしているようだった。ロブは吐息を漏らした。そのとき初めて息を止めていたことに気づいた。

「わたしたちは約束した」

マリアンはゆっくり身を寄せた。ロブの唇に自分の唇を重ね、彼の口の形を確かめるように動かした。ロブが腰に手を添えると、さらに身を寄せてきた。彼女のスカートがロブの脚をかすめた。

「確かに約束した」とロブも言った。唇が彼女の口角に押しあてられていた。ふたりは約束していた。どちらもほかに誰も頼れる人がいないなら、お互いのことだけは信じようと。

マリアンはわざとゆっくり動いた。今、この場でキスとはどんなものか発見したかのようだった。市場で釣り銭を数えるのと同じくらい正確な動きだった。ロブもお返しにキスした。が、彼のほうはいかがわしい気持ち以外になんの打算もなかった。

ロブはマリアンのうなじに触れた。マリアンは髪を結っていたが、その髪に触れたかった。手探りでピンを捜して引き抜き、この数日ですっかり見慣れた三つ編みを下ろした。髪を留めている紐をほどき、黒い巻き毛に指を絡ませた。そうしているあいだもふたりの体は密着していた。彼女の唇は温かく、彼の腕をつかむ手に力がこもった。

マリアンはロブに覆いかぶさるようにさらに身を寄せ、彼を壁ぎわに押しやった。ロブの背後には壁しかなく、胸に彼女の体が押しつけられていた。

マリアンの親指がロブの頬骨をさすり、ロブは痛みを感じたようにうめいた。いや、痛みではなく渇望からくるうめきだった。ずっとこれを求めていた。何日も、何週間も、何か月もずっと願っていた。が、いざとなると、どうすればいいかわからなかった。マリアンは彼の腕の中にいた。不自然に傾いた体、思いのほか温かい肌、せわしなく動く手、ことばにならない欲求。どれも、求めてはいけないとずっと自分に言い聞かせていたものだったが、ロブはやはり求めずにはいられなかった。

そのときは突然やってきた。ロブはこの瞬間を覚えていたかった。彼女の唇の紅茶の味を、彼の手の中にある尻のふくらみを忘れたくなかった。この瞬間を切り取り、今彼らがしているのと同じくらいいかがわしい行為が描かれている本のあいだにはさんでおきたかった。振り返ってなつかしく思い出す記憶のひとつにはしたくなかった。これまでさんざんへまをしてきたが、マリアンとのことでは絶対にしくじりたくなかった。無駄な願いだとわかっていたが、それでも心から願わずにいられなかった。

ロブは体を離し、小さく首を振った。手は彼女の腰に添えたままでいた。こうしてずっとそばにいたい。その気持ちが彼女に伝わるように願いながら。が、マリアンはすぐに彼の手から逃れた。

「いや」

ロブは引き止めようとした。

「待ってくれ」

マリアンははっきりと首を振った。またあとで。きっとそういう意味だ。ロブはそう信じたかった。

17

ヘスターが質に入れられそうな銀器を捜しにキッチンから出ていくと、マリアンは両手に顔をうずめてため息をついた。疲労が極限に達していた。人というのはこれほど疲れを感じることができるものなのだと初めて知った。寝不足のせいばかりではない。何もかもことごとく失敗に終わったからだ。テーブルの向かい側で椅子が引き出される音がしても顔をあげるのがやっとだった。

「雨はじきにやみそうだ」とロブは言った。馬の様子を見に行っていたのだろう。顔からもコートからも雨粒が滴(したた)り落ちていた。ほかの男たちがシルクのコートを着こなすように、雨と泥を身にまとっていた。ロブにはそのほうがよっぽど似合う。マリアンは彼を求めていた。ベッドに連れ込んでよからぬ判断に身を委ねたかった。ロブのほうも彼女を求めていた。それなのに、この哀れな男は節度を守ろうとした。すぐそばにベッドがあったというのに。

こんな気持ちになったのは久しぶりだった。誰かに触れたい、触れられたいという気持ちはとっくに忘れていた。そんな欲求は別の誰かのものだと思っていた。今よりずっと善良だった過去の自分にしかないと思っていた。彼が体を離した瞬間、ものすごく高い場所からつき落とされた気がした。現実に引き戻されたような錯覚にとらわれた。そのショックがまだ尾を引いていた。

その彼が、今はまるでケーキでも見るような眼で彼女を見ていた。ケーキでさえも宗教的な象徴になりえると言わんばかりに彼女を見つめていた。悔しいけれど、自分もまったく同じように困惑した眼で彼を見ているのがはっきりわかった。

気を取り直すことばを何か言わなくては。置かれている状況をお互い再確認できることばが必要だ。マリアンはそう思った。

「じゃあ、そろそろ出発の時間ね」

ロブは眉を上げて眼を見開いた。

「急いでるわけじゃない。いずれは帰らなきゃならないけど。もしよければ連れてこようか？」

「誰を？」

「きみの娘を」

ロブはそう言うと、ほつれた髪を耳のうしろにたくし込んだ。頬がわずかに赤くなっている。

「きみがそうしてほしいなら。乳母でも、フリートディッチの歌を歌う世話係でも、ここに連れてきてほしい人がいるならその人たちも一緒に」

マリアンはじっとロブを見た。

「あなたが連れてきてくれるの？」

「ああ、そうだ」

今やロブの頬はわかりやすく紅潮していた。そんな申し出をしたことを恥ずかしく思っているようだった。

「むずかってばかりいる赤ん坊と何日も一緒に馬車で移動することになる。あの子はとくに気むずかしくて、癇癪(かんしゃく)持ちだから」

マリアンは少し得意気に言った。

「気むずかしくて癇癪持ちの相手と一緒に旅をするのは慣れてる」とロブは言った。穏やかで、愛情に満ちた声で、マリアンは怒る気にならなかった。

よりによってこんな寒い時期に赤ん坊を遠くまで連れ出すことはできないし、彼女の自己満足のために子供と数人の使用人を受け入れるだけの余裕はこの家にはなかった。それがわかっていながら、辻の掃除人にファージング銅貨を投げて渡すのと変わらない気軽さで、最低でも一週間は余分にかかる旅をしてまで娘を連れてこようと申し出てくれたと思うと、マリアンはいたたまれない気持ちになった。

「ありがとう」と彼女は言った。「だけど、イライザはロンドンのお屋敷にいるほうがいいと思う。パーシーがしょっちゅう会いに行ってくれるし。わたしより頻繁に子供部屋に入り浸っているんじゃないかしら。引き離したりしたら、ふたりともきっと寂しがると思う」

マリアンはロブが非難がましい表情を浮かべていないかそっとうかがった。むしろ浮かべていてほしかった。

ヘスターが戻ってきた。

「ミスター・ブルックス、ご主人さまが一緒にお食事をどうかとおっしゃっています」

ロブは驚いて眉を上げた。

「御者と思われているとばかり思ってたけど」

「何をお考えなのか、さっぱりわからないんです」

「あなたは紳士だと見抜いたのよ」

無意識にそう言ってしまってから、マリアンは失言だったと気づいた。テーブルの向かい側でロブが体をこわばらせたのがわかった。

「話し方とか、振る舞いとか。どんな服を着て、どんな靴を履いているかにかかわらず、父はそういうところで人を判断するの。誤解しないでね、あなたの服や靴が悪いって言ってるわけじゃないわ」

マリアンはロブを上から下まで見ながら言った。

「振る舞い」

ロブはおうむ返しに言った。見てくれはみすぼらしいと暗に非難されている気がした。

「どういう意味だ?」

「上からものを言ってしまったみたい。中流階級の人はみんなあなたと同じような話し方をするのかもしれないけど、わたしには知る由もない」

「中流階級?」

ロブは頭にきて吐き捨てた。

「中流階級だって? くそったれ、おれを銀行家と同類みたいに言わないでくれ」

ロブはいかにも気分を害したという顔をしてキッチンを出ると、伯爵のいる食堂に行った。

食堂にはいるのがためらわれ、マリアンはドアの影から父親とロブの様子をそっとうかがった。ふたりは焼いたハムを食べながら、いかにも涙をさそう小説の話に花を咲かせていた。彼女は読んだことのない本だったが、きっとヘスターが伯爵に読んで聞かせていたのだろう。

マリアンは胸を刺すような嫉妬心を覚えた。ロブの手前、面目が立たないとわかっていても、一緒にテーブルを囲みたいと願わずにいられなかった。最後に父と一緒に食事をしたのは一年以上まえ、彼女の結婚式の前日だった。父が自分を娘と認識できるのはそれが最後だとわかっていれば、その時間をもっと大切に過ごしただろうし、せめて思い出に残るように心に焼きつけておいただろう。けれど、今さらくよくよしても仕方がない。彼女の〝後悔リスト〟はもうすでにだいぶ長くなっていたが、父との最後の食事もその末端につけ加えるよりほかなかった。

　過去はどうにもならないが、現在の窮状から父を救うことはできる。穏やかに暮らせるように環境を整えるくらいはできるはずだ。この先、自分はどうなるかわからないが、とにかく行動するしかない。今の自分に何ができるか、具体的には思いつかなかった。それでも、どうにかなるという確信はあった。ロブもそう信じてくれていた。何しろ彼は犯罪の世界の専門家だ。だからマリアンも彼の判断を信じることにした。

　暖炉の火は最初は頼りないように思えたが、やがて室内は暖かくなり、むしろ寒さが恋しくなった。マリアンは食事を愉しむ父とロブを最後にもう一度見てから、ドアのそばの鉤に掛けてあった外套をはおり、ブーツを履いて、夕暮れの中、家の外に出た。雨はすでに小降りになっていて、外套が濡れる心配はなかった。庭を突っ切って厩舎まで走った。

　グウェンが警戒心をあらわにした眼で彼女を迎えたのは予想外だった。

「心配しないで。出発するのはまだ先だから、今夜はきれいで暖かいこの部屋でゆっくり休んでちょうだい」

　ネトリーは馬が寒くないように毛布で体をくるんでやっていた。もっとも、厩舎の中は充分暖かかった。体の大きな動物がたくさんいるときはいつもそうだ。馬が快適に過ごせるように、きれいな藁が敷いてあった。干し草も水も充分すぎるほど用意してあった。

厩舎の扉が開き、勢いよく閉まる音がしたが、マリアンは驚かなかった。

「ディナーはどうだった？」

グウェンのほうを向いたまま尋ねた。

「お父さんは地獄の成り立ちの話を聞かせてくれた。きみがまえに手紙に書いて寄越したのと同じ話だ」

ロブは無知を装った。手紙を読んですぐに『神曲』の『地獄篇』を取り寄せ、イタリア人の知り合いに頼んで英語に訳したものを読みあげてもらったのだが、そんなことはおくびにも出さなかった。

「きみが英語に訳したとも言って――」

マリアンはグウェンの額を撫でていた手を止めた。

「父がわたしの話をしたの？」

「ああ。それもすごく得意気に」

ロブはマリアンの背後まで来て言った。

「五カ国語が堪能だそうだね」

父は自分のことを覚えていた、少なくともこの世のどこかに存在すると認識していた。ただそれだけのことなのに、どうしてこんなに胸が締めつけられるのか。

「話を盛っているだけよ。父はいつも言ってた。おまえのギリシャ語はひどいなんてものじゃないって」

マリアンはグウェンがいる房の扉を上からつかんだ。

「わたしがどこにいるかわかっているみたいだった？」

「さあ、たぶんわかってないいんじゃないかな。だけど、きみの自慢話ばかりしていた。ワインのボトルが空になるまでずっと。お父さんはすごくすてきな人だね。きみのこともとっても愛している」

「話してくれてありがとう」

またひとつロブに借りができた。彼女がこれまでの人生で誰かに施した親切よりも、ロブがたった一週間で彼女にしてくれた親切のほうがはるかに大きかった。彼は誰にでも親切すぎて、むしろ節操がないと思えるほどだった。自分が何をしているか、本人はわかっていないのではないか。マリアンにはそう思えることもあった。誰かにとって大切なものはなんでも譲ってしまう。そういう性分なのだろう。その気前のよさが理性のある相手にどんな混乱をもたらすかまるでわかっていないのだ。

ロブはマリアンのすぐうしろに立っていた。彼女に触れてはいないが、その気になればいつでも手を伸ばして腰に触れられるくらいそばにいた。マリアンの体は彼の体の形を覚えていた。もう一度あの感覚を味わいたかった。振り向いて、じっと立っている彼の腕の筋肉がこわばる感触を確かめたかった。彼を独り占めしたい。そう願うと同時に、そんな願いを抱いている自分がいかに欲深いか思い知った。あのとき、彼は愛情を渇望しているような吐息を漏らした。その音をもう一度聞きたかった。

「お父さんの話では、ファンショーは希少な原稿の収集家だそうだ」

ロブはマリアンの耳もとで囁(ささや)いた。

「そういう原稿を専門に扱う商人がいるらしい。商人たちがどこから原稿を手に入れているかは聞くまでもないが」

ロブが何を言わんとしているのかがわかり、胸がざわついた。彼はただ役に立ちそうな情報を提供しているだけではない。大切な人を守りたいなら、それが叶(かな)う方法があるとほのめかしているのだ。

マリアンは振り返ってロブを見た。ロブはまるで待っていたかのように片手で彼女の肘をつかみ、もう片方の手を腰に添えた。彼女と同じくらいこのときがくるのを待ち焦がれていたようだった。きみは特別な存在だ。確かに彼はそんなようなことを言った。けれど、それは男なら誰もが陥る妄想から出たたわごとで、ロブもその慣習に取り込まれたひとりにすぎない。マリアンはそう思っていた。唇が重なると、ロブは小さく息を呑み、彼女の腰に添えていた手を背中にまわした。感極まって鼓動が激しく打っていた。さっきと同じように、彼はキスの主導権をマリアンに託した。彼女のほうから近づくのを待った。

それはできない。そんなことをしたら、仰向けに倒れるか、壁に押しつけられ、スカートがめくれあがってしまう。その状況を喜んで受け入れてしまう。マリアンは息を止め、ロブの体を押して厩舎の扉のほうを向かせた。彼の腰に触れ、ちょっと力を込めただけだったが、ロブはほんの一瞬戸惑っただけで、されるがままにうしろ向きになった。まさにそうしてくれるのを待っていたかのようだった。いつもそうやって壁に押しつけてもらっているのかもしれない。それはマリアンの思い過ごしではなさそうだった。実際、そのとおりなのだろう。

ロブは扉に両手をついて体を支えていた。マリアンが背伸びして彼のうなじに唇を押しあてると、ロブは体を震わせた。唇に彼の肌のぬくもりと柔らかさを感じた。体をぴったり密着させ、うしろから顎の下まで唇を這わせると、ざらついた無精ひげの感触があった。

「大丈夫?」とマリアンは訊いた。

ロブはしばし沈黙したあと咳払いして言った。ぼんやりしていて、起きているかどうかさえ怪しく思える声だった。

「大丈夫なんてもんじゃない」

「さわってもいい？」

はっきり口に出して言うほうがいいように思えた。

またしても間があいた。彼女の発言には〝お返しにさわられるのは嫌〟という意味が込められているのではないか。ロブは判断しかねているようだった。マリアンにはそれが手に取るようにわかった。実際、そういう意味だった。

「さわってくれ」とロブは言った。「きみがしたいようにしてくれ、マリアン」

そのことばに、マリアンの下腹部に熱いものが漲ってきた。一度だけ腰をロブの尻に押しあて、また首すじを愛撫した。ロブは扉から手を離し、マリアンが触れられるようにシャツの襟を緩めると、また扉に手をついた。マリアンはロブの髪を払いのけ、肩の付け根にキスしながら、指先で鎖骨を撫でた。ロブの肌は雨と安っぽい石けんが混ざったようなしょっぱい味がした。

行為の最中に男の鎖骨に魅了されたことは一度もなかった。それを言うなら、どの男のどの部位にも魅力を感じたことはなかった。けれど、マリアンはもう何日もずっとロブを見ていた。認めたくはなかったが、それよりずっとまえから彼のことを知っていた。なぜかはわからないが、彼の外見も心の中も知り尽くしていて、その両方が今、彼女の手の下でひとつになった気がした。体じゅうをさわり尽くしてみれば、その理由がわかるかもしれない。マリアンはそう思った。

片手をまえにまわし、ロブのウェストコートのボタンをひとつずつ順番に確かめるかのように、がっしりした胸から引き締まった腹へと手を滑らせた。手がだんだん下に降りていき、ブリーチズの縁までくると、ロブは息を呑んだ。

「ほんとに大丈夫？」

好きにしてくれ。ロブはさっきそう言ったが、こうなることは予想していなかったはずだ。いや、していたのかもしれない。マリアン自身は予想していなかったが。合意はあった。それでも、相手がいいと言うまでは、他人の下着をまさぐるのはためらわれた。

「ああ」

ロブがごくりと唾を呑む感触が押しあてた唇から伝わってきた。

「続けてくれ」

そのひと言はもはや声にならない囁きだった。もっと聞きたかった。マリアンはさらに手を下に滑らせ、手のひらで彼のものに触れた。ロブは完全にかたくなっていた。不器用な手つきで体を撫でまわされ、一風変わったキスを何度か浴びせられただけだというのに。そうとわかって、マリアンは悦に入った。

「これくらいじゃ物足りないでしょ？」

この期に及んでそんなことを言うのは意地が悪いかもしれない。が、彼女はそれを愉しんでいた。彼も愉しんでいた。マリアンはロブの温かい肌に顔を押しつけて微笑(ほほえ)んだ。

ロブが声にならない音を発した。はやくどうにかしてほしいのに、はっきり口に出すのをためらっているようだった。マリアンはそれを合意と解釈することにした。

ブリーチズのまえを少しだけはだけさせてシャツの裾を引っ張り出し、ロブの屹立(きつりつ)したものを手のひらで包んだ。とても熱く、先っぽは濡れていた。マリアンはそれをつかんだまま手を上下に動かした。ロブは吐息ともため息ともつかない音を漏らした。どこまでも優しく降伏を受け入れているようだった。

こんなふうにするのは初めてだった。それでも基本は心得ていたし、仮にやり方がまちがっていたとしても、ロブの反応を見ればこれでいいとわかった。

「ああ」とロブはあえいだ。「ああ。すごくいい」

ロブの全身の筋肉と腱がことごとく張り詰めていた。マリアンはそのすべてを見たかった。が、左手でロブの胸と尻を撫で、手の届くところにすべて触れるだけで我慢することにした。彼女の右手は彼を絶頂へと導いた。

もっとゆっくり時間をかけることもできたかもしれない。ロブが半狂乱になって追い詰められるまでもてあそび、しごきつづけてもよかった。ただ、厩舎の中は寒かったし、彼女は寛大な心の持ち主なので、ロブが息を呑み、扉に突っ張っていた手で拳を握って「マリアン、もう駄目だ――」と懇願しても、手を動かしつづけた。

絶頂に達すると、ロブは扉に押しあてていた腕を曲げ、肘に顔をうずめてマリアンに顔を見られないようにした。全身がさらに硬直し、ことばを呑み込んだような音がした。

それから体の力が抜けたかと思うと、そっとつぶやくように悪態をついて扉にもたれながらくずおれた。マリアンも彼に寄りかかったまま一緒に倒れた。

「ハンカチーフを持ってこなかったのは失敗だった。馬の毛布を借りて拭かなきゃならないとしても当然の報いだ」

ロブは朦朧としたままつぶやいた。

マリアンはロブが何を言わんとしているか理解し、上着の襟に巻いていたスカーフをはずして渡した。それから彼の腕に体を預け、優しく、それでいて激しくキスした。

「今度はおれの番かな？」とロブは言ったが、行動には移さず、彼女を腕に抱いたまま問いかけるように見つめた。

「お返しをしたほうがいいか？」

マリアンはどう答えればいいかわからなかった。ロブに触れてもらいたかった。愛する人に触れられるのがどれほど嬉しいか、それは彼女も知っていた。が、それとは別のことも知っていた。ロブはもう果てていて、心配する必要はないのはわかっていた。それに、嫌だと言えば彼は無理強いしないのもわかっていた。おそらくは。

おそらく。それだけで思いとどまる理由としては充分すぎた。ロブは彼女が思っているほどいい人ではないかもしれない。その答を知るのが怖かった。だから、彼がどんなふうに感じて、どんなふうにあえいだかを記憶にとどめておくだけにした。夜が更けてから寝室でひとり、安心してその思い出に浸れるように。

「また今度ね」とマリアンは言った。

18

これまでも変わった場所で寝泊まりした経験はあった。しかし、貴族の居館で、しかもその家の令嬢と厩舎で淫らな行為に及んだあとで眠りにつくのは、その中でもトップクラスの珍しい経験だった。まるでよくある官能小説のようでもあった。もっともロブはそういう幻想のとりこになったことは一度もなかったが。公正を期して言えば、マリアンと彼がしたことは淫らとはほど遠いものだった。マリアンのほうから彼を誘惑したことを除けば。そういう幻想なら、ロブは喜んでとりこになりたかった。

小さなベッドに横になったが、部屋は狭く、隅のほうに小さな窓がひとつあるだけで窮屈だった。壁が四方から迫ってくる気がして、ロブは眠るのを諦め、部屋を出た。キッチンの椅子は寝床にするにはかたすぎたが、腕を枕にしてテーブルに突っ伏し、やがて眠りに落ちた。

夢も見ずにまどろんだまま夜が過ぎた。眼を覚ますとすぐそばにマリアンが立っていた。ロブはおそるおそる上体を起こした。おかしな姿勢で寝ていたので筋肉がこわばっているだろうと思ったのだ。今日もずっと馬に乗って移動することになる。この痛みはおさまるどころかますますひどくなるだろう。

「わざわざ早起きして見送りに来てくれたのか？」

「冗談はよして。あなたを見送りに来たわけじゃない」

マリアンは勢い込んで言った。

「グウェンにお別れを言いたかっただけ」

そう言いつつも笑顔を浮かべ、手の甲で払うようにして彼の肩に触れた。

「どうしてここで寝ているの？　ベッドは寝心地が悪かった？」

「ベッドは快適だった」

どう説明したものか、ロブはわからなかった。そもそも説明したところでわかってもらえるだろうか。

「狭い部屋がどうも苦手でね。どうしてかっていうと……」

ロブはどう説明すればいいか逡巡（しゅんじゅん）した。頭のいかれたやつだと思われたくはなかった。もっとも、彼とマリアンのあいだでは多少の狂気はもはや問題にならなくなっていたが。

「牢獄を思い出してしまうからだと思う。牢獄への不満は山ほどある。出たくても出られないのが一番の問題だけど、その次に嫌だったのは壁が近すぎて窮屈なことだ」

マリアンは顔をしかめた。

「言ってくれれば別の部屋を用意したのに」

「口に出すってことは、そのことについて考えるってことだ。正直に言えば、考えるだけで虫酸（むしず）が走るんだ」

マリアンはすっかり見慣れたいつもの突き刺すような眼で彼を見た。それからやかんを火にかけた。ふたりで一緒に紅茶をいれた。ことばは交わさなかった。ただ必要なものを互いに黙って手渡した。明日の朝もこうしていたい。次の日も、その次の日も。ロブは無意識にそう願っている自分に気づいた。

マリアンと離れたくない。その気持ちはとっくに自覚していた。彼女のそばにいたかったし、そばにいてほしかった。どんな形でもかまわないから、彼女とのつながりを保っていたかった。これまでも何度となく似たような気持ちになったことはあった。大切な人のそばにいたかったし、その人がいないと辛かった。ただ、これまでとはどこかちがっていた。どこがちがうのだろう。冷たいすきま風のはいるキッチンで湯を沸かしているところ？　温かい飲みものをいれているところ？　早起きしすぎて、黙ったままだらだらしているところ？　おそらくその全部が組み合わさっているせいだろう。

もう何年も帰る家が欲しいと思ったことはなかった。今も家を求めているわけではなかった。ロブはそれなりにちゃんとした家で育った。優しい両親がいて、温かい食事があり、雨風をしのげる屋根があり、寝心地のいいベッドがあった。そのすべてを失ってからは、ひと晩かふた晩同じ場所で体を休められればそれでいいと思っていた時期もあった。帽子を掛ける場所があり、温かい食べものにありつけて、食事をするテーブルがあればそれでよかった。もっとも、その頃の彼は若く、まだまだ成長期だった。成長期の残りは屋外や路上で過ごした。同じ場所にとどまっていたい、自分だけの居場所が欲しいと思う気持ちはとっくに失せ、真逆のことを求めるようになっていた。不運にも牢獄で過ごした日々もあった。その反動で絶えず動いていないと落ち着かなくなった。牢につながれたことがある者なら誰もがそうなるとロブは考えていた。あまりに長いあいだ同じ場所で夜を過ごしたせいで、たとえ広々とした部屋にいるときでも壁が迫ってくるような錯覚を覚えるようになるのだ。

なんてことのない朝の一幕に幸せな家庭の幻想を見たにすぎない。それだけのことだ。彼はマリアンに惹かれていて、この変わった家で予期せず愉しい時間を過ごした。そのせいで、彼の貧弱な頭脳が足し算をしようとして計算をまちがえただけだ。外に出て新鮮な空気を吸えば、本来の自分を取り戻せるだろう。

マリアンが彼のまえに紅茶を置いた。

「わたしも牢獄は好きになれそうにない」

そう言って、ロブが彼女のために足で押し出した椅子に坐った。

「きみには無用の心配だ」

「ロンドンに着いたらすぐに手紙で知らせてくれる？」

どういうわけか彼の意図は正しく伝わっていなかったらしい。

「マリアン、おれはすぐに戻ってきて、直接きみに伝えるつもりだ。それが悪い知らせなら、急いできみを漁船に乗せて国外に脱出させる。いい知らせなら、ファンショーの一件を解決するのを手伝う」

そこでロブはふと思いついてつけ足した。

「おれがそのままロンドンにいるほうがいいなら話は別だが。足手まといにはなりたくない」

「まあ！　足手まといでいたいくせに。でも、残念ながら今回はそういうわけにはいかないわよ」

ふたりはしばし見つめ合った。一番知られたくない恥ずかしい部分もすべて彼女にはお見通し、ロブはそんな気がした。彼女のほうはしっかり鍵までかけて本心を知られないようにしているというのに。

「わかった」とロブは言った。「ほかにロンドンでやってほしいことはあるか？」

マリアンは両手で紅茶のカップを包んで傾けた。

「イライザとパーシーが無事でいるかどうか知りたい」

「ホランド侯爵に何か伝えたいことは？　彼もきみの無事を知りたがっていると思うけど」

「なんて言えばいいかわからない」

ロブはうなずいて理解を示した。やむにやまれぬ理由があったとはいえ、自分が撃った相手の息子にどん

な手紙を書けばいいというのか。それはマリアンのほうがよくわかっているはずだ。どんな事情があったに
しろ、公爵を撃ったことで彼女が良心の呵責（かしゃく）に苛（さいな）まれているとしたら、ロブにできることは何もない。どう
したって、罪の意識は生まれるものだ。それはロブもよくわかっていた。その罪悪感を背負ったまま生きて
いくしかない。なりたい自分になるためには、ほかの方法を見つけるよりほかない。

「たとえきみが大勢の男を殺していたって、ホランド侯爵はきみからの便りを待っているにちがいない」

「そうかもしれない。でも、パーシーは父のことは知らないの」

「そうなのか？」

ロブは驚きを隠しきれなかった。

「父の物忘れがひどくなった頃、パーシーは外国を周遊してたから。帰国したときにはほかに対処しなきゃ
ならない問題が待っていたし。それに、父の借金を返すために彼の父親と結婚したなんて知ったらきっと馬
鹿にされる」

心ならずもロブはホランド侯爵に同情の念を禁じえなかった。長旅から戻ってみたら、幼なじみが自分の
非道な父親と結婚していたのだ。いったいどんな気持ちだっただろう。

「結婚した理由を知らないということは、きみと公爵が愛し合って結ばれたと思ってるのか？」

マリアンはカップの中で紅茶をまわしながら答えた。

「いいえ」

答えるまでにやや間があった。ロブはそれが気に入らなかった。

「公爵を愛していたのか？」

「いいえ」

マリアンは首を振った。

「愛してなんかいなかった。だけど、敵(かたき)になるとも思ってなかった」

それから作り笑いをして続けた。

「公爵には愛されていると思ってた。愛してくれて、父の借金を肩代わりしてくれて、持参金もいらないと言ってくれるなんて、これ以上の相手は望めないと思った。始まりは政略結婚でも、ほかの夫婦と同じように子供をたくさんつくって、自分の家庭を築けると思ってた」

「きみがそうしたいと思ったのか？」

マリアンは腹立たしげにロブを見た。

「ほかに誰が決めるって言うの？」

ロブはつま先で彼女の脚をつついて言った。

「頼むから答えて」

「わかった。いつかは結婚するんだとずっと思ってた。でなければ、父が集めた原稿を訳したり、乗馬したりしながら暮らそうって」

ほんとうはどうしたかったのか。その答にはなっていなかった。

「恋人が欲しいと思わなかったのか？」

「恋人ならいた」とマリアンは言い返した。「それも、ひとりじゃない」

ロブは口笛を吹いて茶化した。

「それはお忙しいことで」

「いっぺんにじゃない。嫌な人ね。どの人も本気で愛していたわけじゃないけど。でも、最後に付き合っていた相手と過ごした時間はすごくよかった。愉しかったわ」

まるで外国語から借りてきたことばをとってつけたように彼女はつけ加えた。

「そのうち彼女のほうが飽きちゃって、妹さんの家庭教師と恋仲になった。今はその女の人と一緒にウィルトシャーの別荘で暮らしているみたい」

マリアンは紅茶をひと口飲んで続けた。

「そのあとわたしも結婚したから、もうどうでもよかったけど。彼女にはただ愉しく過ごすだけの相手よりもっとふさわしい人がいたってことね」

「どうかな。誰だってちょっと遊びたいときもある。だけど――」

どうしてこの話題を掘り下げなくてはならないのか。ロブはその理由を深く考えないようにして続けた。

「ほかに求めるものがあることもある。なんていうか、おれは同じ場所に長くとどまっていられない。だから何事も長続きしない。でも……」

最後まで言ってしまうとなんだか自分が惨めに思えてきそうだ。それでもあえて最後まで言った。

「誰かを好きになったときは、いつもその恋はずっと続くものだと思ってた」

言わんとしたことがちゃんと伝わるように真剣な眼差しでマリアンを見つめた。マリアンは眼をそらさなかった。代わりに困惑した顔をした。

「それはちがうと思う。あなたは自分に嘘がつけるほど馬鹿じゃない。このままずっと続けばいいのにって願っていただけじゃない？」

マリアンはそれだけ言うと立ち上がり、部屋を出ていった。

少しして、便箋を振って乾かしながら戻ってきた。

「パーシーに届けて」

「必ず届ける」

ロブは便箋を受け取ると、折りたたんでコートのポケットにしまった。

「知ってた？」とマリアンは出し抜けに言った。「そうやって口をきゅっと閉じて、世の中にも、そこで暮らしている人たちにもうんざりだっていう顔をしてるときのあなたって、パーシーにそっくり」

「おれとホランド侯爵は似ても似つかない」

ロブは慌てて言った。母親の話がほんとうなら、ロブの実の父親は公爵で、ホランド侯爵とは兄弟ということになる。だとすれば似ていてもおかしくないし、ロブが公爵と似ていてもなんの不思議もなかった。が、そうは思いたくなかった。母親がかつて極悪非道な男と結婚していた事実を受け入れるのと、その男が自分の父親だと認めるのはまた別の話だ。それまでずっと、母はどこの誰ともわからない、ひどい男に金で買われて身ごもったのだと思っていた。よりによって、あんな男が相手だなんて思ってもみなかった。

おまけに、マリアンがその同じ男と結婚していて――少なくとも彼女は結婚したと思っていた――子供まで産んだなんて考えたくもなかった。そうした事実を頭の中できちんと整理することができなかった。

「だって、ほんとうに似てるもの」とマリアンはなおも言った。「とくに頬骨のあたりとか。いらいらした顔をしていると余計に似てる」

「ホランド侯爵にもそう言ってやるといい。怒り狂うんじゃないか」

「でしょうね。それでも言うけど」

マリアンに真実を打ち明けるチャンスは今しかないかもしれない。いつまでも隠しておくのは大きな嘘をついているのと変わらない。とはいえ、どこから話せばいいのか。そもそも彼自身、そのことを考えたくもないのだから、話すことなどできるはずがなかった。キッチンに誰もいないのをいいことに、ロブは身を乗り出してテーブル越しにマリアンの頬にキスした。それから、かばんをかついで厩舎に向かった。

馬に鞍を乗せ、出発の支度をした。二頭に交互に乗って、一緒に連れて帰るつもりだった。リトル・ヒントンには駅馬車で戻ってくるしかない。そう思うと気が滅入ったが、馬車のほうがはやく着けるのはまちがいなかった。

マリアンもロブのあとについて厩舎まで来た。足もとに猫がまとわりついていた。どこからどう見ても、魔女とその仲間にしか見えなかった。マリアンはまっすぐにグウェンに近寄り、さりげなく鼻づらを撫でた。出会ってからまだ一週間も経っていないのに、もう十年も一緒に過ごしてきたかのようだった。

「あの人にリンゴを出し惜しみさせちゃ駄目よ」とマリアンは雌馬に向かって言った。

「おれがそんなことをするような人間に見えるか？」

ロブはマリアンを見つめ、その姿を記憶に刻み込もうとした。これまでにも何度も彼女を見てきた。シルクのドレスを着た姿も、着古したみすぼらしい乗馬服を着た姿も、血まみれになっている姿も。今はサイズの合わない服を着て、髪を無造作に結っていた。どんな姿をしていても彼女を見ていたいと思った。それを口に出してしまわないように急いで馬に乗った。

「五日後に戻ってくる」

「そんなにすぐに？」

できることなら四日で戻ってきたかった。

「ロンドンにいてもすることがない」

ほんとうは彼女に一刻もはやく知らせを届けるためだ。それはふたりともわかっていた。マリアンは礼を言いたそうだった。が、そうする代わりにエプロンのポケットから手袋を取り出した。セブノークスの市で彼が買ったものだ。ほんの数日まえなのに、遠い昔の出来事のように感じられた。街道や宿や半ば朽ちかけた家でずっとマリアンと一緒に過ごしていたのではないか。それ以外は全部夢の世界の出来事なのではないか。ロブはそう思った。

「あなたのはもうぼろぼろでしょ」と手袋を差し出したままマリアンは言った。

ロブは自分の手袋をはずしてかばんに入れ、マリアンから受け取った手袋をはめた。それから帽子のつばをつついて傾け、出発した。

19

母親の家に着く頃には眼がかすみ、とても最高の気分とは言えなかった。馬を返したあと、まっすぐキットに会いに行った。しかし、キットは留守で、店も閉まっていたので、鍵をこじ開けて中にはいり、伝言を残した。そのあと、疲れきった体を引きずるようにして母の家まで来たのだった。

「青の間に通してくれればいい。手が空くまで邪魔はしないから」

玄関で応対した女にそう言った。母の営む娼館に来るときは息子と名乗らない。そういう決まりになっていた。こんなに大きな息子がいるとわざわざ知らしめることはないというのが母の言い分だった。母は若くしてロブを産んだので、まだ四十過ぎだった。正確な年齢はロブも知らなかったが。

女はロブを値踏みするように見てから、そそくさと彼を案内した。通されたのは青の間ではなく、地下の石炭貯蔵庫のそばにある倉庫だった。彼のくたびれた身なりを見て、ほかの客の眼につく場所にいられては困ると考えたにちがいない。

「馬みたいなにおいね、なんだか疲れているみたいだし」

母親は香水の香りとシルクをふんだんにまとって倉庫にはいってきた。

「どこに行っていたの？」

「夫人を田舎まで送ってきた」

「公爵夫人？」

「厳密には、彼女は公爵の正統な――」

「細かいこと言わないで」

母親は逆さに置かれた木箱に坐り、スカートを整えた。

「あの人を田舎まで連れていったですって？　いったいどうして？　またいきなりいなくなって、わたしの白髪が増えるのを見て愉しんでるの？」

「彼女はおれを必要としていた」

「あら、そういうこと？」

「そんなんじゃない」

母親は黙ったまま待った。使い古されたずるいやり方だが、効果は抜群だった。

「ああ、おれは彼女に惚れている。これで満足か？」

「妊娠させちゃ駄目よ。このまえの出産であやうく死ぬところだったの。お産婆の話では、次は命に関わるかもしれないそうよ」

母親は口をぎゅっと閉じ、それからまた開いて言った。

「でも、公爵は聞く耳を持たなかった。言うまでもないけど」

家じゅうの賑わいが急に遠のいた。至近距離から撃たれるのを待っている気分だった。顔が火照っていた。母には何もかもすべてお見通しだった。それは母の眼を見ればわかった。

「彼女の命を危険にさらすような真似はしないよ」

「ふん！　男はみんなそう言うのよ」

母は苛立たしげに言った。

「肝に銘じておいて。ダイナは彼女のことが大好きで――」

お産婆の名前を聞いて、母の軽率な行動に文句のひとつでも言ってやろうと思って訪ねてきたのだと思い出した。

「そのダイナだけど――」

「で、公爵夫人と結婚するの？　そうすれば何もかも丸くおさまる。見事なまでにね。彼女にしてみれば、最初の公爵との結婚はうまくいかなかったから、次の公爵と結婚するわけね」

ロブは母のことばを無視した。まともに相手をしていたら、母の住む狂った世界に自分も堕落してしまう。

「公爵がどうしているか知りたい」

「死んだわ、領地に向かう途中でハイウェイマンに撃たれて」

母はまじまじとロブを見た。

「ひょっとして知らなかったの？」

「その日はずっとロンドンにいた。それは誓って言える」

「そうでしょうとも。チャリングクロスのそばにあるうらぶれた酒場の階上の部屋でベッドに縛りつけられていたのよね」

ロブは母をじっと見た。

「まさか母さんが仕組んだんじゃないだろうね」

母がダイナをそそのかし、ダイナがマリアンに知恵を授けたのではないか。それは容易に想像がついた。

「よくできた偶然よ」

母は手を振って言った。

「ちょっと待ってくれ。おれが監禁されていると知りながら、放っておいたのか？」

「これに懲りて、もう脅迫を企てたりしなくなるかと思って。頼る人のいない哀れな若い女を脅迫するとはね。あなたは痛い目にあわないと何も学ばない。それに、これ以上望みようのないアリバイになったでしょ？あとになってきっとわたしに感謝するわ。ところで、キットはそのときどこにいたの？」

「今のキットは乳母車だって襲えない。六頭立ての馬車を襲撃するなんてできっこない。公爵を撃ったハイウェイマンはまだ捕まってないってことかな？」

「はっきり姿を目撃した人がいないみたい。公爵は撃たれたあと何日か持ちこたえたそうよ。驚きだわ。憎まれっ子世にはばかるとはよく言ったものね」

「スパイの親分になればよかったのに、母さん」

「実はそうかもしれないわよ？」

「スパイの親分は友達の秘密をお産婆に漏らしたりしないと思うけど」

「そうかしら？　そのお産婆も友達だとしたら？　共通の敵を持つ人たちのあいだを取り持ってあげようと考えたとしたら？　しかも、その標的がたまたま自分にとっても敵だとしたら？　いかにもスパイの親分がやりそうなことじゃないかしら」

母親はため息をついて続けた。

「はっきり言って、あなたはまだまだ未熟ね、ロバート。まるで赤ん坊と変わらない」

ロブは反論しかけたが、メイドがパンとワインのボトルを運んできたので、いなくなるまで黙って待った。

「ホランド侯爵は――いえ、新しいクレア公爵と呼ぶべきね――大勢の弁護士の手を煩わせている」と母親は言った。「公爵が死んでまだ間もないうちから、これまで投資で貯(たくわ)えた財産をかたっぱしから散財している」

クレア公爵の財産がどうなろうとロブの知ったことではなかったが、マリアンにとっては重大事かもしれない。

「ほかには？　キットはどうしてる？」

「元気よ」

母親はそう答えてから険しい眼をして訊(き)いた。

「どうしてそんなことを訊くの？」

「理由はない」

母親はまたため息をついた。

「言っても無駄だと思うけど、今度いなくなるときは手紙を送ってあげなさい。かわいそうに。あなたがいなくなったり戻ってきたりを繰り返す生活はキットには耐えられない。彼は繊細なの」

これはキットを一生からかうネタになる。ロブは繊細ということばをしっかり記憶した。

「留守にしてたのはほんの数日だ。それにしばらくは姿を消すつもりはないよ」

「あら、そう？　いなくなれない理由でもあるの？」

「歳(とし)を取ったからかな」

「あの人と結婚するからでしょ」

ロブはうなじをこすりながら言った。

「勘弁してくれ、母さん」

「面白いわね。彼女の娘はあなたの妹でもあるのよ」

「その話はもうしただろ。たとえそれが事実でも、おれは認めない」

「それはあなたが鏡をちゃんと見てないからよ」

「誰がおれの父親でもおかしくないって自分で言ってたじゃないか」

「確かに誰が父親でもおかしくない。だけど、わたしが結婚した相手はひとりだけよ。法とはそういうものなの。好むと好まざるとにかかわらず。言い逃れはできない」

「もういいよ」

ロブは母親に似ていた。赤毛も顔がそばかすだらけなところも。母は背が低く、ふくよかで、丸顔だった。そこは似ていなかった。マリアンがホランド侯爵に似ていると言った頬骨も母譲りではなかったが、背が高くて、痩せていて、一七二五年に母のベッドに潜り込めた男は山ほどいたはずだ。

「ホランド侯爵は公爵の地位を継ぐ気になっているみたいだな。そうとわかってよかった」

「不憫（ふびん）な女の子を脅迫しないですむものね」

不憫な女の子？　マリアンのことをそんなふうに呼ぶ人がいるとは。そのことを本人に知らせるくらいなら、おれは死んだほうがましだ。ロブはそう思った。

「もうひとつ。ジョン・ファンショー卿について何か知らないかな？」

母親は眉を上げて怪訝な顔をした。

「できるだけ情報を集めておくわ。明日、あなたがここを発つまでに」

「ひと晩泊めてもらえるとは思ってなかったけど」

「最上階の廊下の突き当たりの部屋を使って。ただし、ベッドにはいるまえにお風呂で体を洗ってね」

ロブは立ち上がり、母の額にキスして部屋の出口に向かった。

「ありがとう」

たっぷり十二時間熟睡した。カーテンのかかっていない窓から朝日が射し込んできて、ようやく眼が覚めた。前回泊まったときに置いていった清潔な服に着替え、急いでクレア公爵の屋敷に向かった。配達を装って厨房に入り込み、料理人と愉しくおしゃべりし、ビスケットを一皿たいらげて、イライザは無事だと聞き出した。実際に世話係の腕に抱かれている赤ん坊をこの眼でしかと見た。丸々としていて、こんなに血色のいい赤ん坊を見たのは初めてだった。いつまでもつねっていたくなる頰をしていた。その誘惑に抗い、次の用事に取りかかった。

ロンドンに戻るまえ、マリアンからもうひとつ頼まれたことがあった。

「代金はパーシーがもう払った」

彼女はそう言って、ロブに住所を書いた紙を渡した。

「肖像画をパーシーに届ける手配をしてくれるだけでいい」

もちろん引き受けた。ホランド侯爵にはこれっぽっちも会いたくなかった。彼のことが嫌いだからというだけでなく——会いたくない理由としてはそれだけで充分だといつも思っていたが——顔を合わせれば、マリアンのことをあれこれ質問されるのがわかりきっていたからだ。

それでも引き受けた。〝肖像画を届けに来た、マリアンは無事だ、それじゃ〟それだけならできそうな気がした。

ただ、肖像画がこんなに大きいとは予想外だった。キャンバスの中からこちらを見つめているマリアンとホランド侯爵は控えめに言っても等身大ほどの大きさで描かれていた。マリアンはシルクのドレスを着て、黒髪が白くなるまで髪粉をはたき、肌も大理石のように真っ白だった。しかるべき場所にしかるべき量のルージュまで塗っていた。ホランド侯爵も負けず劣らず洒落た姿をしていた。マリアンに抱かれている赤ん坊でさえ全身ピンクと白に彩られていた（顔はびっくりするくらいホランド侯爵にそっくりだった。同時に鏡に映る自分にも驚くほどよく似ていた）。

この絵に描かれている人たちのことは大嫌いだ。ロブはそう自分に言い聞かせた。金持ちで、堕落していて、権力を振りかざし、浪費に明け暮れるいけすかない連中だ。ホランド侯爵の口は意地悪そうにゆがんでいるし、マリアンの顎は怒りっぽくて手に負えない女のそれだった。おれはほんとうのマリアンの姿を知っている、ほんとうの彼女は傲慢な貴族なんかじゃない。そう思い込もうとした。しかし、肖像画のマリアンが浮かべているのと同じ表情を実際に何度も見たことがあったし、何よりその顔が好きでたまらなかった。

豪華なドレスを身にまとい、シェヴェリル城を背にしてホランド侯爵と並んでいるマリアンを見て、ロブは自分が犯した罪を痛いほど思い知らされた。彼女はまぎれもなくクレア公爵夫人だった。その彼女に彼は恋していた。

ロブは元来、先のことを深く考えない性質だった。今回もそうだった。もっとマリアンと一緒にいたいと願っていたが、どうすれば実現できるか考えていなかった。いつまでも馬で一緒に田舎を旅していられないのはわかっていた。その旅はまもなく終わる。突然、その事実を突きつけられた気がした。マリアンはロンドンに戻り、ホランド侯爵と一緒に屋敷で暮らす。そうなったら、どうすれば彼女に会えるのか、まるで思いつかなかった。貴族ではなく、彼の好きなマリアンに会うことなどなおさら無理だった。

絵画を包装紙にくるんで紐で縛ると、思いのほかかさばった。自分の体にも絵画にも泥が跳ねないように気をつけながら運ぶのはかなり大変だった。日が暮れて暗くなっていたので、余計に骨が折れた。あやうく肖像画が通行人にぶつかりそうになり、ありとあらゆる罵声とののしりを浴びた。

ようやくキットのコーヒーハウスに着いた。このくそ忌々しい肖像画はクレア公爵の屋敷に届けるほうが理に適っていた。それでもロブはキットを喜ばせたくて、歯を食いしばり苦渋の選択をした。結果的にホランド侯爵も喜ばせることになるとわかっていながら。ふたりは、互いにぞっこんだった。口に出すだけでも気分が悪いが、そうとしか言いようがなかった。キットにはなんとしても幸せになってもらいたい。たとえホランド侯爵のような相手と付き合うという愚かな選択をしたとしても、やはり幸せになってほしかった。キットのことだから、何か口実がなければあの男に会いに行けないのではないか。この肖像画は体のいい口実になる。ロブはそう考えたのだ。

ところが、コーヒーハウスのそばまで来ると、キットとホランド侯爵が顔を寄せ合って仲良く店から出てきた。会う口実など必要ないのは見ればわかった。通りを渡って声をかけ、肖像画とマリアンから預かった伝言を渡し、その場を去るのは簡単だ。その気になりさえすればできないことはなかった。

ただ、キットの顔を見ていたら——ホランド侯爵に寄り添う親友の姿を見ていたら——とても邪魔する気になれなかった。見るからに幸せに満ちているキットの姿を見たのは十年ぶりだった。キットの心の中の何かが解きほぐれた、そんなふうに見えた。心の中に張り詰めていた何かが。ロブはキットがそんなものを抱えていると気づいてすらいなかったのに。ホランド侯爵も幸せそうだった。幸せすぎて有頂天になっていた。ロブの心は少なからずざわついた。通りを渡ってふたりのまえに立ち塞がり、邪魔をするのは気が引けた。そんなことをしたら、ふたりはたちまち幸せではなくなり、答えようがない質問を矢のように彼に浴びせてくるのは眼に見えていた。

ポケットにはマリアンから預かった手紙がはいっていた。実際には手紙と呼べるほどのものではなかった。挨拶も署名もなく、ただ〝わたしの代わりにイライザにキスしてあげて〟とだけ書かれていた。マリアンは生きている。少なくともそれだけは伝わるだろう。が、それで相手が満足するとは思えなかった。ロブが通りを渡ってキットに声をかけられないのと同じで、とうてい納得できないにちがいない。キットには幸せになる権利がある。めかし屋のホランド侯爵にだってその権利はある。なぜかわからないが、ロブには誰よりも大切な親友に自分のぶざまな姿をさらけ出すことができなかった。彼とマリアンはそういうところも似ていた。

ロブは影に身を潜め、ふたりが去っていくのを見送った。寒さを紛らわせようと足踏みをしながら、店が閉まるまで待った。それから、この二十四時間で二度も忌々しい鍵をこじ開け、肖像画とマリアンからの伝言を眼につく場所に置き、ロンドンをあとにした。

20

ロブがロンドンに発って三日が過ぎ、雪が降りだした。

マリアンとネトリーは荷馬車馬が厩舎で凍えないようにできるかぎりの対策をした。雪は一日じゅう降りつづけた。庭のあちこちに小高い丘のような畝ができ、キッチンに通じる裏口は高く積もった雪で塞がれていた。湿気を多く含んだ塊状の雪で、雪かきするのもひと苦労だった。雪をどかしたあとには氷の膜が張っていた。

こんな天気の日に移動するほどロブは馬鹿ではない。マリアンは自分にそう言い聞かせた。宿で雪がやむのを待ちながら、そこで出会った人たちや見つけたものと戯れているにちがいない。今頃は犬を撫で、赤ん坊を抱き、有り金をはたいて新しく友達になった人たちに酒を振る舞っているだろう。雪の日に宿で足止めを食らう。ロブにとってはむしろ願ってもない時間かもしれない。心配する理由はなかった。

そもそも、どうして心配しなければならないのか。ロブはこれまで悪天候なんかよりずっと過酷な危機を乗り越えてきた。顔と体にいくつもある傷痕がその証拠だ。マリアンは自分にそう言い聞かせ、部屋の片づけに集中することにした。この部屋は今にも壊れそうな古い家具をしまっておくだけの場所になっていた。売れそうなものや誰かに譲ってあげられそうなものを選別し、残りは薪にするため脇によけた。残ったのは、まだ使えそうなベッドの木枠とほぼ問題なく使える洋服箪笥といくつかの小物だけだった。マリアンは一階の狭い部屋からマットレスを運び入れた。あの部屋は狭すぎて眠れないとロブは言っていた。こちらの部屋のほうがずっと大きくて広々としているので、これならロブも閉じ込められている気分にならずにすむかもしれない。自分の手で整えた部屋でロブが眠ると思うとなんだかわくわくした。

ロブが戻ってくる保証はない。それはわかっていた、もちろん。そのままロンドンにいるほうがいいと考え直したとしても不思議はない。今にも壊れそうな田舎の家で、厄介ごとしかもたらさない女と一緒にいるより、本来の居場所であるロンドンにいるほうがいいに決まっている。冷静に考えれば誰だってそう思う。彼にも理性が勝るときがあるとわかって、むしろ祝福したいくらいだった。

夜が更けると、マリアンはランプに火を灯して父に本を読んで聞かせた。字が読める他人がどうして家にいるのだろうと父は不思議に思っているようだった。が、誰に対してもそうであるように礼儀正しく丁重に彼女に接した。時々、彼女の顔を見ては、見覚えのある顔だという表情をした。遠い昔にどこかで会ったことがあると感じているようだった。暗い窓に映る自分の姿を見て、マリアンも同じ感覚を覚えた。そこにいたのは、かつてマリアン・ヘイズだった頃の自分だった。

父が眠りにつき、ランプの明かりを消すと、突如として窓の外に雪景色が広がった。満月ではなかったが、月明かりが雪に反射してあたりは明るく、通りの先まではっきりと見渡せた。が、すぐに風が雪を舞い上げ、景色は雪のヴェールの向こうに見えなくなった。厩舎に行って馬が凍えていないか確かめたほうがいいだろうかと迷っていたら、真っ白な雪の上に黒い人影が見えた。

なぜかはわからないが、すぐにロブだと確信した。こんな日にわざわざやって来るのは、とんでもない無茶をする人に決まっている。ただそれだけだった。マリアンは大急ぎで階段を駆け降り、勢いよく玄関のドアを開けた。風と大量の雪が家の中に舞い込んだ。

「裏口は雪で塞がっていた」とロブは言った。コートに雪と氷がまとわりついていた。それはともかく、コートを着るだけの分別はあったらしい。「だから、表にまわらなきゃならなかった。ドアを開けたままだと寄せ木張りの床が雪で駄目になってしまうよ、マリアン」

「床なんかどうでもいい」

マリアンはドアを閉めた。玄関はもう半分雪に埋め尽くされていた。

「いったいどうしたの？　こんな夜に戻ってくるなんて」

「きみに会いたかったんだ。道はそれほど荒れていなかったよ、それを心配しているなら言っておくけど」

ロブの声はざらつき、顔は寒さのせいで真っ赤になっていた。あろうことか、マフラーはしていなかった。

マリアンは無性にロブにキスしたくなった。しもやけができていないか確かめたかった。吹雪の中をやって来るなんて、なんて命知らずなのと罵倒したかった。これまでおかしてきた危険な行動を残らず糾弾したかった。

「とにかくキッチンに行きましょう。あなたの口にブランデーを流し込んでから、引っぱたいてあげる」

「約束だ」

マリアンはロブを家の中に引き入れ、罵声を浴びせながらキッチンに連れていった。上着を脱がせ、暖炉のそばの椅子に坐らせると、いきなりキスした。体を温めるか、文句を言うか、その両方をしなければいけないとわかっていながら。ロブの唇は冷たかったが、唇を重ねているうちにだんだん温かくなってきた。だから、それはそれでよかったのかもしれない。彼女の腰に触れていたロブの手が下に向かって滑りだし、マリアンはわれに返った。

「宿からここまでどうやって来たの？」

床に膝をついて種火から火をおこしながら訊いた。

「ポニーカートを雇って、通りのはずれまで乗ってきた」

ロブの眼が自分に注がれているのはマリアンにもわかった。

「雪を掻き分けながら歩いてきたわけじゃない、それを心配してるなら。凍え死んでしまったらきみの役に立てなくなるだろ」

マリアンは疑わしげに鼻を鳴らした。

「向かって左側の棚にブランデーがある。グラスをふたつ出して注いだら、どんな知らせを持ってきてくれたのか教えて」

そのときふと気づいた。夜遅い時間に、それもこんな天気の日に戻ってきた彼を見てすぐに気づくべきだった。

「いい知らせじゃないのね。急いで戻ってきたということは――」

ロブがマリアンの手を取った。氷のように冷たい手だった。

「いい知らせだ、マリアン。イライザは元気にしている。パーシーも無事だ。公爵は死んだ。公爵を撃ったハイウェイマンの姿をはっきり見た者はいない」

マリアンは動けなかった。これ以上望みようもないほどいい知らせだった。もっと喜んでしかるべきだった。ほっとしているはずなのに、大きな一撃を食らった気がした。何もかもうまくいきすぎだった。彼女にはふさわしくないほどに。この一週間、不安な気持ちを紛らわせるためにできることはなんでもしてきた。やるべきことに全神経を集中させていた。その緊張感から解放され、糸を切られた操り人形になった気分だった。

彼女の手を握っていた手は、彼女を包み込む腕になり、やがてしっかり彼女を抱き寄せた。ロブは何も言わなかった。かけることばが見つからなかったのだろう。キッチンの床にへたり込んで泣きじゃくる大の大人に向かって何が言えただろうか。

マリアンはどうにかブランデーのグラスをつかみ、震えながら一気に半分飲んだ。口からこぼれたブランデーが顎をつたった。ロブはシャツの袖で彼女の顎を拭いた。癇癪を起こした相手の世話を焼くのは慣れっこで、特別なことでもなんでもないというように。かたわらで猫が不快感もあらわに彼女を見ていた。少なくともこのキッチンにはまともな判断ができる者がいるとわかり、マリアンは嬉しくなった。

マリアンは長いあいだ――この一年の大半を――何も感じまいとして過ごしてきた。あるのは怒りだけだった。怒りだけを糧にどうにか生きてきた。ところが、容赦なく自分を追い詰めていた理由がなくなった途端、あらゆる感情が一気に戻ってきた。それこそ不愉快に感じるほどに。手足に感覚が戻るように、愛情と慈しみと隣りにいる男への想いが波となってどっと押し寄せてきた。その波を押し戻したかった。感じたくない気持ちを遠ざけたままでいたかった。が、もう遅かった。

ロブはマリアンの手からグラスを奪い、残りのブランデーを飲んだ。

「苛立っているみたいだけど、それは大きな一歩だ。何も感じないよりずっといい。もうひとつ知らせたいことがある。ホランド侯爵はクレア公爵の資産を好き勝手に使いまくっているらしい。詳しいことはよくわからないが、トーリー党の連中はひどく怒っている。ホイッグ党のやつらもどうしたものか頭を悩ませているみたいだ」

マリアンは顔をしかめた。クレア公爵の正統な後継者として振る舞っているということは、パーシーは父親の重婚の罪を世間に公表するつもりはないということか。それなら、好きにすればいい。もともとパーシーは跡継ぎとして育ってきた。公爵の最初の結婚を知る人がいつまた現れるかわからないが、彼がその危険を抱えて生きていくというなら、それでかまわない。

「公爵の正統な後継者に跡を継がせたくないなら、パーシーが確実に跡を継ぐように後押しするのが最善策ね。そういう意味ではいい知らせと言える」

マリアン自身は、恥をさらして庶民として生きていくしかないと覚悟を決めていた。というより、本音を言えば、公爵の屋敷に戻って、今までと同じように暮らすのは怖かった。絞首執行人のまえに引きずり出されるよりも、そのほうがずっと恐ろしかった。いずれにしても、大した問題ではない。マリアンは思い知った。わたしが馬鹿だったのだ。ただそれだけだ。

マリアンは火かき棒で灰をつつき、火をおこした。残された問題はジョン・ファンショーだけだ。パーシーが公爵になれば賃料を援助してもらえるかもしれない。けれど、そう考えるだけで口に酸っぱいものが残った。

「きみとこうして床に坐っていられるのはすごく嬉しいんだけど、腹が減って死にそうだ」

マリアンは驚いてロブを見た。冗談を言っているようには聞こえなかった。一緒に床に坐っているのを本気で喜んでいる、ずっとこうしていたい。そんな口ぶりだった。ロブは言われたほうが困惑するほど率直に彼女に対する思いを口にすることがあった。決してふざけているのではないとわかってはいたが、どこまで本気なのか、どう反応すればいいのか、マリアンには判断がつかなかった。最後に彼女の耳にそんなたわごとを囁いたのは公爵だった。それもあって、ロブのことばはどこか信じがたく、不吉にさえ思えた。

「わたしをたぶらかそうとしても無駄よ」

マリアンはぎこちない動きで慌てて立ち上がり、食糧保管庫の扉を開けた。確かどこかにステーキ・アンド・キドニーパイ[10]があったはずだ。ただ、どうやって温めたらいいのかわからなかった。

「たぶらかしてなんかいない。そんなつもりなら、きみにもわかるはずだ。ちょっとは信用してもらいたいね」

ロブはあとについて食糧保管庫にはいってくると、彼女の手からパイを取り上げた。

「見ず知らずの他人をたぶらかすことはある。ベッドに連れ込みたい相手をたぶらかすこともある。見ず知らずの他人をベッドに連れ込みたくてたぶらかすこともある。怒ってる相手をからかうこともある。確かにきみはそのうちふたつに当てはまる。だけど、おれはきみをたぶらかしたりしない。金玉をかけてもいい」

「あなたの金玉になんて興味はない」

「それは嘘だ。証拠だってある」

ロブは抗議の声を無視して軽い調子で言った。

「それに、きみをたぶらかしたところで目的は達成できない」

ロブは暖炉のそばに掛かっている鍋をひとつ取り、パイを入れて火の上に吊した。

その手には乗らない。マリアンは目的とは何か訊きたい気持ちをこらえた。どうせくだらないたわごとが

10 牛肉と牛や子羊の腎臓を煮込み、パイ生地に包んで焼いた料理。

返ってくるに決まっていた。

「パイはそうやって温めるものなの？」

「さっぱりわからない。もっといい方法があるのか？」

ヘスターはとっくに寝ていて、ほかに教えてくれる人はいなかった。

「オーヴンで温めるほうがいいんじゃないかしら」

ふたりはかまどのすぐそばの壁に埋め込まれた四角い箱らしきものを見た。忘れ去られた時代の遺物のような代物だった。

「どうやって使うのかわからないけど」

「きみもおれと同じくらい無知だとわかって心底ほっとした。キットにいつもからかわれるんだ。厨房(ちゅうぼう)じゃおれはなんの役にも立たないって」

ロブは鋭いだけでなく温かみのこもった眼でマリアンを見た。

「おれの一番駄目なところを知っておいてもらいたいんだ、マリアン」

マリアンは息を呑(の)んで眼をそらした。

「どうして？」

「きみをこれ以上がっかりさせたくないから」

「どういういきさつであなたと知り合ったかを考えれば、あなたの印象はよくなる一方だと思うけど」

マリアンはもうひとつグラスを出して、両方のグラスにブランデーを注ぎ、テーブルについて坐った。

「誰かをがっかりさせるのはもううんざりだ」

ロブは彼女の隣りに坐って言った。

「知ってるか？　おれにはキットのまえに名乗り出る勇気すらなかったんだ。あいつはきみの大切なホランド侯爵と一緒にいた。ふたりの邪魔をして、あいつの落胆する顔は見たくない。それしか考えられなかった」

マリアンは辛そうな顔をした。その気持ちは痛いほどよくわかった。パーシーに会いたくてたまらなかったが、同時に、心のどこかで会うのが怖いとも思っていた。会えば何もかも話して謝らなければならなくなる。マリアンは顔をしかめたまま、ロブに向かってブランデーのグラスを掲げた。

「彼はがっかりなんてしないわ。子供の頃からずっと一緒だったんでしょ？　あなただって、いつも感心なことばかりしていたわけじゃない。ちがう？」

「確かに。だけど、いつからかおれは――なんて言うか、秘密を抱えるようになった」

自分の一番駄目な部分を知っておいてほしい。ロブがどうしてそんなことを言ったのか、マリアンは思案した。

「で、わたしにはその秘密を全部知っていてほしいの？」

「それができたらどんなにいいか。だけど、そのためには秘密を全部打ち明けなきゃならない」

いかにも、それが永遠の課題だった。告白とは隠していた恥も罪もすべてさらけ出し、二度ともとに戻れなくなる行為だ。ひとたびおのれの心に巣食うあさましい真実を口に出してしまったら、もはやその真実から眼を背けられなくなる。カトリックで告解が秘蹟（ひせき）のひとつになっているのはそのためではないだろうか。告白は聖なる謎なのかもしれない。あるいは、ただ自分の一番嫌な部分をさらけ出すのが怖いだけかもしれないが。

「あなたはわたしの最悪の秘密をもう知っている」とマリアンは言った。ひょっとすると、それが彼とつながっていると感じる理由のひとつかもしれなかった。ロブは彼女の最悪の秘密を知りながら、それでもそばにいてくれた。彼女が望めば、これからもずっとこうしてすぐそばにいてくれるだろう。そう思うと怖かった。まだ足りないとばかりに、もっと重い責任を負わされる気がした。ふたりのあいだに〝ずっと〟はありえなかった。彼の愛情——と呼んでいいのか？——を求めるつもりはなかった。自分とちがって彼を厄介ごとに巻き込んだりしない、彼にもっとふさわしい人がいるならなおさら。

「だけどおれはきみの一番いい秘密も知ってる」とロブは答えた。

マリアンはロブのシャツの襟をつかみ、下を向かせてキスした。そうやって口を塞いだ。これ以上余計なおしゃべりをさせないために。

21

ロブは驚異的なスピードでリトル・ヒントンに戻ってきた。居心地の悪い駅馬車で夜を明かして先を急いだ。急いでいるのはマリアンにはやく情報を届けるためであって、一刻もはやく彼女に会いたいからではない。そう自分に言い聞かせながら。

ほんとうは離れているあいだもずっとマリアンのことばかり考えていた。今はそのマリアンが手を伸ばせば触れられるほど近くにいる。二度と離れたくない。ロブはそう思った。彼女のほうもロブのことを思っていたらしい。家具はほとんどないものの広々とした寝室を用意してくれていた。キッチンの隣りの狭い部屋よりずっとよかった。

「ありがとう」とロブは礼を言い、カーペットが敷かれた床にかばんを置いた。マリアンは苛立ち(いらだ)のこもった声を出し、礼には及ばないとばかりに素っ気なく手を振った。

ロブはコートのポケットから中身を取り出し、雪で傷んでいないか確かめた。短剣はどれも磨いて手入れをしなければ錆び(さ)てしまいそうだった。幸い、別のポケットに入れていたマリアンからの手紙は濡れ(ぬ)ていなかった。

「ジョン・ファンショー卿の情報も仕入れてきた」

「そうなの？　情報源はお母さんかしら」

ロブは柔らかいセーム革の切れ端で短剣を磨いていたが、その手を止め、険しい顔をして彼女を見上げた。

「どうしておれの母親を知っている？」

母についてマリアンに話したことはほとんどなかった。

マリアンは一瞬しまったという顔をしたが、すぐに気を取り直した。こそこそ嗅ぎまわっていたのを後ろめたく思ったのかもしれない。

「わたしは二週間もあなたを尾行してたのよ。あなたのお母さんがどこの誰か知っていても不思議じゃないでしょ」

「かまをかけてるのか、それとも〝娼館の女主人〟と口に出して言うのは気が咎めるか？」

「〝娼館の女主人〟とはっきり言ったら失礼かと思っただけ」とマリアンは澄ました顔で言った。「で、何がわかったの？」

「どこにでもいそうないけ好かないやつだ。使用人への金払いは悪いし、支払いは滞りがちで、屋敷で働いていた女たちから訴えられてる。極悪非道とまでは言わないけど、そいつが少々金を失うことになっても誰も同情の涙を流したりはしないだろうって言ってた」

屋敷に盗みにはいることになるかもしれないと考え、ロンドンを発つまえ、役に立ちそうな情報がないか詳しく調べておいてくれと母親に頼んできた。とはいえ、彼の母親が入手できるのはファンショーのロンドンの屋敷にまつわる情報だけだ。もしマリアンがケント州にあるファンショーの領地の邸宅から何か盗み出したいなら、自分たちで情報を集めなければならない。

ロブはコートのポケットから最後の武器を出した。ほかの武器と一緒に磨くつもりだった。それはマリアンがホランド侯爵の手から奪い、公爵を撃った銃だった。このときまで彼はその銃をちゃんと見ていなかった。コートのポケットに収まっていればそれでよかった。あらためて明るい場所で見てみると、なんとも意外な気がした。ホランド侯爵ほどの地位にある人なら、もっと意匠を凝らしたもの——たとえば宝石を散りばめた二丁ひと組の決闘用の銃を持っていてもおかしくなかった。ところがこれは海軍が使っていたもので、銃床がクルミ材でできた銃身十二インチの古い銃だった。何年かまえに船乗りを買収して手に入れ、キットにあげたものとそっくりだった。その証拠に——ロブは銃を明かりにかざしてよく調べた。やはりそうだ。用心鉄の近くに見覚えのある引っ掻き傷があり、銃身にはかすれかけたWの刻印もあった。

キットは強盗計画に加担したばかりか、自分の銃をホランド侯爵に渡していた。それほど相手を信頼しきっていたのだ。ホランド侯爵がこの銃をどこかに落としたり、公爵の馬車に置き忘れたりしたら、そこから足がつくかもしれないなどと考えもせずに。実際、ホランド侯爵は銃を馬車に置いていった。わざとではないとしても、置いていったことに変わりはなかった。

くそ。キットのやつ、そんなにもホランド侯爵にのめり込んでいるのか。そのせいで縛り首になってもおかしくないのに。ホランド侯爵とマリアンが共謀してキットをはめて罪をなすりつける作戦だったかもしれないのに。それなのに自分の銃を渡すなんてあまりに思慮を欠いた、危険極まりない行動だった。ところが、今のロブはそれとまったく同じことをしようとしていた。夢中になってはいけない相手の役に立ちたい一心で、無謀にも危ないとわかっている橋を渡ろうとしていた。

それでも、今夜は何年かぶりに心おきなくぐっすり眠れそうだった。マリアンが広くて開放感のある部屋を用意してくれたおかげだ。ここは牢獄ではないと絶えず言い聞かせていないと気がおかしくなりそうな彼の苦悩を覚えていて、安心して過ごせるように準備してくれていた。

ロブはマリアンを信じていた。ひょっとしたら、道化を演じさせられているのかもしれないが、それならそれでいい。喜んでマリアンの道化でいようと思った。この銃でマリアンが公爵の息の根を止めたのだとわかり、どこまでも安心している自分がいた。暖炉のまえの敷きものに並べた短剣の隣りに銃を置いた。そのすぐそばにマリアンのスカートの裾が広がっていた。彼女はロブの隣りで床に坐っていたので、ロブが床に並べた武器は必然的に彼女の足もとに置かれていたが、なんだかそれがふさわしい気がした。

マリアンはロブにくっつくようにして坐っていた。偶然ではなかった。ふたりの行動はどれも偶然ではありえなかった。ロブが手を動かすたびにシャツが彼女のウール地の服をかすめた。横を向くたび、彼女はじっと彼を見つめていた。彼女のほうも彼が彼女を見つめているのを見ていた。そうやって、お互いに見つめ合って愉(たの)しんでいた。

「もう夜も遅い」とロブは言った。

「ここにいてほしい?」

「いてほしいに決まってる」とロブは間髪入れずに答えた。「ずっとそばにいてほしい。きみと一緒にいられる時間とそれ以外の世界じゅうのあらゆるものを天秤(てんびん)にかけても、おれはきみと一緒にいるほうを選ぶ」

マリアンは面白がっているのか、警戒しているのかよくわからない表情をしていた。

「わたしはただ、ここにいてほしいかって訊(き)いただけなんだけど――」

「わかってる。きみに何を訊かれてもおれの答はイエスだ」

マリアンはいかにも怒っているような声を出し、ロブにキスした。

22

マリアンは一心にロブを見つめていた。視線の先で、ロブは長い指を器用に動かし、短剣を一本一本丹念に磨いていた。凶器の扱いはお手のものといった様子で、暖炉のまえで足を投げ出し、コートを脱ぎ捨て、シャツの袖をまくっていた。全身が暖炉の火に照らされていた。鼻のあたまに散らばるそばかすにも、赤銅色の腕の産毛にも、履き古したブーツの革にも、手の傷にも、いたるところに炎の明かりが反射して輝いていた。いくら見ていても飽きない。ロブはそういう男だった。ロンドンのあの狭い部屋に彼を監禁した瞬間から、マリアンはそうとわかっていた。ロブはどこからどう見ても魅力的だった。彼とミスター・ウェブの活躍を謳ったバラッドの歌詞がたとえ半分でも事実だとするなら、彼の魅力に惹きつけられる人はきっと大勢いるのだろう。

ただ、マリアンはロブが魅力的だから見つめているのではなかった。少なくともそれだけが理由ではなかった。閃光のような、温かく輝く何かが胸に入り込み、そのまま居座っている。満ち足りた思いが鋭い歯を立てて心に噛みついているような感覚だった。彼の腕につかまっていたい、そのまま離したくない。そんな衝動に襲われた。彼女が望めば彼もきっと嫌とは言わない。それはわかっていた。

馬鹿げている。それは百も承知だ。あれだけのことがあって、それでもまだ恋ができるのか。そもそも、これまで本気で恋をしたことがあっただろうか。マリアンにはわからなかった。ただ、失うものがあることだけはわかっていた。彼だけは失いたくなかった。これから先、自分の人生がどうなるかはまるでわからないけれど、今この瞬間——静かな家でふたりきり、凶器を床に並べ、暖炉の火にあたり、彼が低い声でぶつぶつつぶやく声が聞こえる——よりすばらしい未来はありえない。それだけは確かだった。だからと言って、思慮に欠けた行動を慎んだところで何になる？　理性が勝っても得られるものは何もない。

彼が欲しいなら、そして彼のほうも彼女を求めているのなら、心の赴くままに振る舞わないのは無駄に自分を虐げる行為でしかない。自分は何を求めているのか。そんな思索にふけることができ、もし答がわからなくても生死に関わることはないというのは、なんと贅沢なことか。

マリアンは身を乗り出してロブにキスした。彼の肩に指を食い込ませ、指の先で彼の筋肉の動きを感じた。ロブも引き寄せられるようにして彼女に近づき、片手で彼女の顎に触れ、もう一方の手を腰にまわした。体が重なり合い、彼のいきり立ったものがマリアンの体に押しつけられた。

生死に関わる問題でなければどんなによかっただろう。運がよければ、反応を示している彼のあそこを望まない場所に近づけずにすむかもしれない。ちゃんと説明すれば、彼もわかってくれる。きっと大丈夫だ。

「どこをさまよってる？」

ロブは彼女の髪に顔を埋めたまま囁いた。片手はまだ顎に触れていたが、反対の手は腰から背中へと移動し、円を描くように優しく背中のくぼみを撫でていた。

「なんでもない」とマリアンは慌てて答えた。

「おれにどうしてほしい？　どうされたい？」

ロブはマリアンの顎にキスして言った。

「逆にしてほしくないことはあるか？」

してほしくないことの話はしたくなかった。やめてと頼んだのに、結局聞き入れてもらえないのは嫌だった。そもそも考えたくもなかった。だから、彼のシャツの襟をつかんで乱暴に押し倒し、もう一度キスした。体を押しつけ、彼が息も絶え絶えになってあえぎ、自分も息切れするまでずっとそうしていた。それこそまさに彼女が求めていたものだった。首にキスされ、彼のひげが肌をこする感触。彼の手が体をまさぐり、彼女が思わず息を呑む場所を探りあてたときの快感。求めていたのはそれだけだった。

ロブはマリアンの背中を手で支え、彼女の脚を自分の腰に巻きつけて抱き上げると、そっとベッドに寝かせた。そのあいだもずっとキスしていた。彼が腕をついて彼女に覆いかぶさった瞬間、マリアンはまさにそうしてほしかったのだと気づいた。ところが、すぐに記憶がよみがえり、一瞬にしてあのときのあの場所に引き戻された。愛する人と愛し合う。そんなあたりまえの行為に及ぶ能力もまた、公爵が彼女から奪ったもののひとつだった。

ロブが寝返りをうつように体を転がし、彼女は気づくとロブを見下ろしていた。その途端、マリアンは現実に引き戻された。ここにいるのはロブと自分だけ。そう、ふたりだけの世界だ。

「まだ質問の答を聞いてない」とロブは低く、ざらついた声で言った。乱れ放題の姿をしていた。髪はほつれ、コートも着ていない。白いシーツの上に寝転ぶ彼の姿を見ていると、マリアンは何も言えなかった。

「どうしてほしい？　手でしてほしい？　それとも口がいい？」

「そうね」

マリアンはロブがその先を言わないように遮った。

「そうして。それだけでいい」

「わかった。おれもそうしたいと思ってた」

本心とは思えなかったが、言い争う気にもなれなかった。だから、屈んで彼の首にキスした。なぜかはわからないが、ロブはいつも煙と革のにおいがした。マリアンはそのにおいを思い切り吸い込んだ。彼の鼓動が激しくなり、押しあてた唇の下で脈が激しく打っていた。マリアンは彼のシャツの襟もとを緩めてさらに肌を露出させ、「どうしてほしい？」と囁いた。同じ質問を返すのがフェアだと思った。

「マリアン、きみの好きにしてくれ」

マリアンは呆れて眼をまわした。

「わたしは正直に答えたのに」

「おれも正直に答えてる。きみを喜ばせたいだけだ。それがおれの望みだ」

ロブはそう言うと横を向いた。顔が真っ赤になっていた。

「おれは――」

手で顎を撫でて続けた。

「相手が喜んでくれることがおれの望みだ」

マリアンは眉を吊り上げた。

「わかったわ。そういうことなら――」

ロブはどうしたらいいか指図してほしいようだ。

「シャツを脱いで」

思ったとおりだった。彼は言われたとおりにした。

「ずっとこうしてあなたに触れたいと思ってた」

マリアンは彼の引き締まった筋肉を指で撫でた。それから髪を撫で、傷痕を撫でた。親指で彼の乳首をさすり、彼がこらえきれずに体をよじるのを満足げに見つめた。彼の反応はわかりやすかった。快感にすっかり溺れていた。必死で求めているようですらあった。

「すごい恰好よ」と彼女は囁いた。

ロブは悪態をついて体を起こし、マリアンを引き寄せ、自分の膝の上に坐らせた。スカートの裾をたくし上げ、中に手を突っ込んで太ももの内側を滑らせた。指の関節が彼女の両脚のあいだをかすめた。軽く触れられているだけなのにとてもよかった。もっと強く手を押しあててほしかった。もっと気持ちいいことをしてほしかった。

「マリアン、きみは……これだけで……くそ――」

間の抜けた質問だったが、マリアンは許してあげることにした。

「今夜、わたしが何をしていると思ってたの？」

首に押しあてられた唇の感触から彼が笑っているのがわかった。彼の親指が敏感な場所をかすめ、マリアンは体をずらして彼の手を導いた。濡れているのが自分でもわかった。一緒に動きながら彼の手のひらに自分のあそこを押しあてた。

「そう。それでいいわ」とマリアンは言った。自信ありげにきっぱりと言ったつもりだった。きみを喜ばせたい、彼はそう言ったから。それなのに実際は息も絶え絶えで熱のこもった声になった。それはそれでよかったようだ。ロブはまた悪態をつき、彼女をさらに近くに引き寄せ、キスした。それからわずかに体を動かし、彼女の入口を指でさすった。

「入れていいか?」

そうやっていちいち確認するつもりだろうか? マリアンは意を決して答えた。

「いいわ」

もし嫌な感じがしたら、もっといい方法を見つけてきてと伝えればいい。ロブの指が――二本?――中に差し入れられ、マリアンは思わず歯を食いしばった。どうしてなのか自分でもわからなかった。痛くはなかった。それが理由ではなかったが、ただ――

指はすぐに引き抜かれ、また外側を撫でた。きみが喜ぶようにしたい、と彼は言った。彼女を守ろうとしていた。いかにも、守られている気がした。正義の味方が世界じゅうの悪党から自分を守ってくれているような安心感があった。馬鹿げた妄想かもしれないが、マリアンはその妄想のとりこになった。

「すごくいい」と彼女は囁いた。そういうことばにロブは快感を覚えるようだった。彼女のほうも、褒められて屈辱にも似た快楽の表情を浮かべる彼を見て愉しんでいた。彼の片手が彼女の胸をまさぐった。マリアンは自分でも気づかないうちに彼の手に腰を押しあてて揺れていた。

ロブが体を動かした。あそこが完全にかたくなっていた。ブリーチズを穿いたまま、紐もほどかず、位置をずらしてもいなかった。マリアンは恥ずかしいくらいそそられた。彼は今、そのままでは辛くて、どうにかしたいのに、彼女のために必死で耐えている。そう思うと、頭がどうにかなってしまいそうだった。正気を保とうとするかのように、マリアンは絶頂に達した。

マリアンはロブの隣りに雪崩れ落ちるようにくずおれた。ロブが声をあげて笑ったので、腹に軽くパンチを浴びせ、脚で彼の屹立したものをつついた。鉄の棒みたいにかちかちで、ちょっと触っただけなのにロブはあえいだ。

「ひどいじゃないか」

ロブはそう言って彼女の足首をつかんだ。ブリーチズを脱ぐ絶好のタイミングかと思いきや、彼はそうはせず、彼女の膝の内側にキスした。

「もう一回してほしい？」

「いちいち馬鹿みたいに訊かないで。その口をもっと役に立つことに使って」

ロブが笑うと、温かい息が彼女の太ももをかすめた。ロブは彼女のスカートをたくし上げ、脚にキスしながら、少しずつ上に口を滑らせた。

「ゆっくり時間をかけて。そんなに急ぐ理由はないでしょ」

マリアンはつま先で彼の肩を小突いた。

ロブは答える代わりに彼女の両脚を持ち上げて自分の肩に乗せ、彼女の股間に顔をうずめた。彼が満足げに小さくうめき声をあげたのを耳だけでなく体で感じた。舐められ、指でもてあそばれ、キスされて、マリアンは大きな声を出さないように思わず口を手で覆った。触れていなくても、彼のあそこがまだかたいままなのは手に取るようにわかった。

「ブリーチズを穿いたままイっちゃ駄目よ。ヘスターが洗濯ものを取りに来たときに、どう説明したらいいかわからないから」

ロブが肩を震わせて笑った。そのせいで口の動きが止まった。彼のじらすような熱い吐息がマリアンの肌をかすめた。

「やめていいとは言ってない」

ロブは彼女を見上げて言った。

「おいおい、ヘスターの話をするか、このまま続けるか。両方いっぺんには無理だよ」

マリアンは眉を吊り上げ、彼の髪に指を絡ませると、頭を軽く押してしかるべき場所に導いた。

ロブがうめくように言った。

「もう一度やってくれ」

マリアンは言われたとおりにした。かろうじてわかる程度に優しく髪を引っ張った。敏感になった肌にロブの吐息を感じた。

「やめちゃ駄目」

懇願ではなく指図に聞こえるように言った。

「イきそう――」

彼の髪をつかんだまま、マリアンは彼の手で絶頂に達した。

彼女の息が整うまで、ロブは彼女のおなかに額を押しあてていた。

「すごくよかった――」

「よしてくれ」

ロブは手で両眼を覆った。

「すごくよかったから、手でしてあげたんじゃお返しにならないかも。だけど、それで我慢してね」

「待ってくれ、マリアン――」

マリアンは起き上がってロブを仰向けにし、ブリーチズのまえを緩めた。

「ほら、つかまえた」

そう言いながら彼の一物をつかんだ。ロブが歯を食いしばった。かちかちにかたくなっていて、気の毒に思えるほどだった。

「よく持ちこたえたわね。えらいわ」

ロブが恥ずかしさと快感の入り交じった表情を浮かべるのを見て、マリアンは悦に入った。羞恥心で首と肩の筋肉が一瞬こわばり、褒められて力が抜けていく様子がたまらなく気に入った。

マリアンは屈んでロブにキスし、体を押しつけた。彼の腕に包まれ、その重みを感じて、なんだかそこに腕があるのがあたりまえのように思えてきた。もちろん、これまで寝た相手も喜ばせてきた。それが対等な関係だと思っていた。けれど、ロブの場合はちがった。彼の喜びはまるで自分だけのもの、自分の手の内にあるもののように思えた。ロブの体がこわばるのを感じ、あえぐ声を聞いて、マリアンは自分もまたイキそうになった。ロブがことばにならない声を発した。そろそろ限界のようだ。マリアンが彼の肩を噛み、首に腕をまわし、もう一度髪を引っ張ると、ロブは全身をこわばらせた。何か言おうとして歯を食いしばり、そのまま果てた。

23

翌朝、強盗計画を練った。

「強盗じゃない」とマリアンは言い張った。「話をしに行くだけよ」

ロブは一番上等な短剣を光にかざして刃の状態を確認し、鞘に戻すとマリアンに渡した。

「すじを通す機会は与えてあげなくちゃ」

マリアンは短剣を受け取り、ドレスの前身ごろに隠すようにしてしまった。

とても強盗しに行くとは思えない服装だった。ほとんど黒に近い灰色の服が部屋じゅうの光を吸収して、みずからも影に包まれているかのようだった。首に白いスカーフを巻いて襟もとに押し込み、スカートの裾からは白いペチコートがのぞいていた。袖口が結んであり、その下からシュミーズの袖がわずかにはみ出ていた。黒い髪と白い肌もあいまって、黒と白だけで統一された姿が、ほんのり淡く色褪せたキッチンの家具を背景に浮かび上がって見えた。背すじをぴんと伸ばし、顎を突き出した様子は凜として、妥協を許さないという断固たる意思がうかがえた。一日じゅうずっと見ていられる。ロブはそう思った。

「屋根裏部屋で見つけたの」

ロブに見られていると気づき、マリアンは説明した。

「たぶん母の服だと思うけど、どういうわけか流行に合わせて仕立て直さずに残ってた」

確かに少し時代遅れに思えるデザインだったが、それだけではなさそうだった。

「これは喪服なの」

マリアンは今、みずから手をくだして殺した男の喪に服しながら、重罪のそしりを免れない手段で——本人は強盗でも脅迫でもないと否定しているが——別の卑劣な男に対峙しようとしている。そう考えるとロブはなんだか目眩を覚えた。

「これ以上ふさわしい装いはないでしょ？」

「夫を亡くした貴婦人は喪中にはいってまだ間もない時期にほかの紳士を訪ねたりするものなのか？」

「紳士は賃借人から法外な家賃をゆすり取ったりしない」とマリアンは言い返した。

「紳士とはそういうものだ」

ロブは苛立たしげに指摘した。

「むしろそういうことをするのが紳士だ」

マリアンは反論しようとしたが、顔をしかめて答えるだけにとどめた。

「まあいいわ」

昨夜、マリアンはロブをひとりベッドに残して自分の部屋に帰っていった。ロブとしても朝まで一緒にいられると期待していたわけではない。ただ、廊下を隔ててすぐ近くにいるのに、会いたくてたまらないのが気に入らなかった。今もキッチンでテーブルをはさんですぐそばにいるのに、同じように会いたいと感じていた。どうしてそんな気持ちになるのか自分でもわからなかった。

雪はまだ溶けていなかったが、ある程度固まっていて、歩くのに支障はなかった。ロブは村まで行って馬を二頭借りてくると、伯爵の古い馬車にマリアンを乗せ、件のならず者の屋敷に向かった。それほど遠くはなかったが、歩いて行かせるわけにはいかなかった。何しろ、彼女はクレア公爵夫人として訪問するのだ。そのことを考えるだけでロブは苛立ちを覚えた。

マリアンが屋敷の主人と話をしているあいだ、ロブは厨房で待った。ファンショー家の使用人たちは翌日のごちそうの準備に追われていた。ロンドンとケントを行き来していたせいか、ロブは日にちの感覚を失っていた。マリアンと一緒にロンドンを発った夜が満月だったのはなんとなく覚えていた。その月がいまやすっかり欠けて細い銀色の三日月になっていた。どうやら明日はクリスマスらしい。もう二週間近く経つのだとロブはあらためて実感した。この二週間、マリアンのことばかり考えていた。うまく説明できないけれど、幸せともいえる時間だった。

いや、説明できないことはない。

ファンショー家の料理人にエールを一杯ごちそうになり、翌日の準備について相談する使用人たちの話に耳を傾けた。使用人を除けば、屋敷にはほとんど人気がなかった。マリアンにその気がなくても、ちょっとばかり強盗をはたらくのも悪くない。ロブの性がそう囁いた。

といっても、実は押し込み強盗の経験はそれほどなかった。ロブもキットも建物の窓からこっそり出入りするには体が大きすぎたし、使用人たちを誘惑すればいずればれる危険があった。マリアンはというと、ちょっとした銀器をくすねることにかけては熟練の域に達していたし、窓から忍び込むのもお手のものだった。だから、ロブはマリアンに判断を委ねることにした。

そういうわけで、ロブは自分にできることをした。使用人たちと他愛のないおしゃべりに興じ、うっかり口を滑らせるのを待って情報を手に入れた。礼儀正しく、興味津々な聞き手に徹した。料理人を褒め、灰色の髪をした女中頭におべっかを使い、肉の串焼きをまわす係の少年にファージング銅貨を握らせた。

「てんで話にならなかった」

ロブの手を借りて馬車に乗り込みながらマリアンは言った。

「それは残念」

ロブはそう応じたが、マリアンの眼に嬉しそうな光が宿っているのを見逃さなかった。マリアンはそうなることを予期していた。それはロブも同じだった。

「想定内だけど」

マリアンをリトル・ヒントンで降ろし、借りた馬を返してから、ロブは歩いて家に戻った。雪はやんでいて、村から家に続く道に積もった雪はすでにかたくなっていたが、ほんのわずかでも道をはずれると、ブーツが雪の上に薄く張った氷を割る音がした。これではどうしても足跡が残ってしまう。ファンショーの屋敷に誰にも気づかれずこっそり近寄るのはむずかしそうだった。何かほかに方法を考えなければならない。

マリアンはキッチンに坐っていた。地味な黒い服からブリーチズとコートに着替えていた。

「あの男は父が大事にしていた原稿を持っていた」

とマリアンはロブに紅茶のカップを渡しながら言った。

「父が譲ったとはとうてい思えない。かなりの大金をはたいてようやく手に入れたものだから。そういえば、リチャードはあのときも大騒ぎしてた。そんな高価なものを買うなんてって文句を言っていた」

この世に生を受けてから二十五年生きてきたが、大金を費やしてまで原稿を手に入れようとする人がいるという事実がロブには理解できなかった。金持ちも彼らなりに斬新な金の使い道を生み出さなければならない。きっとそういうことだろう。

「どんな原稿なんだ？」

「イギリスがローマ帝国に支配されていた十四世紀頃の地図とその解説」

ロブは歴史に明るいほうではなかったが、十四世紀より何千年もまえにローマ帝国が完全に海の向こうに撤退したことはさすがに知っていた。

「書いたのは修道士」とマリアンは説明を続けた。「もう現存していないローマ帝国の将軍の手記や修道院の図書館にある教会史がもとになっているみたい」

庶民はそんなことばかり考えていられるほど暇じゃない。ロブはそう言ってやりたかったが、あえて言わなかった。むしろ、マリアンが夢中で話す様子に見入っていた。マリアンはイースターの日を正確に割り出そうと一心不乱に取り組んでいた男の話をした。話しているのがマリアンでなければ、この上なく退屈な話だったにちがいない。マリアンが話し終えるとロブは尋ねた。

「お父さんが持っていたものにまちがいないのか？」

「まちがいない。世界にひとつしかないもの。それに、ひと夏かけて英語に訳したことがあるから見まちがえるはずない。わたしが訪ねるとわかっていたのに、原稿は見えるように広げてあった。気づかれるおそれはないと高をくくっていたのか、これは盗んだものだとわざと知らしめたかったのか。どっちにしても、余計にあの男が嫌いになった」

「ほかに盗めそうなものはあったか？」

「ええ。月並みなものばかりだけど。炉棚に金でできたイルカの像がひと組あった。あとはこまごました銀器とか」

「金のイルカより銀器のほうがさばきやすい。ベティのところに金のイルカなんか持ち込んだら、一生嫌みを言われそうだ」

「ベティって？」

「おれとキットの仲間の盗品売買業者だ。すごく怖いんだ。きっときみと気が合うよ。それはさておき、明日の話をしよう」

ファンショーの屋敷で使用人たちの話を聞いているうちに、ロブの頭の中で計画ができあがっていた。

「明日はクリスマスだから、屋敷じゅうがてんてこ舞いのはずだ。役者たちがやって来たり、キャロルの歌い手が立ち寄ったりして、一日じゅう人が出入りしている。使用人の半分は休暇を取っている。残りの使用人たちを全員厨房に集めるのは造作もない。そうすれば、きみは誰にも気づかれずに目当ての品を持ち出せる」

「誰かが疑われたりしないといいけど」

ロブはその点も考えていた。

「使用人たちを厨房に集めておくのはそのためだ。お互い、ずっと一緒にいたと証言できる」

マリアンは納得していないようだった。それを見てロブは嬉しくなった。ロンドンで招待された家々から品物を盗んだとき、マリアンは誰かが罪を着せられるかもしれないなんて考えもしなかっただろう。その彼女が今はその心配をしている――

そこまで考えてロブは自分を制した。失意に満ちていた頃は、貴族が使用人も同じ人間だと思い知るのを見ていい気味だと思っていた。その中のひとりがまわりにいる人たちに迷惑をかけたくないと思うようになったからといって、彼女もやはり貴族であることに変わりはない。すべてが終わったあと、ふたりのあいだには結局何も残りはしない。それだけは確かだった。

24

マリアンは庭に面したドアからジョン・ファンショー卿の屋敷に侵入した。心の底ではスリルを愉しんでいた。そんなことはないと言えば嘘になる。

その日は早朝から父親の書類を整理した。父はお世辞にも整理整頓が得意とは言えず、書類の山は無造作に積み上げられ、書きものは適当に整理棚に押し込まれていた。マリアンは何年ものあいだそれらをきちんと整理しようと苦労してきた。上等な羊皮紙に修道士を思わせるお堅いラテン語で書かれた書類のすぐそばに、未払いの請求書や容赦のないことばが綴られた弁護士からの手紙の束が散らかっていることも珍しくなかった。ものごとを秩序立てて考える性質のマリアンは幼いながらもそうした光景を見て落胆したものだった。

もっとも、今は弁護士からの手紙も未払いの請求書もマリアンがすべて対処したおかげでなくなっていた。残る問題は、小説のあいだにはさみ込んである未完成の翻訳原稿と、返事が書かれることもなく垂れた蝋燭の下に積まれた手紙の山だけだ。それらもすべて整理し、昨日、ファンショーの屋敷で見た原稿のほかになくなっているものがないか確認しておく必要があった。

一年まえ、マリアンは手書きで目録をつくり、深紅の表紙で装丁された『イーリアス』にはさんでおいた。その目録に沿って確認していくと、ほかに原稿が三つと、それらをマリアン自身が翻訳した原稿もなくなっているのがわかった。ファンショーへの怒りがますます募った。

膨大な量の原稿の翻訳に費やした時間や、出来映えを見て父がとても喜んだことを思うと、腹立たしさのあまり絶叫しそうだった。複製はなかった。ファンショーが原本を持ち去ったなら、なんとしても取り返さなければならなかった。

そういうわけで、彼女は庭からファンショーの屋敷に忍び込んだ。彼女を駆り立てているのは、父のために不正を正したいという思いだけではなかった。それに比べれば些細でちっぽけな願いかもしれないが、自分が心血を注いでつくりあげたものも取り返したかった。

ロブが言っていたとおり、役者やキャロルを歌いに来る人々がひっきりなしに出たり入ったりしていて、屋敷は大騒ぎだった。おかげで誰にも怪しまれずに近づくことができた。

「窓から脱出しようなんて絶対に考えるな」とロブは声を抑えて忠告した。「煙突から這い出るのも、雨樋をつたって降りてくるのも禁止だ。そこらじゅう氷が張っていて危ないから」

「お愉しみを全部取り上げるつもりなのね」とマリアンは不満を漏らした。

ロブは彼女をじっと見つめ、無言で厨房のほうに向かった。手にはパイのはいったバスケットを持っていた。図々しいとは思いつつ、ヘスターに頼んで焼いてもらったのだ。「泥棒にはいられたとファンショーが気づいたら、使用人たちは不注意を責められて辛い思いをする。そうなるまえにパイを振る舞っておくのも悪くないだろう」とロブは説明した。確かに一理あるとマリアンも納得した。ロブは伯爵の鬘をかぶり、屋根裏部屋で見つけた古い黒のコートを着ていた。聖書に加え、どこかで調達してきた冊子をいくつか持っていた。強い酒をあおって放蕩にふける人々に苦言を呈して不興を買う非国教会派の牧師そのものだった。

マリアンは暗い廊下に身を潜め、奥の階段を降りて厨房に向かうロブの足音に耳を澄ました。音が聞こえなくなると行動を開始した。

ロンドンからケント州に向かう道中で着ていたのと同じブリーチズとコートという出で立ちをしていた。いざとなったら逃げやすいからでもあるが、変装の意味もあった。もし誰かに見られても、華奢な若い男にしか見えないように。

前日に訪ねたとき、どの廊下や通路がどこに通じているかしっかり観察し、屋敷の間取りを頭に叩き込んであった。迷子になってしまっては元も子もない。自分の記憶が正しいことを願った。ファンショーと面会した図書室は二階の東側だった。侵入したドアに戻る道を覚えながら、図書室に向かった。

図書室のまえまで来ると、壁に背を押しつけ、室内の様子をうかがった。物音は聞こえず、ドアの下から明かりも漏れていなかった。どうやら部屋には誰もいないようだ。

息を殺して図書室の中にはいり、暗闇に眼が慣れるのを待った。階下からキャロルを歌う声だけが聞こえていた。

部屋が暗いのでどこに家具があるかは見えなかった。マリアンはつまずかないように気をつけながらゆっくり窓際まで行き、カーテンをほんの少しだけ開けた。細く青白い冬の光が書きもの机を照らした。昨日来たときは机の上に原稿が広げてあった。しかし、近づいてよく見ると、机にはインク壺とインクの吸い取り紙しかなかった。きっと鍵がかかっているだろうと思いつつ、引き出しを開けてみた。一番上の引き出しは難なく開いた。暗くて奥まではよく見えなかったので手を突っ込んでみたが、原稿も翻訳原稿もはいっていないようだった。

ほかの引き出しも全部調べたが結果は同じだった。どうやら奪われた原稿はこの机にはしまっていないようだ。

マリアンは苛立ち、一面に本棚が並ぶ壁に眼を向けた。もしファンショーが本のあいだに原稿を隠しているとしたら、見つけるのは至難の業だろう。この部屋にある本をしらみ潰しに探すには膨大な時間がかかる。ただ、昨日見た原稿には皺はなかった。少なくとも何百年ものあいだ古書愛好家の手を渡り歩いてきたにしてはきれいな状態だった。折りたたんで本のあいだにしまってあったとは考えにくかった。ファンショーがわざわざ盗んでまで手に入れた原稿の価値を正しく理解しているとすれば、値段がつけられないほど貴重な原稿を仕立屋の請求書みたいに折りたたんで本にはさんだりはしないはずだ。それに、丸めてあった痕跡もなかったから、整理棚をあさる必要もなさそうだった。

寝室に持っていったのだろうか？　それともどこか別の部屋に保管しているのか？　だとしたら、その部屋が屋敷のどこにあるかわからないのだから探しようがない。それにもう時間もなかった。厨房に使用人たちを引き止めておけるのはせいぜい十五分だとロブは言っていた。制限時間はもうほとんど残っていなかった。

せっかく忍び込んだというのに無駄足だった。マリアンは金のイルカの像に手を伸ばしたが、すんでのところで思いとどまった。家の中に泥棒がいるとわざわざ教えてファンショーを警戒させることはない。用心して貴重品をもっと厳重に隠してしまうかもしれない。それに、不運な使用人が無実の罪を着せられるかもしれない。全員一緒に厨房にいれば使用人たちが疑いをかけられることはないとロブは考えているようだが、現実はそんなに甘くない。大きな屋敷で暮らした経験のあるマリアンはそのことを知っていた。どれだけ誘惑されようと、持ち場を離れようとしない、もしくは離れられない使用人は必ずいるものだ。たとえば、赤ん坊と老人の世話係や常に紳士か貴婦人のそばに仕えている上級の使用人たち。実際、公爵と結婚していた数か月のあいだ、マリアンのメイドはまるで影のようにいつも彼女のそばに付き従っていた。

マリアンは落胆し、事前にロブに言われていたとおりに忍び込んだのと同じドアから屋敷を出た。キャロルの歌い手たちが屋敷から出てくるのを待ち、一団に紛れ込んで村に通じる道を一緒に歩いた。ファンショーの領地の境界あたりまで来ると、隣りで誰かがつまずいた。もちろんロブだった。マリアンはロブの腕に自分の腕をまわした。

「ポケットが膨らんでいないところを見ると金のイルカははいっていないようだな」とロブは囁いた。スパイス入りのホットワインとプラムケーキのにおいがした。

「怒らないで」

「怒ってない。見たままを言っただけだ」

ロブは鬘をはずし、面食らった様子の役者に渡した。余った冊子はキャロルの歌い手に託した。歌い手は歌うのをやめ、ロブに向かって下品な暴言を浴びせた。ロブはマリアンを引っ張って道をはずれ、木立に紛れ込んだ。

「原稿はなかった」とマリアンは言った。「ほかのものは盗む気になれなかった」

「良心が咎めたのか？」

ロブは木に寄りかかって言った。

「そんなんじゃない。ただ、誰かがわたしの罪をかぶって捕まったり、罰を受けたりするのは我慢ならないと思っただけ」

ロブはマリアンをじっと見つめた。

「まあ、いいだろう。執事の話では、ファンショーはゆうべ遅くにロンドンに向かったらしい。原稿は置いていってくれていればいいと願っていたんだが、どうやら持っていったようだな」

「じゃあ、これからどうするの？」

マリアンは苛立ちをあらわにした。

「ロンドンまで追いかけるしかないだろうな。厄介なことになったな。こんなときキットがいてくれたら。どの宿でファンショーを足止めするか、騎馬従者を何人酒に酔わせるか。あいつはそういうことを企てるのがおれよりずっと得意なんだ」

「どちらにしても、ロンドンに帰らなきゃならないってことね」とマリアンは言った。そう思うと憂鬱で仕方なかったが、その先のことは努めて考えないようにした。

25

リトル・ヒントンに帰る途中に村の教会があった。マリアンは幼い頃にその教会に通っていたのを思い出した。

「ちょっと寄ってもいい？」とマリアンは訊いた。「クリスマスだし」

「訊くまでもない」

「そうはいかないわ」

ふたりは互いをじっと見つめた。ロブの眼がきらきらと輝いた。その瞬間がふたりを呑み込むように包み、マリアンは何も言えなくなった。

教会にはいり、うしろのほうの空いている席についた。影に隠れてほとんど人目につかない場所で、マリアンには好都合だった。かつてこの教会でどれだけの時間を過ごしただろう。慣れ親しんだ場所で昔と同じ席に坐り、なつかしい聖歌を聞けば、もとの自分に戻れるのではないか。公爵を撃った日の夜、グウェンにまたがったときと同じように。心のどこかでそんなふうに期待していたのかもしれない。何もかも意味のあることだった、少なくとも自分なりにすじを通した。そう思えるようになるかもしれないと。

実際はそうはならなかった。むしろ、過去だけでなく未来からも引き離されていく気がした。この二週間に起きた出来事をどうやって片づけ、どこにしまい込めばクレア公爵夫人に戻れるのかさっぱりわからなかった。そもそも、公爵夫人の地位も生活も捨てて解放されるはずだった。できればもう戻りたくなかった。けれど、それはできなかった。最初に公爵と結婚したのとまさに同じ理由で、公爵夫人に戻るよりほかに選択肢はなかった。

マリアンにはいくつもの顔があった。どれもいい顔とは言えなかった。娘がどこの誰かさえわからない伯爵の令嬢。赤の他人のように思える赤ん坊の母親。みずからの手で殺した男の妻。敵としか思えない男の妹。ほかにももっといろんな顔があるはずだ、自分という人間を構成しているのはそれだけではない。それはわかっていたが、ほかにどんな顔があるにせよ、どれも名前はつけられなかった。だから、そういう名無しの顔が大事とも思えなかった。

マリアンは無意識に座席の縁をつかんでいた。磨かれてはいるが、傷だらけの木の椅子に指をかけてぎゅっとつかんでいれば、痛みがもやもやした気持ちを全部体の外に追いやってくれるのではないか。そう思った。

ところが、気づくと手を握っていた。ロブが椅子をつかんでいた彼女の指をほどき、たたんで抱えた外套の下で握りしめていた。マリアンは聖歌の詠唱に意識を集中させようとしたが、よりによって歌われていたのは『聖母マリアの賛歌』だった。昔はすばらしい歌だと思っていたけれど、今は心がざわついてちっともありがたいと思えなかった。教会の中を見まわすと、祭壇に木製の十字架が架けられ、祭壇画と冷たい石像がいくつかあった。

「もう帰りたい」とマリアンはつぶやいた。ロブはすぐさま立ち上がった。

クリスマスの日に寒い教会の後方の席に坐りながら、マリアンは初めて気づいた。ロブがいてくれるということが――彼女がひと言発しただけで、意を汲んで行動してくれる男性がそばにいてくれることがどれほどありがたいか。彼が無意識にポケットに手を伸ばし、凶器をつかむ様子を何度となく見てきた。それでも、彼が危険な男だということをつい忘れていた。彼が自分を傷つけるはずはないとわかっていたから。むしろ、何があっても守ってくれると信じていたから。

それはふたりに共通する思いだった。どちらもきわめて善良な人間とは言いがたかった。少なくともマリアンがこれまでに見聞きしたことのある基準にあてはめればそうだった。しかし、自分にとって大切な人を守るためならどんなことでもする。そういう人間だった。自分がすべきことをする。ほかに誰もやる人がいないから。そういう理由だったのかもしれない。

「教会のまわりを少し歩いてもいい?」

ロブはまだマリアンの手を握っていたので、マリアンは彼の手を引いて高い窓の下を歩いた。賛美歌が外まで聞こえていた。

「ほら、あそこ」と彼女は言った。「すてきでしょ」

ロブは笑って咳き込んだ。白い息がふたりのあいだを漂った。

「こんなに寒くて、月も出ていない夜に墓場で散歩を愉しむとはね」

「少しは月明かりがある」とマリアンは言い返した。教会にいるあいだに日は沈み、いかにも真冬らしく、あたりは一気に暗くなっていた。

「教会の中にはいったのは久しぶりだ」

マリアンはつないでいる手に力を込めた。すると、椅子をつかんだときに願っていたことが実現した。ずっと彼女につきまとっていた猜疑心や困惑が消えていく気がした。完全になくなったわけではないけれど、支えてくれるものがあれば耐えられる。そう思った。

「おれの母親は――育ての母じゃなくて、ロンドンにいる、きみも知っている実の母親のことだけど――おれを産んだときはまだ若かった。だから子供のいない夫婦におれを里子に出した。実を言うと、おれの育ての親はシェヴェリル城の庭師の棟梁だった」

マリアンは眉を吊り上げて言った。

「公爵の庭師に育てられたの？」

ロブはうなずいた。

「実の母親は年に何回か手紙をくれて、学費も送ってくれていた。だけど、育ての両親が死んで、キットと一緒にロンドンに出るまで会ったことはなかった。その頃のおれたちは一年の大半は荒んだ生活をしていて、キットは嫌な感じの咳をするようになっていた。だから、おれはプライドをかなぐり捨てた。自分を捨てた母親に助けを求めるのは簡単じゃなかった。わかるか？」

「想像はつく」とマリアンは答えた。五十マイルほど離れた場所にいるイライザのことは努めて考えないようにした。

「正直に言えば、誰の助けも借りたくなかった。おれの存在がその人にとって……なんていうか、複雑な事情があるならなおさら。だけど、いざ蓋を開けてみたら、複雑でもなんでもなかった。実の母は養父母がおれを育ててくれたことに感謝していたし、しばらくして余裕ができると、喜んで教育費を送ってくれていた」

「どうしてそんな話をするの？」

「おれの母はお世辞にもいい母親とは呼べない。だけど、いい親ではあった。世の中には、わが子が愛されているか、教育を受けさせてもらっているかどころか、ちゃんと面倒をみてもらえているかさえ知ろうとしない父親が大勢いる。だけど、おれの母親は助けを求めたときに手を差し伸べてくれた」

ロブは一瞬黙り込んでから続けた。

「さっき、祭壇画を見てただろ。キリストを抱く聖母マリアが描かれてた。きみが娘のために人を殺したことも、娘を産むために死にかけたことも、そのうち遠い過去になる。今、心に渦巻いている複雑な気持ちが自然と溶けてなくなる日がくる」

マリアンは息を呑んだ。そこまで見透かされているとは思っていなかった。自分の過去についてロブはどこまで知っているのだろう。

「わたしはイライザを捨てたりしていない」

しばらくして、マリアンはそう言った。

「捨てたんじゃない。ただ、母親が子供に対して抱くはずの感情が湧いてこないだけよ」

それには理由があるのだが、それが言い訳になるとは思わなかった。

「それに、公爵を撃ったのはあの子のためじゃない。何か勘ちがいしているみたいだけど」

「おれには詳しいことはわからない。でも、公爵はきみが重婚の事実を知っていると気づいて、きみを脅したんじゃないのか？　イライザがどうなってもいいのか、娘を守りたければ黙っていろって」

墓場は凍えそうなほど寒かったが、マリアンは体が火照(ほて)るのを感じた。

「イライザに危険が及んでいたら、公爵はもっとはやくに死んでいた。それも一発じゃすまなかった。ありったけの弾丸をぶっ放していたでしょうね」

ロブはしばらく考え込んでから言った。

「だったら、ホランド侯爵のためってことか」

「強盗計画を実行する日の朝、公爵はわたしが重婚の事実を知っていると気づいた。ほんとうのことを言うと、公爵はずっとパーシーを嫌っていた。それを隠そうともしなかった。むしろいなくなってしまえばいいとさえ思っていた。馬車が襲撃されたとき、公爵は強盗の正体がパーシーだと気づいた。それはまちがいない。パーシーだとわかっていて撃ったの。だから、わたしは公爵を撃った。あのときは公爵が撃ち損ねたからパーシーは助かったけど、次はないと思った」

それだけが理由ではなかったが、それでも寒風が吹き荒れるこの場所ではっきりと口に出して認めたことで、マリアンはすっきりした気分になった。ロブもきっとわかってくれるだろうと思った。

ロブは黙ってうなずいた。ようやく腑に落ちたというように。もっとも、本心では納得していないのはマリアンにもわかった。

「ミスター・ウェブの咳だけじゃないでしょ」

とマリアンは言った。結果として公爵の棺になった馬車のことも、公爵の苦しそうな息づかいも思い出したくなかった。代わりに教会の外に出たときの気持ちを思い出した。

「お母さんに助けを求めたのは、お友達の病気だけが理由じゃなかったんでしょ？」

当てずっぽうだったが、ロブが眼を見開いたのがわかった。当たらずとも遠からずだったのだろう。

ロブが体の向きを変えたのでふたりのあいだにわずかに距離ができた。その隙間を冷たい風が通り抜け、マリアンは初めて風も通らないほど近くにいたのだと実感した。

「ライで密輸団とひと悶着（もんちゃく）あってね」とロブは言った。「問題を解決するには、手段を選んでる場合じゃなかったけど、キットがうんと言うとは思えなかった。だからキットを遠ざけるために何週間か母のところに預けた」

「彼はそのことを知ってたの？」

ロブは首を振った。

「知らなかったと思う。何かあると疑ってたかもしれないけど」

「手段を選ばなかったのはそのときだけ？」

「いや。おれたちに危害を加えようとするやつが現れるたび、おれが始末した。おかげでわかったことがひとつある。飢え死にしたり凍え死にしたりしないように必死に生きている人間には、ありとあらゆる面白い手を使って危害を加えようとする連中が必ず寄ってくる」

「だから、あなたが手を打った。キットに手を汚させないために」

ロブはマリアンに険しい眼を向けた。

「そんな立派な話じゃない」

「あらそう、だったらそう聞こえないように話して」

ふたりの白い息が空中でぶつかった。

「でも、そういうことでしょ？」

「あいつはおれよりずっと善良な人間だ。いつも罪悪感に苛まれてた」

「あなたはそうじゃないの？」

「おれはもっと現実的だ。ずっとそう思ってた。だけど、ほんとうのところは、友達が傷つくのを見たくないだけだった。いずれにしても、ずいぶんまえの話だ。しばらくすると、どうすれば問題を避けられるかわかるようになったし、キットのほうも誰かに邪魔されずにすむ方法を覚えた」

最初の夜、気が動転して混乱していたときにロブに言われたことをマリアンは思い出した。罪の意識が消えることはない、彼はそう言った。

「今はもうそんなことをしなくてもいいのよね。よかったわね」

ロブは鼻を鳴らした。

「足もとの悪い道を行き来したり、煙突の煙を我慢したりしなくてすむのと変わらないみたいに言ってくれるじゃないか。おれは人を殺したんだぞ」

ロブがはっきりそう言うのを聞いてマリアンは背すじが凍った。それでも、慣れていかなければいけないのだろう。

「こんなこと言っても慰めにならないかもしれないけど」とロブは言った。「きみのしたことが人殺しだとは思ってない。公爵があのまま生きていたら、誰かがきっとあの男に殺されていた。すぐにじゃなくても、いずれきっと。おれは道徳の専門家じゃないから、よくわからないけど」

「そんなことはどうでもいい。でも、もしまたそういう状況になったら、わたしは同じことをする」

とマリアンは認めて言った。

「それが殺人であって、殺人犯になるとしてもかまわない。ひどい人間だと思われてもいい。それでも、やっぱり同じことをする。自分の使命を果たす。やるべきことをする。それが正しいおこないかどうか決めるのは誰かの手に委ねればいい」

そんなふうにはっきり認めてしまうのはすべてをさらけ出すのと変わらない。けれど、昨夜ロブはこう言っていた。誰かに自分の一番悪い部分を知ってもらうのは慰めになると。

教会の扉が開き、寒いクリスマスの夜にわざわざ礼拝に集った人々が外に出てきた。みなコートや外套をしっかりかき合わせ、夜の闇に消えていった。マリアンとロブは最後のひとりが見えなくなるまで息を潜めて待った。

「もう一度、中にはいってもいい?」とマリアンが訊いた。

誰もいない教会の中は外と同じくらい寒かった。そういえば、教会は自分よりずっとひどい罪を犯した人たちにも避難所を提供している。マリアンはふとそんなことを思い出した。

「泥棒と浮浪者の守護聖人を知ってるか?」とロブが低い声で尋ねた。

「いかにもカトリック的な考えね」

マリアンは面白がって言った。

「聖ニコラウス[11]じゃないかしら。変わった人ばかり守護してるから」

ロブはブーツで石の床を踏み鳴らし、ケープを肩でなびかせながら祭壇のまえまで歩いた。マリアンは束の間、息をするのも忘れてその姿を見守った。ロブが蝋燭に手を伸ばすのを見て、思わず吹き出しそうになっ

11　サンタクロースのモデルになったと言われる。

た。まさかと思ったが、ロブは蝋燭に火を灯して供えた。

「これくらいしても罰はあたらないだろ」

マリアンのそばまで戻ってくるとロブは言った。

「そうね」とマリアンも同意した。ふたりは一緒に教会をあとにした。

26

ふたりは肩を寄せ合って寒さをしのぎながら家に向かった。日はとっくに沈んでいて、日中のわずかばかりの陽気もすっかり失せていた。どちらから手を伸ばしたかはわからないが、気づいたときには手袋をはめたマリアンの手はロブの大きな手に包まれていた。それがあたりまえのように思えた。これからさき何日も、何か月も、何年もずっと一緒にいられる気がした。

もちろん、現実はそうではなかった。だから、ロブはこの貴重な時間を一瞬たりとも無駄にしたくなかった。遠くにマリアンの父親が暮らす家の窓から漏れる明かりがかすかに見えてくると、ロブはマリアンを木立の中に引き込んだ。

「してもいいか?」

そう言って彼女の腰に手をまわした。

マリアンは黙ってうなずき、ロブに身をまかせた。ロブは屈んで彼女の唇に自分の唇を重ねた。ふたりとも顔が冷えきっていた。ロブに分別があれば、家に戻るまで我慢できただろう。けれど、マリアンはしもやけくらいの些細なことで自分の意思を曲げたりはしない。それはロブも同じだった。マリアンはロブの肩をつかみ、激しくキスした。ロブも精一杯の熱意と誠意を込めてキスを返した。愛のことばにしろ、約束にしろ、その気になれば言えることはいくらでもあったが、何を言ったところで彼女が信じてくれるとは思えなかった。だから、ロブは行動で示そうとした。これまでもずっと行動で示してきたが、それで充分とは思えなかった。このキスが気持ちを伝える役に立つとも思えなかった。ただ、気持ちいいことだけは確かだった。

マリアンがほんの少し体を離し、手袋の先を噛んで引っ張り抜いた。たったそれだけのことなのに、ロブはたまらなくそそられた。凍えるほど冷たいマリアンの手がロブのうなじに触れ、指が髪をまさぐった。マリアンはロブを引き寄せ、動きを封じた。彼女のキスは、家を出るまえに一緒に飲んだブランデー入りの紅茶の味がした。ずっとしまい込んであった服からは一緒に入れてあったラベンダーやハーブの香りがした。ロブの腕に抱かれている彼女はナイフのように鋭く、それでいて約束のように確かな存在として感じられた。このまま離したくない。ロブはそう思った。

木の枝から雪の塊がふたりのすぐそばに落ちた。次は頭のうえに落ちてくるかもしれない。ふたりは大急ぎで家に向かって駆けだした。

キッチンで冷えたハムで夕食をすませ、急いでテーブルの上を片づけた。ご主人さまが食器を洗っているところを見たら、ヘスターは呆れかえるに決まっている。部屋の中が暖かいからか、外にいたときに感じていた先ほどまでの不思議な親密さはすっかり消えていた。少なくとも、もっと現実的な感情に変わっていた。並んで立つふたりの肩が時々ぶつかり、互いの手が時々触れた。ロブが暖炉の灰で皿を洗い、マリアンがたらいに張った湯でそれらをすすいだ。

「明日の朝、出発する。それでいいか?」

ロブはマリアンに洗った皿を渡しながら訊いた。

「発つまえに父をどこか別の場所に移す手はずを整えないと。でも、正午過ぎには出発できると思う」

「移すってどこに?」

マリアンはため息をついて答えた。

「どこかはわからない。どうやって連れていくのかも、どこにそんなお金があるのかも。だけど、ジョン・ファンショーを敵にまわすなら、その人から借りている家に父を置いてはおけない」

マリアンの声は沈んでいた。だからロブは話題を変えた。

「問題は、あの猫をどうやって連れていくかだ」

猫はマリアンの足首にまとわりついていた。そうやって過ごすのがすっかり気に入ったようだ。愛情表現なのか、転ばせようとしているのかはわからないが。

「きっとおとなしくしてるわ。すぐにわかる」

ロブのほうは半信半疑だった。ロチェスターに着くよりまえに咽喉を掻き切られるのではないか。

「こんなにすばらしい敵なら殺されても本望だ」

「だけど、しばらくはここに置いておくほうがいいかもしれない。すっかりくつろいでいるみたいだし、たった二週間で二度も家が変わるのは不憫だわ」

ふたりは揃って猫を見た。さっきロブがこっそりテーブルの下にこぼしたハムを食べて満腹になったのか、うとうとしている。無駄な努力だと半ば諦めつつ、ロブはそうやってまだ猫に好かれようとしていた。

「それに、この子がロンドンの屋敷を気に入るとは思えないし」

そう言うマリアン自身も家に帰れるというのにちっとも嬉しそうではなかった。ロブはなんとことばをかければいいかわからなかった。彼には解決策を提案することも、ほかの選択肢を提供することもできなかった。マリアンはクレア公爵夫人であり、公爵の屋敷は彼女の家なのだ。ロンドンには戻らず、一緒に田舎を旅してまわろうなどと言えるわけがない。ましてや、娘を連れてキットのコーヒーハウスの階上（うえ）の部屋に転がり込んでくればいいと誘えるはずもなかった。

ロブは彼女に今までよりいい暮らしはおろか、まともな暮らしすら与えることはできない。それどころか、この先一緒に過ごす時間をつくることもままならない。マリアンが今までのように夜な夜な屋敷を抜け出し、ロンドンの街中に繰り出してこなければ、会うことすらかなわないが、彼女にそんな危険をおかさせるなんて考えるだけでも耐えられなかった。

人生がこれほど意にそぐわないと感じたのは初めてだった。これまで家も権威ある立場も欲しいと思ったことはただの一度もなかった。ただ、今はマリアンと自分とのあいだには深い溝があるという事実をひしひしと感じていた。

仮に彼が公爵の地位を継承する気になる理由があるとしたら、それはマリアンの存在だ。とはいえ、公爵として生きるなど絶対にありえない。これまで正義であり善行だと信じてやってきたことすべてを裏切ることになる。酒場や宿屋に行き、友人でも常連客でもなくクレア公爵として迎えられる自分の姿を想像してみたが、気分が悪くなっただけだった。まるで、こうありたいと思う自分を殺すようなものだ。

「もし公爵の屋敷に帰らなくてすむとしたらどうする？　誰の心配もする必要はなくて、自分のことだけを考えればいいとしたら？」とロブは訊いた。

「気が滅入る質問ね」

「考えてみてくれ」

マリアンはエプロンで皿を拭きながら答えた。

「そんなこと一度も考えたことない」

「一度も？」

「わかってるでしょ？　わたしは想像力が豊かとは言えない」

マリアンはそう言って汚れた湯を指でかき混ぜた。

「それでも、想像してみてくれ」

「そうね、馬を貸してくれたあなたのお友達みたいな仕事をしてみたい。国王陛下の身代金かと思うくらい高額な料金をお客にふっかけられるし、馬の世話をして過ごせる」

「このあいだ払った金額は、おれたちを見なかったことにしてもらうための特別料金だ」

「わたしには無理だとでも言いたげね」とマリアンは不機嫌そうに言った。「悪党だけを相手に商売することもできる」

「たいていの悪党はきみの好みじゃないと思う」とロブは脅すように言った。「もちろん、馬たちの好みでもない」

「客を選べばいいのよ。上玉の悪党だけに貸す」

「きみには人を見る眼がありそうだからな」

マリアンならやる気になればなんでもうまくこなせるだろう。彼女が自分の意志でやりたいことを選べたらどんなにいいか。ロブはつくづくそう思った。

「やっぱり猫はロンドンに連れていこう、マリアン」と彼は言った。「かわいそうに思える決断でも、それそう、まさにこれだ。あたりさわりのないことばでも、彼女が口にすると相手を罵倒しているように聞こえる。ここが街中だったら、喧嘩になっていてもおかしくないくらいに。ロブは彼女のそういうところがたまらなく好きだった。

「わたしは殉教者だって言いたいの？」

「とんでもない。殉教者は喜んで犠牲になる。どの絵を見ても、みずから進んでわが身を捧げている。でも、きみはそうじゃない。判断に迷うと、きみは必ず自分にとって一番不幸で辛い決断をする。そんなひどい仕打ちをする人をおれは見たことがない」

「ばかげてる」

マリアンはそう言ったが、本心とは思えなかった。

「一緒に階上に来て」

食器を片づけ終え、マリアンは言った。

「自分のためになる選択もできるって証明してあげる」

マリアンは咳払いして続けた。

「あなたさえよければ。誘ってるだけよ。命令じゃない」

「どこへでも仰せのとおりに」

どこへでもついていきたいのは本心だったが、声に熱がこもりすぎてしまった。マリアンは顔をあげて彼の顔を見た。ロブは自分でも赤面しているのがわかった。

「わたしの部屋で一緒に紅茶を飲もうと思っただけよ。狭いけど、暖かくて、居心地がいいから」とマリアンは言った。もっと強引に誘わなければロブはうんと言わない。そう思っているかのようだった。

マリアンの寝室はどう見ても狭いとは言えなかった。この部屋が狭いと思うのは城に住んでいる人くらいだ。実際、彼女は城みたいな屋敷に住んでいるわけだが。部屋が屋根の真下にあるせいで、天井は低く、傾斜していた。おかげで、火をおこすとすぐに暖かくなった。マリアンは火かき棒を持ったまま暖炉のまえに正座した。ロブは紅茶のカップを片手に、暖炉のまえに敷かれた絨毯(じゅうたん)に彼女と並んで腰を下ろし、足を投げ出した。

こういう夜がずっと続く。暖かくて、安全で、なんの心配事もない夜が。ロブはそう思い込もうとした。けれど、偽りで自分をごまかすのは苦手だった。代わりに、今夜は一緒にいられる、このひとときを大切にしようと自分に言い聞かせた。

「ずっとそうやって火かき棒を握ってるつもりか?」とロブはつぶやいた。

「そのほうが面白いでしょ」

マリアンは淑女らしからぬ鼻息を立てて答えた。ロブはブーツのつま先で彼女の脚をつついて言った。

「こっちに来ないか?」

「いい考えがある」

「どんな?」

ロブは興味津々(しんしん)で訊いた。

「そこに寝て」

ロブは言われたとおり仰向けになった。一秒たりとも無駄にしたくなかった。

マリアンがそばに来てひざまずいた。ピンで留めていた髪がほつれ、肩にかかっていた。

「ひげを剃ったのね」

マリアンはロブの頬を指でなぞり、下唇を噛んだ。

「あなたってどうしてこれほどまでに魅力的なのかしら」

ロブは思わず笑いだしそうになった。自分の容姿がどんな人も惹きつける魅力があるのは十五歳のときから知っていた。

「そうかな？」

「会うまえからわかってた。あなたは魅力的な人だって」

「手紙を読んだだけで？」

マリアンがうなずいたので、ロブは笑って言った。

「趣味がいいとは言えないな」

「最初はそうじゃなかった。最初の手紙を読んだときは腹が立った。でも、そのあとの文通は愉しかった。ロブ、あなたは愉快な人だった。それに、お互い正直になれた。本音を言ってもなんの支障もなかったから」

ロブは彼女の手を取り、その手にキスした。

「おれは何もかもほんとうのことを書いたわけじゃない」

「それはどうでもいい」とマリアンは答えた。本気でそう思っているようだった。すっかりロブを信じきっているようだった。

どうでもよくない。ロブはそう言いたかった。自分のほんとうの親が誰なのか、真実を話してしまいたい衝動に駆られた。けれど、その勇気を出せずにいるうちに、マリアンが屈んで彼にキスした。

なぞなぞの答を探すような、あるいは、むずかしい計算を解こうとするようなキスだった。彼の口の中に難問の答があると言わんばかりのキスだった。ロブはマリアンの腰に手をまわし、そっと力を込めた。たったそれだけだったが、マリアンは導かれるように彼の隣りに横になった。

それから、太ももを彼の両脚のあいだに差し入れ、強く押しあてた。ロブがうめくと、マリアンは体を硬直させた。

「中には入れないで」

マリアンはそう言って、体を離した。

「そんなことしないよ」

マリアンは信じられないと言いたげな音を立てた。ロブは起き上がり、彼女の手を握ったまま少し距離を取った。

「マリアン、きみが身ごもってはいけないことは知ってる」

「そうなの？」とマリアンは両眉を吊り上げて言った。

ロブはため息をついた。

「母さんに聞いた。どうして母さんが知っているかは聞くまでもないだろ。いずれにしても、妊娠したら命に関わるのはわかってる。おれがそんな危険をおかすと思ってたのか？」

黙っているところをみると、どうやらその危険はあると思っていたようだ。当然と言えば当然だろう。これまで彼女が出会ってきたのは、ことごとく悪い男ばかりだったのだから。マリアンは悲しげな顔をしていたが、同時に疑っているようでもあった。それを見てロブの心はわずかに砕けた。

「いいか、誤解しないでくれ。きみを傷つけることはしたくない。おれの喜びがきみにとって死の宣告になるのなら、それは喜びでもなんでもない。きみの体によくないとわかっていて、そんなことをする気になるはずがないだろ、マリアン。たとえ何人でも子供を産める体だとしても、きみが嫌がることはしない。おれは——これだけはわかってもらいたい。おれはきみを愛してる」

マリアンはロブから眼をそらした。

「公爵も同じことを言った」

マリアンになら何を言われても動じない。ロブはそう思っていた。が、今のことばはさすがにこたえた。返すことばが見つからなかった。おれは公爵とはちがう、公爵の愛はまがいものだったとは言えなかった。公爵の愛が嘘だったことは彼女もとっくにわかっている。自分は公爵とはちがうということもわかってほしかった。

「おれはきみが嫌がるような触り方をしたことがあったか？」とロブは訊いた。

「いいえ」

苛立ちと同時に、ロブを安心させたいという気持ちのこもった声だった。

「ゆうべのことやあの馬小屋でのことを、おれが愉しんでたと思うか？」

マリアンは鼻を鳴らして言った。

「ああいうのもありだと思ったんでしょ」

「マリアン、ありどころじゃない」

マリアンがほんとうは何を知りたいかに気づき、どう答えるべきかロブは思案した。

「きみの中にはいれなくたってかまわない」

「もちろん、かまわないでしょうとも」

「きみと一緒にしたいことのリストがあるとして、それは上位にすらはいってない。それを言うなら、ほかの相手でも同じだけど」

「あら。ほかの女の人ともしないっていうの？」

「したことはある。誰と何をして、何をしなかったか事細かに記録しているわけじゃないけど。一緒に寝た女たちの大半とはしたかもしれないけど、男としたことはない」

マリアンはこれでもかというくらい大きく眼をまわし、疑わしげに彼を見た。

「男の人同士がどんなふうにするかは知ってる。パーシーが教えてくれた」

マリアンがいかにも通ぶった言い方をしたので、ロブは笑わないように唇を噛んだ。

「男色にそこまで詳しいとはね。それなら言うが、確かに男としたこともあるし、されたこともある。実を言えば、されたことのほうが多い」

ロブはそう言って手で顔をこすった。

「まったく、きみにこんな話をしてるなんて信じられない」

マリアンはじっとロブを見た。何を考えているのか、表情からは読み取れなかった。

「わかった」

「驚かせてしまったかな」

「いいえ」とマリアンは唇を舐めながらゆっくり言った。「驚いてなんかいない」

実際、驚いているというより、興味をそそられているふうだった。何かいいアイディアを思いついたらしい。そのアイディアを実行に移すときは、是非ともその場にいたいとロブは切に願った。

「だけど、問題はそこじゃない」とロブは言った。「おれはきみを傷つけたりしない。大事なのはそのことを信じてもらえるかどうかだ」

マリアンは哀れむように彼を見た。

「信じてもらいたいのね」

「そうだ。でも、信じてもらえるとは思ってない。きみの身に起きたことを考えれば――」

「ロブ、わたしはもともと相手を信じたり、人に心を開いたりするタイプじゃない。愛情に満ちた人間じゃない。生まれてからずっと、非情でとげとげしい性格だった。この数年はいろんなことがあって、その性格がいかんなく発揮されただけで、もともとそういう人間なのよ」

「わかってる」

「どうかしら。あなたは自分が相手を愛するように、相手にも自分を愛してほしいと思ってる。なんのためらいもなく、無条件に愛してくれる人を求めてる。でも、わたしはそうはなれない。そんなふうに愛したことはない。もし冷酷な仮面の下に愛くるしい本性が隠れていると思ってるなら――」

「おいおい、マリアン。もしきみが愛情たっぷりに振る舞ったりしたら、どうかしたのかと心配になって医者を呼びにやるよ。おれは、きみのとげとげしくて、冷酷で、不機嫌そうなところが好きなんだ」

それでも、マリアンの言ったことはほんとうだ。ロブが彼女を愛するように、彼女は自分を愛してくれてはいなかった。そんなことはとっくにわかっていたはずだ。だとしてもどうでもいい。どのみち、あと一週間もすれば、ふたりはロンドンでそれぞれ別の世界に戻ることになるのだから。

「ベッドに行かないか?」とロブは訊いた。「一緒に寝るだけでもいいから」

マリアンはベッドをちらっと見た。そそられているのがわかった。まるでそこにおいしそうなケーキがあるかのように。あるいは、あのみすぼらしい猫か、古い地図か。とにかく何かしら彼女が心惹かれるものがあるかのように。しかし、マリアンは首を振った。

「やめておく。おやすみなさい、ロブ」

そう言って、ロブの頬にキスした。ロブはそれを退散の合図と受け取り、暖かい彼女の部屋を出た。

27

「どうしても乗り合いの馬車じゃ駄目なの？」

わずかばかりの荷物をキッチンに積み上げながら、マリアンは何度となく同じ質問を繰り返した。

「駄目に決まってる。クレア公爵夫人が乗り合いの馬車なんかで旅していたら、人になんて思われるか」

誰にどう思われようとマリアンにはもうどうでもよくなっていた。

「クレア公爵夫人が付き添いも連れず、お供の従者もなしで旅してるだけで充分驚きだと思うけど。今度も男ものの服を着て変装すればいいんじゃない？」

「乗り合い馬車は八人乗りだ。変装したところで、すぐそばで見れば簡単にばれる」

ロブは指で太ももを叩きながらつけ加えた。

「金の心配をしてるなら、気にしなくていい。馬車の代金はおれが払う」

「どうやって？」

「蓄えがある」

ロブが気まずそうにそう言うのを見て、きっと褒められた手段で手に入れた金ではないのだろうとマリアンは思った。

「そんなにたくさんはない。どこへでも気が向いたところを旅してまわれるほどあるわけじゃない。だけど、貸し切り馬車のほうがおれにとっては——それに、猫にとっても——ずっと快適な旅になるはずだ」

ロブが狭く窮屈な部屋で眠れずにキッチンで寝ていた夜のことをマリアンは思い出した。乗り合い馬車も同じ理由で彼にとっては居心地が悪いのかもしれない。

「猫に窮屈な思いをさせるのは確かにかわいそうね」とマリアンは譲歩した。

それから、泣くまいと心に決めて父に別れを告げた。誰だかわからない他人が眼のまえで泣いていたら、父はきっと困惑し、動揺するだけだとわかっていた。ヘスターとネトリーと看護師に礼を述べ、猫を抱き上げ、ロブの手を借りて馬車に乗った。この馬車で近くの宿まで行き、そこで貸し切り馬車に乗り換える手はずだった。

「イライザとパーシーにはやく会いたい」

あえて声に出してそう言った。父との別れが苦にならないように。あるいは、イライザとパーシーを置き去りにしてきた罪悪感や、公爵の屋敷に戻らなければならない辛さを紛らわせるためだったかもしれないが。

「あなたももとの生活に戻れて嬉しいでしょうね」

ロブの表情からは気持ちは読み取れなかった。

「もとどおりの生活にはもう戻れないかもしれない」

そう言うと、ロブは手を伸ばし、猫の鼻面をつついた。猫はマリアンの外套にくるまれ、自分も会話に参加しようとするかのように、ひだのあいだから顔をのぞかせた。

「去年、フランスに逃亡するまえまでは、キットと一緒に街道で馬車やなんかを襲撃していた。ひと仕事終えてロンドンに戻ると、あいつはいつものように店を開け、おれは戦利品をさばいた。だけど、あいつはもう強盗稼業から足を洗っているし、ほかのやつと組む気もない。そういう意味じゃ、おれは根無し草みたいなものだ」

「ゆうべ、わたしに訊いたわよね。ほかの人の心配をせずに自分のことだけ考えればいいとしたらどうするって。あなたならどうするの？」

「マリアン、聞かなきゃわからないか？」

マリアンは顔が火照るのが自分でもわかった。めったなことで赤面したりしないのに、ロブにはそうさせる力があると思うとなんだか癪に障った。

「わかるはずないでしょ。だから訊いてるんじゃない」

「できることならきみのそばにいたい。きみと一緒に食事をして、きみのベッドで一緒に寝たい。おれのベッドでもいい。一緒にいられる方法を実際の半分でも思いつければいいんだけど。二週間に一度でもいいから、一番上等なコートを着てきみを訪ね、屋敷の居間で一緒に紅茶を飲むくらいならできるかもしれない」

その様子を想像するだけでマリアンはぞっとした。ロブが屋敷の居間で体をこわばらせ、居心地が悪そうにしながら、礼儀正しく会話にいそしむ姿など見たくもない。誰のポケットからも何も盗らず、昨夜のように彼女にキスすることもなく、まるで彼女のためだけにあるような低く優しい声で囁くこともしないなんて。

「あなたが屋敷に来て居間で一緒に紅茶を飲むなんてありえない！」

「だけど、おれたちにできるのはせいぜいそれくらいだ」

もっといい方法があるはずだ。聡明で、機知に富み、それでいて不謹慎なふたりが知恵をひねればきっといい方法が見つかる。いくら会いたくても会えない状況にロブががっかりしているのが嬉しいのか、なんとかして会える手立てを考えつかない彼に苛立っているのか、マリアンは自分でもわからなかった。

「あなたの大事な人も、あなたも、みんな悪魔に連れ去られてしまえばいい」

猫はふたりの言い争いを面白がっているのか、自分も参戦しようと喚きだした。

「あら、役に立つことを言えないなら、おとなしくしていなさい」

マリアンがそう言って叱ると、猫はすぐさま静かになった。ただの気まぐれかもしれないが、猫にだけわかる理由が何かあるのだろう。

ロブは思わず笑いだした。

「どうやらその子はきみに親近感を抱いているようだね」

「親近感を抱いているのはわたしのほうかもしれないわよ。あなたはわたしの大切な存在をたった今、侮辱した」

「これは失礼」とロブは猫に謝った。

カンタベリーの宿に着くと、マリアンは猫を外套にくるんだまま暖炉のそばの席に腰を落ち着け、馬車を借りる手配をするロブの様子を嬉しそうに見ていた。ロブにかぎらず、得意な作業に励む人を見ているのは気持ちがいい。それが鍛冶屋でも、絵描きでも、宿の主人や馬番と愉しそうに戯れる人でも。ロブならまちがいなく乗り心地のいい馬車と良質な馬と有能な騎手を手配できるとわかっているからか、マリアンは心底安心していた。

ひたすら彼を見ていられるだけでいい。マリアンは素直にそう認めた。ブーツを履き、ケープをはおったロブは颯爽としていて、すこぶる恰好よかった。おそらくどんな服でも颯爽と着こなすにちがいないが、ふくらはぎのあたりでケープをひるがえす姿は不思議なほど魅力的だった。

見られていると気づいたのか、ロブは振り向いてマリアンを見た。ただ彼を見つめていただけなのに、何かいけないことをしているのを咎められたようで、マリアンは気まずさを覚えた。が、ロブが彼女をすばやく見定めるような眼つきになり、彼女がそれまでしていたことは、ふたりで一緒にすることへと変わった。こうして見つめ合っているだけで、どんな未来が待っているかが約束されているように思えた。

今夜は一緒にいられる。明日の夜も一緒にいられる。道がぬかるんでいれば、そのあとも……悪路のせいで先に進めなければいい。そんなことを考えてはいけないとわかっていても、マリアンはそう願わずにいられなかった。ロンドンに着いたら、離れ離れになってしまうのだから。今日も明日も一緒に旅するとはいえ、リトル・ヒントンに向かっていたときとはちがう。もちろんそれはわかっている。彼女はマリアン・ヘイズという本名で、ロブも自分の名前で部屋を取る。こんなに堂々としていていいのかと困惑するほど、何ひとつ隠し立てせずに旅する。

「準備は整った」

ロブが隣りに来て言った。片手をマリアンの椅子の背にかけていた。おれの女だと宣言するような仕種に、マリアンの頬が赤くなった。

マリアンは立ち上がり、スカートを揺すって皺を伸ばし、猫を抱き直すと、外で待っている馬車に向かって歩いた。

リトル・ヒントンからカンタベリーまでは時代遅れの大きな馬車で来たのだが、今度の馬車はよりスピードの出る二輪の小さな馬車だった。派手な装飾がない点を除けば、公爵が所有していたものによく似ていた。

乗り込むと、内部もよく似ていて、ふたりが乗ったらそれでいっぱいだった。ロブはマリアンに手を貸して先に乗せてから、自分も乗り込み、あの夜、公爵が坐っていたのとまさに同じ場所に坐った。ふたりの距離は膝が触れるくらい近かった。

これは公爵の馬車ではない。マリアンはこの馬車と公爵の馬車のちがいに眼を向けようとした。公爵の馬車にはヴェルヴェットのクッションがあった。泥にまみれて走っている時間のほうが長いことを思えば、無駄とも思える金の装飾がふんだんに施されていた。一番のちがいは、この馬車には公爵がいないことだった。

隣りに坐り、落ち着き払った様子で彼女の友人や家族に危害を加えると脅迫してこないことだった。代わりに今はロブがいる。彼は無傷で、生きている。あの夜、マリアンは公爵が何をしようとしたか、その眼で目撃した。公爵は箱にはいっていたふたつめの銃に手を伸ばした。それを見てパーシーの顔が凍りついた。だから、マリアンはその場面で自分にできる唯一の行動を取った。

あの馬車が使われることは二度とないだろう。あれだけ大量の血を浴びていては、洗っても落としきれないにちがいない。

「マリアン！」とロブが声を抑え、切迫した様子で呼んだ。彼女の手を握っていた。馬車はすでに動きだし、凍てついたロンドンへの道を進んでいた。

「なんでもない」

とマリアンは慌てて言ったが、なんでもなくないのは明らかだった。だからマリアンは弁解した。

「公爵の馬車にとてもよく似ていたから驚いただけ。すぐに落ち着くと思う」

「次の宿で別の馬車に乗り替えよう」

「その必要はないわ。こういう馬車はどれも似たようなものだし。最初はびっくりしたけど、もう気分もよくなってきた」

それは嘘ではなかった。実際、彼女はもう落ち着きを取り戻し、まわりが血だらけに見えることはなくなっていた。

ロブは疑るように眼を細めて彼女を見てから、黙ってうなずいた。

このままではマリアンが今にも卒倒しやしないかと道中ずっと見張っていそうな雰囲気だった。そこで、マリアンはロブが安心できるようにちがう話をすることにした。

「わたし、強盗の仕事にものすごく興味があるみたい」

マリアンは体の向きを変えてロブのほうを見た。彼の姿がしっかり視界にはいっていれば、乗っているのは別の馬車で、一緒にいるのは別の相手だということを忘れずにいられそうな気がした。

「強盗したあとで戦利品をさばくって言ってたけど、それってどういう意味？　盗品売買業者に頼んでお金に換えてるんだと思ってた」

「ああ」

ロブはよりによって恥ずかしそうに言った。

「金に換えたあとからがおれの仕事だ」

「さっぱりわからないんだけど」

ロブは手のひらで顔をこすった。

「わざとわかりにくくしてるわけじゃない。おれの役目は金をみんなに行き渡らせることだった」

「誰かに施すってことね」

「細かいことは省くが、まあ、そういうことだ」

「受け取るに値する貧乏な人に」とマリアンは見当をつけた。

「受け取るに値するかどうかはどうでもいい」とロブは言った。「おれが決めることじゃない」

「全部人にあげるの？」

「いや、もちろんそうじゃない」とロブは慌てて否定した。「手間賃はもちろんいただく。馬を借りる費用とか宿や食事の代金とか。それに、当然、仲間にも分けまえを払わなきゃならない。何年かまえ、キットは貯めた金で店を買った。おれも時々自分のものを買ったりもする」

「たとえば？」とマリアンは訊いた。

「服とか」

ロブの顔は真っ赤になっていた。マリアンはそれを見て面白がった。

「そんなにたくさんじゃない！　だけど、買えるだけの金があるなら、わざわざみすぼらしい服を着てる必要はない」

「すてきなコートだと思ってた」

「よしてくれ」とロブは唸（うな）った。

「ほんとうよ。昨日、気がついた」

実を言えば、ロブの服はどれも仕立てがよく、あつらえたものだった。ささやかながら、ロブも見栄えを気にしたり、高価な品を買って贅沢（ぜいたく）したりするのだとわかり、マリアンは嬉しかった。同時に、ロブが茶色いウールの地味なコートをこの上ない贅沢品だと思っていることも実感した。

「ずっと不思議に思ってたんだけど」

マリアンは慎重にことばを選んで尋ねた。

「わたしとパーシーから五百ポンド脅し取って、何に使うつもりだったの？」

ロブの視線が彼女の肩から窓へとさまよった。それからまたマリアンを見て言った。

「いつもと同じだ」

「みんなにばらまくつもりだったのね」

彼はせっかく手に入れた大金を人にあげてしまうつもりだった。しかも、これといった具体的な計画もなく、ただばらまくつもりだった。そうとわかって、マリアンは驚いた。

「借金でもあるのかと思ってた。それとも、友達の借金を肩代わりするためとか。そうでなければ、もっと、なんていうか、社会の役に立つことをするつもりなのかと思ってた。たとえば学校を建てるとか、孤児のための基金をつくるとか」

ロブは顔をしかめた。

「そういうことに金をつぎ込む人が大勢いるのは知ってる。ご立派な志には反吐(へど)が出るよ。自分の理念を押しつけるのにふさわしい相手を見つけて大盤振る舞いするんだから。おれはむしろ家賃すら払えない人の手に金が届くようにしたい」

それでは金をみすみすどぶに捨てるようなものではないか。受け取った人がその金で酒を飲んだり、悪事につぎ込んだりしないという保証がどこにある？　ロブにはどうも人を信用しすぎるところがある。

「お金をあげても酒盛りに使われるだけだとは思わない？」とマリアンは尋ねた。

「知ってると思うけど、おれも時々その金で酒を飲んでる」

「そうね」とマリアンは言ったが、納得はしていなかった。それでも理解しようと努めた。

「それを言うなら、きみだって酒を飲んでる。みんなやってることだ」

「あなたの論理に従えば、誰かにあげた時点でもうわたしのお金ではないってことね。ほかの誰のお金でもないのと同じように」

「そこまでは言ってない」とロブは言った。「だけど、だいたいそんなところだ」

マリアンは黙ってうなずいた。彼女にはなんともおかしな考えに思えたが、ロブにとってはそうではないのだろう。そういえば、まえに強盗するのは金持ちから税金を取るようなものだと言っていた。最初に聞いたときは、本気で言っているのか判断がつかなかった。もっとも、あのときはまだロブのことをよく知らなかった。いや、手紙の中のロブは知っていた。ロブが聡明な頭脳の持ち主であることも、不思議なほど彼女に同情していることも、脅迫者としては失格だということも知っていた。けれど、使命感を持って強盗稼業に励んでいるとは知らなかった。

「おれのどこがまちがっているか、今にも演説を始めそうな顔をしてる」とロブは言った。これまでそういう演説を嫌というほど聞かされ、苦い思いをしてきたのだろう。

「いいえ」とマリアンは否定した。「そんなことをしても労力の無駄づかいでしかない。自分が何をしているか、あなたにはちゃんとわかってる。わたしはただ、強盗をはたらいても、誰かが危険な目にあわなければいいと思っているだけ」

ロブの身に危険が及ぶなんて考えるだけでも嫌だった。大げさでもなんでもなく、もし彼が投獄されて、あとは絞首刑の執行日を待つのみなんてことになったら、彼女はいてもたってもいられないだろう。

ロブは不思議そうな顔をしてマリアンを見た。

「だけど、そこが醍醐味でもあるんだ」

28

こんなふうに一緒に旅をするのではなかった。一日じゅうずっと隣りに坐っていたのに、早くもマリアンに会いたくてたまらなかった。この先、もう会えなくなると思うと恋しくて仕方なかった。横を向いてもそこにマリアンがいない未来など、とうてい耐えられそうになかった。

マリアンの部屋のまえに立ち、ノックしようと手をあげた。このあと部屋の中で何がおこなわれるにしろ、事態は悪くなるだけだ。それはわかっていた。

ドアをノックし、息を止めて待った。マリアンはもう寝ているかもしれない。起きていたとしても、ロブよりは分別を持ち合わせていて、いけないことだとわかっているかもしれない。きっとそうに決まっている。ところが、マリアンは黙ってドアを開けた。ロブは誰にも見られないように急いで部屋の中にはいった。

室内の明かりは暖炉の炎だけだった。余分に料金を払って薪を足してもらったらしく、部屋は暖かかった。髪は下ろしていて、梳かしたばかりのようになめらかなウェーブを描いていた。色褪せたウールのガウンを着た彼女はどこか穏やかで親しみやすい雰囲気をまとっていて、いつものとげとげしさは影を潜めていた。ロブはそんな彼女の様子を目のあたりにして信じられない思いでいた。彼女のこんな姿を見たことがある人は自分のほかにはいないにちがいない。

何から始めればいいのか、ロブは束の間戸惑った。この部屋にはお茶も食べものもない。心の準備が整うまで時間をかせぐ口実が何もなかった。ロブが彼女の部屋に来た目的は明らかで、ごまかしようがなかった。彼がなぜ部屋を訪ねてきて、彼女がなぜ彼を室内に招き入れたのか。その理由はふたりともわかっていた。ふたりはしばらくじっと見つめ合った。何か話をしなくては。ロブが他愛もないおしゃべりでもしようかと口を開きかけたとき、マリアンが手を伸ばしロブのウェストコートのボタンに指をかけた。マリアンはロブを引き寄せる代わりにその場に押しとどめ、自分のほうから近寄って彼にキスした。

ああ、なんというキスなのか。彼の唇の形を記憶にとどめようとするような、それが自分の務めだと言わんばかりのキスだった。どこに触れれば彼が息を呑み、彼女の腰に添えた手に力が入るのか、その場所をすべて調べ尽くそうとするようなキスだった。彼をばらばらにしたい、そう思っているかのようだった。ロブもそうしてほしかった。それ以上の望みはない。そう思った。

マリアンはロブの胸に手のひらを押しあて、そっと押した。壁ぎわまで追いやられ、ロブは息を詰まらせた。ウェストコートのボタンにかかっていたマリアンの指が器用にボタンをはずしていき、その下のシャツをまくり上げた。そうするあいだもずっとキスしていた。うっとりするほど優しいキスを浴びせられ、ロブは息も絶え絶えになり、飢えたように彼女を求めた。

ロブはほんの少しだけ体を離し、急いでコートとウェストコートを脱いだ。マリアンが彼のブリーチズからシャツの裾を引っ張り出して脱がせるあいだもされるがままでいた。マリアンの手がロブの胸に触れ、胸毛に沿うようにして下へ滑っていった。体のあちこちにある傷痕に行きあたるたび、その手が止まった。部屋は暗くてよく見えなかったが、ロブは体のどこに傷痕があるかちゃんとわかっていた。彼女のほうも指の感覚でそれが傷痕だとわかったのだろう。

このまま傷痕をもてあそんでいたら、それ以上先に進むのを忘れてしまうのではないか。ロブはそんな不安に駆られ、彼女の背にまわした手で髪をまさぐりキスした。彼女もお返しにキスし、指をブリーチズの縁にかけて彼をベッドのほうに引き寄せた。ロブは押し倒されるようにしてベッドに仰向けになり、彼女を見上げた。

マリアンは少し自信なさげに、ためらうように訊いた。

「こういうのって……あり？」

「ああ」

とロブは反射的に答えた。そのあとで、少々荒っぽいやり方でもかまわないかという意味だと気づいた。そういうことなら、むしろ大歓迎だ。

「ああ、ありに決まってる」

そっと息を吐き出すようにもう一度言った。

マリアンはロブの隣りで横になり、肘をついて顔を上げた。キスを交わすふたりを隔てるものは、マリアンの色褪せたガウンとその下につけているであろう下着だけだった。彼女の胸がロブの胸に押しあてられ、鼓動が感じられた。

「きみを気持ちよくしてあげたい」

ロブは訊かれてもいない質問に答えるように言った。

「おれの望みはそれだけだ」

「望みはそれだけじゃないでしょ」

「きみもおれを気持ちよくさせたいと思ってる。おれを思いどおりにしたいと思ってる。このあいだみたいに」

ロブは思い切ってそう言った。それが正解であってほしいと本気で願った。

マリアンが眼を見開いた。黒い瞳にわずかに驚きの色が表れていた。彼女は黙ってうなずいた。

「おれもそうしたい」とロブは言った。「だけど、それじゃ簡単すぎて物足りない。こういうのはどうかな、マリアン。きみがいいと言うまで、おれはブリーチズのまえを開けてはいけないし、自分の手でしてもいけない。どうかな？」

マリアンは即座にうなずいた。ふと、彼女の顔にいたずらっぽい表情がはっきりとよぎった。

「おしゃべりはそこまでよ、ロブ。わたしを喜ばせたいって言いながら、あなたはくだらないおしゃべりばかりしてる」

マリアンはそう言って肘をついたまま枕に頭をあずけた。

「言ってくれるじゃないか」とロブは言い返し、マリアンのガウンの紐をほどいた。ガウンの下には雪のように真っ白な下着を着ていたが、着古してかぎりなく透明に近いほど透けていた。乳首が暗い影のように透けて見えた。ロブは片方の胸を手で包むようにして触れ、親指で乳首をこすった。彼の指に触れられ、マリアンの乳首はたちまちかたくなった。

ロブは胸に触れたまま寝返りをうってマリアンにキスした。唇を彼女の口から首へと這わせ、さらに耳の下にキスした。そこは彼女が感じやすい場所で、触れるといつもあえいだ。下着の裾に手を伸ばすと、マリアンは弓のように体を反らせた。下着をめくり上げ、裸の胸があらわになると、ロブはしばし動きを止めた。

「見てるだけじゃない」とマリアンは言った。

「ああ」とロブは認めて言い、そのまましばらく見つづけた。それから、顔を近づけてピンク色の乳首を口にふくみ、反対側の乳首を親指でさすった。マリアンが切羽詰まったように小さくあえいでも、そのまま愛撫(あいぶ)を続けた。こんなふうに口でされるのがいいらしい。ロブにはすぐにわかった。ロブ自身もそうしているのが好きだった。彼女を味わうことも、彼女が体を反らせる仕種(しぐさ)もたまらなく好きだった。だから、ゆっくり時間をかけて吸ったり噛(か)んだり舐(な)めたりした。マリアンは自分でも気づかないうちにせがむような声を出していた。愛撫をやめて彼女の胸を見ると赤く染まっていた。彼がキスした場所は濡(ぬ)れていて、噛んだ場所は赤い痕ができていた。かたくなった股間のものがブリーチズにこすれて痛かった。だから、ロブはベッドの上で正座して位置をずらそうとした。

「ちっちっ」とマリアンが舌打ちし、ロブの手首をつかんで彼女の胸に引き寄せた。「まだいいって言ってない」

欲望と恥ずかしさが思いがけず入り交じり、ロブは頬を赤らめた。

「申し訳ない」

「どうやって埋め合わせすればいいかわかるわよね」

ロブはもう一度、彼女の胸にキスした。マリアンはロブの髪に指を絡ませ、もう一方の手で彼の肩と腕を撫(な)でた。これでいいのか自信がない、そう言いたそうにぎこちなく手を動かしていた。

ロブは彼女の胸に触れていた手を腹へ、それから両脚のあいだへとゆっくり下に滑らせた。彼女のあそこはもう濡れて熱くなっていた。そういえば、このまえもすぐにイってしまった。あのときも彼が指で触れると体をのけ反らせ、自分で尻を傾けて触ってほしい場所に彼の指を導いた。今もそれと同じことをしている。が、今度はロブも彼女がどうしてほしいかわかっていたので、ひたすら指を動かしつづけた。中には入れず、外から触れるだけにして、彼女に覆いかぶさってキスした。マリアンは体をこわばらせ、ロブの体に爪を食い込ませた。絶頂に達する寸前に体を硬直させ、やがて満ち足りたように吐息を漏らした。

ロブのほうは自分の欲求と股間の痛さが釣り合わず、おかしくなってしまいそうだった。

「好きにしていいわよ」

マリアンが気だるそうにそう言うと、大急ぎでブリーチズのまえを開いた。あとから思い返したら、きっと恥ずかしくてたまらなくなるにちがいない。そのくらい切羽詰まっていた。手で自分の一物をつかみ、あえいだ。マリアンはそんな彼の様子を好奇心もあらわに、少しそそられながらじっと見ていた。彼がどうやって自分で快感を得るのか興味津々(しんしん)で見つめていた。このまえみたいに彼女に触ってほしくて、ロブは根本を押さえ、まだ達しないようにこらえた。

「ストップ」とマリアンは囁(ささや)くように命令し、ロブはうめきながら言われたとおり手を止めた。「わたしにキスしながら続けて」

そんなことをしたら、彼女に覆いかぶさったまままたちまち果ててしまう。ロブはそう反論しかけたが、それこそまさに彼のしたいことだと思い直した。だから片手をついて体を支え、彼女にキスした。いきり立った彼のあそこが汗に濡れた彼女の腹をこするように滑った。ロブは思わず卑猥(ひわい)な声をあげそうになり、彼女の髪に顔をうずめて声を抑えた。

「これならあなたも……これでいい？」とマリアンが問いかけた。ロブはつい笑いそうになった。

「そよ風に吹かれただけで今すぐにでもイってしまいそうだ」

彼女の腕の付け根の柔らかい肌に唇を押しあててそう言った。

「だったら証明してみせて」

マリアンにあおられ、ロブは密着した体の隙間にかたくなった一物を押し込んだ。彼女の唇が咽喉に押しあてられるのを感じながら、彼女の背中に手をまわし、反対の手で彼女の髪をまさぐった。

果てたあと、ロブはくずおれるようにしてマリアンの上にのしかかり、乱れた息を整えようとした。

「どいてよ、もう」

マリアンはそう言って彼の肩を押した。が、ロブが横に転がって顔を見上げると、彼女は口もとに笑みを浮かべていた。

ロブは体を拭くための布巾を取ってベッドに戻り、マリアンの隣りで横になるとベッドカヴァーを胸まで引き上げた。

「これはなんの傷?」

マリアンはロブの肩を指でさすりながら訊いた。傷痕に触れたところで彼女の指の感触が消えた。

「ほかの傷より大きいけど」

「銃で撃たれた痕だ。それに一番大きい傷はそれじゃない。ふくらはぎの裏にある犬に噛まれた傷のほうが大きい」

ロブはベッドカヴァーをめくって脇腹を見せた。

「こっちはナイフで刺されたやつだ。傷が化膿して……」

ロブはそこでことばを切った。マリアンは顔面蒼白になり、体をこわばらせていた。

「いや、そんな身の毛のよだつ話は聞きたくないか」

ロブはそう言ってベッドカヴァーで体を隠した。傷のひとつひとつについてぞっとするような説明をしてマリアンを怖がらせることはない。われながら浅はかだったとロブは後悔した。

「すまない」

「馬鹿ね、勘ちがいしないで。ぞっとしてなんかない。あなたにはぞっとするようなところなんてない。ただ、銃で胸を撃たれたことがあるなんて思ってもみなかったから」

「胸というより肩に近い。医者も撃たれた場所がよかったと言ってた。怪我そのものより傷痕のほうがずっとひどく見えるだけだ」

マリアンはロブの肩から胸の真ん中へと指を滑らせた。

「わたしは公爵のここを撃った」

ロブはマリアンの手を取り、そのまま包み込んだ。彼女は自分がしたことの重大さに苛まれているのか、それとも、あと少し場所がずれていたら公爵は今頃まだ生きていたかもしれないと考えているのか。ロブにはどちらとも判断がつかなかった。

マリアンの黒い眼が険しくなった。

「下手したら誰かに殺されていたかもしれない。もしそんなことになったら、わたしは不幸のどん底に落ちる」

なんとなんと。どんなことばを返しても充分ではないように思えて、ロブはマリアンの指の関節にキスした。

「おれを殺そうとしたのはそいつらだけじゃない。だけど、運がよかった」

マリアンは吠えるように唸った。ほかに表現しようのない音だった。それから意を決したように、彼の左眉に触れて訊いた。

「これはなんの傷？」

「木から落ちる途中で枝にぶつかった」

「こっちは？」

今度は彼の髪を耳にかけ、こめかみに触れて尋ねた。

「窓から脱走したときにできた六つの傷のうちのひとつだ。奇跡的に骨折はしなかった」

「まさか飛び降りたんじゃ――」

「いいか、おれがどんな方法で脱出しようと、きみにとやかく言われるすじ合いはない。そもそもきみはおれを咎められる立場か？　自分だって真夜中に街中をうろついていただろ。考えるだけでもぞっとする」

「かわいそうなロブ」とマリアンはからかうように言い、あくびをした。

「おやすみ。また明日」

ロブは黙ったまま服を着ると、彼女の部屋を出て寒くて凍えそうな自分の部屋に戻った。

29

マリアンは馬車での旅があまり好きではなかった。狭い空間に閉じ込められ、逃げ出すこともできなければ、時間を潰す手段もない。とくに冬は轍の多い道を通ると馬車がひどく揺れて、骨にまで響く。ひいき目に言っても、そういうものだと思っていた。

だから、馬車がどれだけ揺れても、一緒におしゃべりを愉しむ相手がいるだけで、あっという間に時間が過ぎるのだと知って驚いた。お互いに人生のあらましを話し終えたあとは、絵画に陰影をつけるように話を掘り下げるしかなくなっていた。マリアンはそれがどれほど退屈なものなのか想像したこともなかった。

「彼女の父親はロンドンで一番評判のいい盗品売買業者だった」

ロブはまだ話をしていた。

「ベティは子供の頃から父親の仕事を手伝っていた。キットとおれが初めて会ったときはまだ十一歳だった。いや、十二歳だったか」

「あなたもまだ十七歳だった」

「そのとおり。その頃にはおれはもう世の中の酸いも甘いも知っていた。それなのに、子供相手に仕事をしなきゃならないなんて信じられなかった」

「ひどい屈辱ね」

「あの子はまだ髪をおさげにした子供だったんだ、マリアン。でも、いつも袖にナイフを隠し持っていて、右手で繰り出すフックも強烈だった。何年かして父親が亡くなると、彼女が跡を継いだ。異を唱える者はひとりもいなかった。彼女の兄さんたちは文句を言わなかったし、母親も止めなかった。質屋にしろ、宝石商にしろ、彼女に敬意を払わなかった連中は、ロンドンで一番実力のある盗品売買業者と取引きするチャンスを失ったとすぐに思い知ることになった」

ロブはそのベティという女の子が大好きで、誇らしく思っているようだった。そのことを隠そうともしなかったが、どことなく寂しそうでもあった。彼は一年ものあいだ友人たちと会えずにいた。最近になってようやく再会がかなったものの、数日後にはマリアンと一緒にロンドンを出たので、また離ればなれになってしまっていた。

「お友達に会いたいのね」

「ああ。ベティにもキットにも。ふたりはいつも店にいるからロンドンに帰れば会えるとわかってはいるけど、それでも会いたくてたまらない」

マリアンの心の中ではロブの好きなところを記したリストが驚くべきスピードで長くなりつつあった。その中でも、大切な人への想いをあからさまに語るところはリストのかなり上位に位置していた。ロブは好意を隠そうとしない。知り合ったばかりの相手でも、ずっとまえから知っている人でもそれは変わらない。おまけにその好意を惜しげもなく振りまく。彼の友情は納屋の壁にはびこる蔦と同じで、ほうっておくとあっという間に全体を覆い尽くしてしまう。

それはマリアンも身をもって経験していたが、とても現実とは思えなかった。ロブは手紙を読んで彼女に好意を抱き、いつのまにか彼女にぞっこんになっていた。彼女としても、その好意が口先だけのものでないことはもはや認めざるをえなかった。何しろ、彼女のためにもう二度もロンドンとこんな田舎を往復しているのだから。最初に会ったあの夜から、ロブはことばでも行動でも気持ちを示した。いや、もっとまえから示していたのかもしれない。

きみを愛してる。ロブはそう言った。彼女がもっと素直な女だったら、その気持ちを大切にできたかもしれない。けれど、マリアンは聞きたくなかったとしか思えなかった。

「お友達のことが大好きなのね」

ロブが同意するのを聞きたくて、マリアンはそう言った。

「ああ、大好きだ」とロブははっきり言った。

マリアンは窓の外に眼を向けた。陰鬱とした田舎の景色が流れていった。

「お友達もあなたに会いたいでしょうね」

枯れて何もない野原と道端のぬかるみから眼を離さずに言った。ロブを好きにならずにいられる人などいるだろうか。彼は誰にでも好かれる人だった。彼に出会った人は誰もが彼にかすかな恋心を抱くにちがいない。実際、マリアンはそういう場面を何度も見てきた。だから、自分の身に同じことが起きても驚く理由はなかった。

「だといいけど」とロブは答えた。彼がこちらを見ているのはわかっていたが、マリアンはあえて振り向かなかった。

車輪が轍にはまって馬車が傾き、ふたりは馬車の扉側に押しつけられそうになった。ロブは何も言わず片手で彼女を抱きかかえ、扉にぶつからないように支えた。それから、さりげなく腕を離した。

「そういえば」とロブは言った。さっきまでの会話を続けようとしているらしい。「キットのコーヒーハウスで喧嘩をおっぱじめようとしたやつをベティが刺したこともあった」

マリアンは眉を上げて言った。

「喧嘩を止めるどころか、余計にあおってしまいそうね」

「ああ、ベティは喧嘩を止めたかったんじゃない。勝ちたかったんだ。それに刺したのは腕だった」

「それならたいした怪我じゃないわね」

「ああ」

「で、そのときミスター・ウェブはどうしたの？」

「店を手伝ってくれないかってベティに頼んだ。ベティはその申し出を受け入れた。それ以来、あの店で喧嘩するやつはいなくなった」

ロブはそう言って、マリアンに向かって微笑んだ。喧嘩やナイフではなくお菓子か仔猫の話をしているみたいに屈託のない無邪気な笑顔だった。マリアンもつい笑顔を返した。

「きみにもみんなに会ってもらいたいな」

マリアンの顔から笑顔が消えた。ロブは大事なことを忘れているのではないか。彼女はクレア公爵の屋敷に帰らなければならない。当然、盗品売買業者やハイウェイマンと親交を深められるはずがない。たとえ自由に行動できたとしても、ロブの招集した強盗仲間に快く迎え入れられて嬉しいと思えるだろうか。その人たちこそロブが本来一緒にいるべき仲間だ。ひとたびその人たちのもとへ戻ったら、彼女のことなどどうでもよくなるのではないか。そんな思いがマリアンの心のどこかに引っかかっていた。

ありがたいことに、ちょうど駅馬車用の宿に着いた。食事の時間になると、ロブはいつものように愉しいとは思えないおしゃべりをやめた。用意された食事はごちそうだった。ロブと一緒にいると、いつもごちそうがテーブルに並ぶ。誰もがロブに最高の一皿を振る舞い、彼のカップをいつでも満杯にしたいと願わずにはいられないのだ。

泊まる宿ではやはり別々に部屋を取った。夜、ロブがマリアンの部屋のドアをノックすると、彼女は彼を室内に招き入れた。彼の手は温かかった。たこができた手が彼女に優しく触れ、彼女はされるがまま身を委ねた。興奮を抑えきれず、うっとりと彼を見つめた。彼のほうも彼女を見つめた。

行為を終えると、ロブは彼女の肩に顔をうずめたまま眠ろうとした。暖炉の炎に照らされ、彼の髪が赤銅色に輝いていた。彼女から見える範囲だけでも、彼の背中と腕にはいくつもの傷痕があった。本人は傷などなんでもないことのように話したが、マリアンにはわかっていた。うまくいかなかったものごとが積み重なった結果、今の彼らがある。そして、ゆっくりとものごとを正そうとしているのだと。

早朝、ロブは眼を覚まして言った。

「どうして起きてる?」

寝起きのせいか、声ががさがさだった。

「よく眠れなくて」

実を言えば、マリアンはよくどころかまったく眠れなかった。ひと晩じゅう、ロブの顔を見つめては、そうしている自分を咎めることを繰り返していた。弁解するとすれば、ロブはとにかく魅力的で、まともな感性を持った人なら見つめずにいられるはずはなかった。マリアンは自分にそう言い聞かせた。それに、こうやって彼を見ていられるのも今日で最後だ。

「そんなふうに見つめられると、よからぬことを考えてしまう」とロブは言った。

マリアンは息を呑んだ。

「あら、わたしはただ見てるだけだけど」

ロブは眉を吊り上げ、彼女がくるまっているベッドカヴァーを押しやった。

ロブは性の営みの問題をたやすく乗り越えた。彼女には越えられない一線がある。そのせいで彼の愛情がやがて失せてしまうのではないか。マリアンはそう思っていた。そうすれば、ふたりとも正気に戻れるとむしろ安心さえしていた。

「このまま眠ってしまいそうだ」

終わってからロブは夢見心地で言った。マリアンが息を整えるあいだも、彼女の太ももに顔をうずめていた。

「で、起きてから、もう一度やれる」

なんとなんと。それがロブの偽らざる本心だということはわかっていた。けれど、マリアンには受け入れることができなかった。あからさまに愛情がこもった声も、彼女の腰に添えられた手も、何もかも受け入れるわけにはいかなかった。マリアンは感情を押し殺し、突き放すように言った。

「もう自分の部屋に帰って。ここにいると人に知られたら困るでしょ」

ロブは彼女の太ももの内側にキスして立ち上がった。たった今、彼女が無礼で残酷な態度を取ったことなどまるで気にかけていないようだった。

「そのままじゃ帰せない」

マリアンはさっきと同じようにきつい口調で言い、彼のいきり立ったモノをそれとなく示した。

「誰かに見られたらどうするの？　わたしがどうにかしてあげる」

「仰(おお)せのままに」

ロブはそう言って、またベッドに横になった。こんな時間に起きていて、彼の体を見てとやかく言う人などいない。そう思ったが、あえて言わなかった。

「手でしてあげるだけよ」

マリアンは素っ気なく言ったつもりだったが、意に反して熱っぽく聞こえた。

「そんな無慈悲な」とロブは真顔で抗議した。「それじゃあんまりだ。本気でおれを苦しめたいなら、口でしてくれなきゃ」

マリアンは口でしているところを想像して一瞬固まった。

「それは駄目。今日のところは」

そう言いながらつい舌なめずりした。

ロブは彼女の隣りに寝転び、どうしてほしいかはっきり示した。馬をなだめるのと同じ声でマリアンをなだめた。本来は相手を落ち着かせるために出す声のはずなのに、興奮のあまりだんだん大きくなっていた。

ロブは自分が果てると彼女の両脚のあいだに手を滑り込ませた。マリアンはまたしても絶頂に達した。ひどい仕打ちだ。ロブは彼女の肩にずっとキスしていた。そんなことをされて、どうすれば平静を保っていられる？

夜が明けると、マリアンは果敢にも冷静沈着な態度を装った。ことさら背すじを伸ばして坐り、何を言われてもひと言で短く答えるだけにした。その決意は四マイル先まで続いたが、猫が眼を覚まし、ロブが紐を垂らして猫とじゃれているのを見た途端、もろくも崩れ去った。まったく。ロブに腹を立てることができる人などいるだろうか。

「マリアン」

クレア公爵の屋敷に着くと、ロブが声をかけた。マリアンは眼を合わせないようにした。答えようのない質問をされたくなかった。ところが、ロブは困惑したように笑って続けた。

「手紙を書くよ。母さんがファンショーの情報を集めてくれているし、キットに相談すればファンショーの屋敷に侵入できる方法を考えてくれる」

それはマリアンが求めていたものとはちがった。ほんとうは何を求めているのか自分でもよくわからなかったが。なだらかとは言いがたいふたりの人生をどうにかして隣り合わせに並べられる方法はないものか。そう願っているのだけは確かだった。それはそれとして、病におかされた老人につけ込んで甘い汁を吸おうとするファンショーのことはやはり許せなかった。心のどこかにやり返したいという気持ちがあった。ロブが手助けをしてくれる、また手紙を送ってくれると思うと嬉しかった。

マリアンはうなずいて馬車を降りた。

「ありがとう」

それだけでは全然足りない。それはわかっていた。もっとことばを尽くして感謝を伝えられる日がくることをマリアンはひたすら願った。

30

友人たちの反応にはもうすっかり慣れた。彼が心の赴くままに行動し、危ない橋を渡り、あやうく死にかけるたびに、友人たちがどんな反応をするか、ロブは嫌というほど見てきた。キットはまず腹を立て、そのあとで小言を言い疲れた親のように愛情を込めて受け入れてくれた。ベティは怒鳴り散らし、何発かパンチを見舞ってやろうと隙を狙っていた。母親は呆れてため息をつき、娼館の厨房への出入りを禁止した。どれも予想していた反応で、ほっとした。

「みんな言ってるわ。あんたはどこかおかしいんじゃないかって」

ロブが三人分のビールを運んでくると、ベティは何気ない口調で言った。昼間からずっとそんな調子だった。

「頭が正常に機能してないんじゃないか、何週間かに一度は友人を心配させて面白がってるんじゃないかって。あたしはもう心配する気にもならないけど」

「そうこなくちゃ」とロブは答え、キットが足で押し出した椅子に坐った。三人ともこれが二杯目のビールだったが、ロブはまだ何も話していなかった。一年まえに姿を消した理由も、今月になってまたいなくなったいきさつも、脅迫に手を染めたことも。

「しばらく帰ってこないのに黙っていなくなるなんて。きっと伝言を残すことを神様に禁じられてるのね」

ベティはまだぼやいていた。

「まあ、とにかくビールを飲んでくれ。おまえたちが聞きたくない話をするから」とロブは言った。「酔っぱらってから聞いてくれるほうがいい。だいたい、いつもより飲むペースが遅いじゃないか。愉しくいこう」

ベティは胡散臭いものを見るような眼をロブに向けたが、それでもジョッキを持ち上げてぐいっと飲んだ。キットはジョッキには口をつけずにベティのほうへ押しやった。

「さっさと話せ」

キットはロブを促した。つっけんどんな口調だったが、冷たい響きではなかった。

「二十六年まえ、おれの母親はクレア公爵の恋人だった」

ロブは強いてふたりの眼をじっと見て話した。

「公爵は友人たちとのフランス旅行に母さんを連れていった。そのとき母さんが何を考えていたのかおれにはさっぱり理解できないけど、とにかくふたりは向こうで結婚した。その結婚は今も有効なままだ。結婚から九か月後におれが生まれた」

ロブはキットをじっと見たが、キットはただうなずいただけだった。ベティは咽喉を詰まらせたような音を出し、キットのビールを飲んだ。

「母さんからその話を聞かされたとき、おれは……とても信じられなかった」とロブは続けた。「おれが撃たれた直後のことだった。あのとき、おれはおまえが死んだと思い込んでいた」

後半はキットに向けて言った。

「覚えてる」とキットは素っ気なく答えた。

「すぐにフランスに渡って、この眼で教区の記録簿を確認した。帰国してからおまえが生きていたと知った。

でも、知ってのとおり、おれは自分が死んだことにしておいた。公爵のことをずっと憎んできたのに、自分がその男の正統な後継者だったなんて認めたくなかった」

「公爵を憎んでいたのはおまえだけじゃない。おれもだ」

キットは穏やかに訂正した。

「そうだ。その問題に真っ向から立ち向かう勇気がおれにはなかった。浅はかで残酷だとわかっていたけど、逃げるほうがずっと楽だった。どれだけ申し訳なく思っているかはとてもことばでは言い尽くせない。おれがしたことは――」

「ロブ」とキットは優しく割り込んだ。「それはもういい。過ぎたことだ。そのあとのことを話してくれ」

ロブは深呼吸してから続けた。

「そのあとおれは事態をさらに悪化させた。混乱に乗じて少なくとも何か手に入れる権利があると考えた。で、ホランド侯爵とマリアンを脅迫した」

「マリアンって?」とベティがおうむ返しに訊いた。

「クレア公爵夫人だ」とキットが代わりに答えた。

「そうそう、忘れてたわ。あんたたちときたら、いつのまにか侯爵とも公爵夫人ともファーストネームで呼び合う仲になったんだったわね」とベティは言った。「なるほど、そういうことだったのね」

「マリアンはおれをベッドに縛りつけ、ひと晩そのまま放置した」とロブは説明した。

「あたしも友達になりたい相手にはいつもそうする」とベティが横やりを入れた。

「おれが公爵の正統な後継者らしいってところに話を戻してもかまわないか?」

とロブはキットに向かって言った。

「どうして驚かない？　もっと動揺するだろうと思ってたのに」

「だいたいのことはもう知っていた。先週、パーシーが突きとめた」

キットは得意気に恋人の勘の鋭さを披露した。

「だけど、正直に言えば、誰がおまえのおふくろさんを孕ませたにしろ、どうでもいい。そんなことでおまえを嫌いになると思われていたなんて、むしろ心外だ」

「そうは言うけど、相手はあのクレア公爵だ。考えるだけでもぞっとする。あの男がおれの――」

ロブは身震いした。思いも寄らぬ誕生の秘密のせいで友達に絶縁されるかもしれない。そう考えるだけで不安だったが、裏を返せば、誰より自分がその秘密を嫌っていた。その事実だけで、ここにいる全員が彼を嫌いになる理由としては充分だと思っていたのかもしれない。

「いずれにしても、何かのまちがいかもしれない。誰がほんとうの父親でもおかしくない」

ロブがそう言うと、キットとベティは疑わしげに揃って眉を上げた。

キットが眉間に皺を寄せて言った。

「どう見たっておまえは――」

「頬骨が似てるなんて言わないでくれ」とロブは牽制した。「マリアンにそう言われた。袋をかぶって歩きたい気分だ」

「彼女に話したのか？」

キットが初めて驚きを示したので、ロブは嬉しくなった。喜んでいい権利が彼にあるとすればだが。

「いや、話のついでに似ていると言われただけだ」

「で、どうするつもりだ？」とキットは尋ねた。

「どうするって？　おれには関係ない。おまえの大切なパーシー君にまかせる。毛皮をまとって遊び歩くなり何なり、彼の好きにすればいい。おれは……おれにはそんな真似はできない。みんなが今までどおり幸せに暮らせればそれでいい」

「パーシーは、クレア公爵の正統な後継者はおまえだと世間に公表するつもりだ。そのあとはどうする？」

ロブはジョッキを口に運びかけていた手を止めた。

「どうしてそんなことをしなきゃならない？」

「パーシーも公爵夫人もいつ脅迫されるかわからない恐怖に怯えながら暮らしたいとは思っていない」とキットは言った。「おまえが真相にたどり着いたということは、いつほかの誰かが同じように秘密を知って脅してきてもおかしくない。だから、先手を打って事実を公表しようとしている。説明の必要がないほど単純明快な論理だ」

ロブは両手に顔をうずめた。これが世に言う罪の報いというものか。ロブは怒りを感じた。責める相手は自分しかいない。だから余計に腹が立った。

「母さんとは話をつけてある。おれは母さんとは会ったこともないし、ほんとうの母親はどこかのすてきな淑女で、公爵と結婚なんかしていない。そう言い張るつもりだって」

「それも一案だ」とキットは認めて言った。「おふくろさんが喜ぶかどうかは別にして。おまえが人ちがいだと言い張れば、パーシーたちとしてもおまえに公爵の地位と財産を継がせることはできない」

キットはそこでひと呼吸置き、自分のことばの重みを確かめるように続けた。

「この一年、おまえは問題に背を向けて逃げてまわっていた。そろそろその甘えた考えを悔い改める頃かと期待してたんだが」

「逃げまわっていただと？」とロブは不機嫌そうに言い返した。「おれは何からも逃げちゃいない。相続問題に巻き込まれたくないだけだ」

キットはため息をついた。キットのことをよく知らなければ、財産の相続を放棄するという決断そのものを非難されていると思ったかもしれない。どうにかして話題を変えようと、ロブはベティに矛先を向けた。彼女の仕事をおびやかしている質屋について尋ねると、ベティは長広舌をふるいだした。

ベティの話に耳を傾けながら、ロブはさっきキットに言われたことを考えていた。ホランド侯爵は父親の重婚の罪を公表しようとしていた。マリアンも同意していた。キットはそう言った。秘密が公になったとしても、ロブは誰かを責める立場にはない。しかし、彼がマリアンとの将来を思い描けないのは、彼女の立場と地位という壁がふたりのあいだに立ち塞がっていたからだ。彼女はその壁を取り払う意志があったのに、彼にはそのことを黙っていた。あなたとの関係を続けるつもりはない。そう宣告されたも同然だ。

もしも――いや、そんなはずはない。マリアンはロンドンに戻ってクレア公爵夫人として生きていくつもりでいた。残酷な運命だが、そうするしかないと思っていた。それはまちがいない。ロブはわけがわからなくなった。

「そろそろ店に戻る」

ベティが席を立って言った。

「キットとあたしがふたりして一時間も留守にしたら店はしっちゃかめっちゃかになってるだろうから」

ふたりは若い男に店番をまかせてここに来ていた。初めて会う男の登場に、ロブには身を隠していた一年が無性に悔やまれた。

ベティがいなくなると、ロブは店主のところに行き、もう一杯ビールを注文した。このあと何が起きるにしろ、キットとふたりきりになる時間をなるべく遅らせたかった。キットはいつも彼の心のうちまで読み取ってしまう。今もキットに何もかも見透かされていると思うと、ロブは思わず身震いした。

「ほんとうに大丈夫か？」

ロブの不安とはうらはらにキットは尋ねた。

「大丈夫でもないけど、なんとかなる。いろいろ考えてる。そっちは？」

「パーシーがコーヒーハウスの隣りの家を買うことにした」

それが質問の答になるとでも言うようにキットは言った。ロブにもある意味でそれが答に思えた。

「幸運を願うよ。おれのほうはどんなに抵抗しても大法官府裁判に引きずり出されて、今後の人生を左右されることになる」

「パーシーと話してみたらどうだ」とキットは提案した。

「話なら裁判所でいくらでもできる」とロブは不満げに言った。「認めるつもりは一切ないけど。彼にもそう言っておいてくれ。おれは自分が公爵の後継者だなんて断じて認めないって」

キットはそれ以上何も訊かなかった。それからふたりはいつものように他愛のない会話に興じた。やがてキットはため息交じりに言った。

「そろそろ店を閉める時間だ。戻ってベティの手伝いをしないと」

「おれはビールを飲み干してから帰る。正直に言えば、もう一杯飲むと思うけど」

さらにもう一杯飲むかもしれないが、そこまで正直に白状しなくてもいいだろう。

「彼が庶民だったらよかったと思うか？」

キットは眉を上げ、怪訝な顔をした。

「パーシーのことか？　最初はそうだったかもしれない。だけど、おれは――おれはあいつを愛してる。愛した人が育った環境を変えたいとは思わない」

それから顔をしかめて立ち上がり、杖にしっかり寄りかかって立った。

「くそったれ、こんなことを言わせるなんて」

「こっちこそ最悪の気分だ」

ロブは感情をあらわにして言った。

キットはロブの肩をつかんだ。

「おまえはいつも勇敢だった。今度もきっと乗り越えられる。何か方法があるはずだ」

ロブは驚いたようにキットを見上げた。

「おれは勇敢なんかじゃない。無鉄砲なだけだ」

キットは悲しげな表情をして続けた。

「そうじゃない。おまえは自分のためじゃなく、人のためなら勇敢になれる。子供の頃からそうだった。ロブ、おまえはおれのためにいろいろしてくれた」

キットがいつの話をしているのか、ロブには瞬時にはわからなかった。キットの家族を埋葬したときのことか、それともライで強盗を殺したことか。ライでの出来事については、キットは絶対に知らないはずなのだが。もっとも、キットはロブが思う以上に何もかも見抜いている。

「大切な人を、家族を守りたかった。それだけだ」

「おまえもおれの家族だ。自分を大切にしてくれ。いつもおれにしてくれたみたいに」

脅されているわけでも、痛い目にあわされるわけでもない。ただ、断じて受け入れがたい未来が眼のまえにあるだけだ。これっぽっちも望んでいない未来が。ロブはそう言いたかったが言わなかった。

ただ、親友が寒空の下に出ていくのを黙って見送った。

31

屋敷全体が喪に服して静まりかえっていた。考えてみれば当然だ。けれど、みなが黒い服を着て、屋敷じゅうのカーテンが閉じられ、どんよりと暗い空気に包まれていたのには驚いた。

おまけに、パーシーの姿がどこにも見あたらなかった。

「ご主人さまは毎晩遅くまで用事がございまして」

とパーシーの従者は嘆くように言い、さらにつけ加えた。

「朝までかかることもございます」

そんな時間までかかる用事というのはいったいなんなのか、従者にもマリアンにも知る由がないと言っているかのようだった。

マリアンはロンドンに帰ってきたことを知らせる手紙を書き、従僕を使いにやってパーシーに届けさせた。新たな公爵閣下はミスター・ウェブのコーヒーハウスにいるかもしれないし、弁護士のところにいるかもしれない。そのほか思いあたる場所をいくつか従僕に伝えた。兄のマーカスにも手紙を書いた。

それから階上の子供部屋に行った。

「ちょうどお眠りになったところです」

アリスはそう言って、膝を曲げたお辞儀と会釈を組み合わせたような仕種をした。それが世話を任されている赤ん坊の母親に対する礼儀に適った挨拶だと思っているようだ。

「新しい歯が生えてきて、とてもむずがゆいみたいなんです。起こしましょうか？」

「起こさなくていいわ」とマリアンは言い、娘の寝顔を見つめた。イライザは両手を軽く握り、顔には癇癪(かんしゃく)を起こしたときの横柄な表情の名残がまだ見て取れた。もともとパーシーによく似た顔立ちをしているのだが、機嫌が悪いときはなおさら似て見えた。

「ご無事にお帰りになられて何よりです、奥さま。僭越(せんえつ)ながら心配しておりました。公爵閣下を殺した悪党のせいで怪我(けが)をされたのではないかと」

「伝言を残すべきだったわね。でも、あのときは――」

マリアンはそこで言いよどんだ。あらかじめ考えておいた言い訳をもう何回も繰り返していた。夫が怪我をしたのを目撃して気が動転し、安らぎを求めたい一心で父のいる実家に帰った。そう言いつづけた。しかし、彼女のことをよく知る人はもとより、この屋敷で数か月一緒に過ごした者なら、彼女は動転してヒステリーを起こすような女ではないと誰もが知っていた。

「実は、父に会いにケントまで行かなければならなかったの。歳(とし)を取っていて、具合がよくないものだから」

イライザが寝言を言い、苦労して寝返りをうち腹ばいになった。マリアンとアリスはイライザがまた深い眠りにつくまで息を殺して見守った。

「新しい技を覚えたの？」とマリアンは訊(き)いた。

「腹ばいになることですか？」

寝返りをうって仰向けになるのは見たことがあったが、逆は初めて見た。おそらくとっくにできていたのに、マリアンが気づかなかっただけなのだろう。

「ええ」とアリスは誇らしげに言った。「まだたったの五か月なのに」

「この子は天才ね」

たわごとだとわかっていても、このときばかりはマリアンも誇らしくなった。

「またケントにお戻りになるのですか？」とアリスは尋ねた。

「まだはっきりしたことはわからないけれど、決まったらすぐに知らせるわ」

屋敷の使用人たちにもパーシーとマリアンがどこで暮らすつもりなのか伝えなければならない。パーシーが自分は公爵の正統な跡継ぎではないと公表したら、使用人たちの人生も混乱に陥るかもしれないのだから。新たな働き口を見つけなければならない者も大勢いるだろう。すぐにでも推薦状を書かなければ。そこまで考えて、マリアンはふと思い出した。

「アリス、あなたのご両親はどこに住んでいるの？」

「ケンティッシュタウンです」とアリスは面食らって答えた。「セント・パンクラスのそばです」

「そう、ありがとう」

マリアンはしばらく娘の寝顔を見ていた。それから自分の寝室に行った。ありがたいことに、お付きのメイドはいなかった。あのメイドにはすぐに新しい仕事を見つけてもらわなくてはならない。もはやこの屋敷には置いておけない。二週間分の給金を余分に払ってもいい。それで公爵の息がかかったスパイを厄介払いできるなら、倍の金額を払うこともやぶさかではなかった。

考えてみると、この屋敷にはあのメイドのほかにも公爵のスパイがいるかもしれなかった。公爵が亡くなった今、もはやマリアンを見張る必要はない。だからと言って、誰も信用はできなかった。この屋敷の使用人で信頼できるのは、アリスと、おそらくパーシーの従者だけだ。あとは誰ひとりとして信用ならない。マリアンは部屋を見まわした。この部屋で過ごした月日を思い返してみても、心が安まったためしは一度もなかった。その理由の大部分は彼女の病気と公爵の存在が占めているが、この部屋そのものも彼女にとっては毒でしかなかった。もう一日たりともここにはいたくない。何週間、何か月など言うに及ばず。

そもそも、もうここにいる必要はなかった。マリアンはふとそのことに気づいた。パーシーはパーシーで好きにすればいい。なにも同じ道を選ぶ必要はない。パーシーには彼のやりたいようにしてもらい、わたしは——。そう、問題はそこだ。マリアンには自由に使えるお金がほとんどなかった。再婚する以外に収入を得るあてもなかった。とはいえ、再婚するなど問題外だ。一度は浅はかな考えに従って結婚したが、同じ過ちを繰り返して自分の運命や将来を人の手に委ねるつもりはなかった。

パーシーが公爵の重婚の事実を隠しとおすつもりなら、妻だったマリアンにもわずかばかりの遺産がはいる。しかし、その金には手をつけられない。理由はどうあれ、自分が殺した男の恩恵にあずかるわけにはいかない。

パーシーに頼めば質素な家を借りるくらいはできるかもしれない。父とネトリーとヘスターと看護師、それにマリアンとイライザとアリスが暮らすのに充分な広さの家を借りられたらどんなにいいか。それこそまさに天国だ。それ以上は望みようのない理想の暮らしだ。とはいえ、家をねだるなど贅沢がすぎるのではないか。そういえば、ロブは茶色いウールのコートを買ったことを恥じていた。自分の贅沢のために金を使ったことを恥じていた。マリアンも同じ気持ちだった。

居間をぐるりとまわり、ビロードの絨毯の上をそっと歩いた。磨きあげた木材や金箔を施した調度に指先で触れながら歩いた。ここにとどまる理由はない。ロブのことばがよみがえってきた。かわいそうに思える決断でも、それが正しいということもある。

何かを手に入れたいと思う気持ちはとうの昔に失っていた。それがほんとうに大切なものだとしても、手に入れられないとわかっていながら欲しがったところでなんになる？　おまけに、彼女に残された時間はあと数年かもしれなかった。今さら何を手に入れようというのか。

一方で、したくないことはわかっていた。クレア公爵の屋敷にいることだ。ほんとうはどうしたいのか、それを見極める時間が欲しかった。というのも、今、彼女の心を占めているのは、もっとロブと一緒にいたいという思いだけだからだ。賢明とは言えず、叶うはずもない願いだと、思いつくかぎりの理由をあげて忘れようとした。しかし、賢明ではなく、叶うはずもない願いを実現させるのは今や彼女の得意技だった。

風呂の支度をしてもらおうと呼び鈴を鳴らしかけたとき、ドアの外から足音が聞こえた。メイドが戻ってきたのかと思い、全身に緊張が走った。ところが、次の瞬間、いかにももどかしそうに力一杯ノックする音がした。触れる程度にそっとドアを叩く使用人たちのノックとは明らかにちがった。「どうぞ！」とマリアンは大声で言った。

パーシーが部屋にはいってきた。緑がかった青色の上下あわせの服を着ていた。涙が出るほど鮮やかな色にマリアンは心を奪われた。パーシーはひどく怒っているにちがいないということを忘れるほどだった。

「パーシー」とマリアンは言った。「あんなふうに逃げてしまってごめんなさい。あのときは――」

「なんて恰好をしてるんだい？」とパーシーは恐ろしいものでも見るような顔をして言った。「なんだってそんな服を着てるんだ、マリアン？　屋根裏から引っ張り出してきたのか？」

マリアンは自分の服を見た。リトル・ヒントンの屋根裏で見つけた灰色のウールの服だった。

「ええ、そうだけど。わたしにはむしろお似合いかと思って」

「二十年まえだったらとてもよく似合ってただろうね」

パーシーはそう言って暖炉のそばの椅子に坐った。

「きみがどこかの田舎で暮らしていて、結婚もせず、砂糖も入れずに紅茶を飲み、近所の子供たちを怖がらせている人だったら」

そう見えるなら、この服装は大成功だ。マリアンは束の間得意になったが、すぐにパーシーと話をしなければならない理由を思い出した。

「大丈夫なの？　最後に会ったとき、あなたは血が出ていて……」

最後まではっきりとは言えなかった。最後に会ったのがどんな状況だったか、わざわざパーシーに思い出させることはない。彼が撃たれたことも、自分が握っていた銃の銃口からまだ硝煙が上がっていたことも、公爵が血を流して倒れていたことも。

「ただのかすり傷だよ」

パーシーはなんでもないというように手を振って答えた。

「傷痕もたいして残らないと思う。革のブリーチズが使いものにならなくなってしまったのは残念だけど、コリンズが新しいのを用意してくれたしね」

次に何を言えばいいかわからないというように、パーシーは坐ったまま体を傾け、それから立ち上がった。

部屋を出ていくのかと思い、マリアンも立ち上がった。次の瞬間、パーシーはマリアンを抱きしめた。気づくとマリアンはピーコックブルーのシルクのコートに顔をうずめていた。

「ほんとうにごめん。やっぱり、あんなことするべきじゃなかったんだ。だけど、きみが無事でよかった。すごく心配したんだよ。あのあと——あんなことがあったあとでいなくなったから、よからぬことをしようとしてるんじゃないかと思って」

普段ならこんなふうに抱き合ったりはしない。マリアンは相手が誰であれハグは苦手だし、パーシーのほうも服が皺になるのを嫌がっていた。宙ぶらりんの両手をどうすればいいかわからず、マリアンはパーシーの背中を軽く叩いた。

「ごめんなさい。わたし——」

嘘はつけない。そう思うと最後まで言えなかった。

「あんな場面をあなたが目撃することになってしまって」

それから大きく息を吸って続けた。

「そんなつもりじゃなかった。あの日、わたしが一緒に馬車に乗っていたのは、あんなことをするためじゃなかった」

「わかってる」

パーシーは即座に言い、腕をほどいて彼女の眼をじっと見た。

「きみがそんな人じゃないってことは、このぼくがよく知ってる」

パーシーがそう言ってくれたのが嬉しかった。その気持ちを伝えたかった。最近では自分がどんな人間なのか自分でもよくわからなくなっていた。この屋敷での生活を捨てて、新しい人生を――自分の意思で選んだ人生を――やり直したい。パーシーにそう伝えたかったけれど、怖くて言えなかった。

だから弱々しく微笑んでみせた。ふたりはまた椅子に腰かけた。

「その話はもうしないってことでどうかな」とパーシーは提案した。「話したくないなら、この二週間どこにいたかも話さなくていいよ」

マリアンは罪悪感を覚えた。そんなふうに優しくされる資格は自分にはない。襲撃の日、彼女は安全なロンドンにいるはずだったのに、どうして馬車に乗っていたのか。パーシーはきっと不思議に思っているにちがいない。せめてその理由だけでも説明したかった。何もかもあらいざらい話してしまいたかった。けれど、今、パーシーはめったにないくらい明るく、幸せに満ちている。その幸せをぶち壊したくはなかった。

「別に秘密でもなんでもないの。隠すつもりもなかった。お父さまに会いに行っていたのよ」

「チルターン・ホールに行っていたのかい?」

パーシーは困惑した表情を浮かべた。

「いいえ。お父さまは今はケントにいるの。もう一年以上まえから。パーシー、お父さまは具合がよくないの。記憶が薄れてきてる」

兄が施設に入れようとしていることはあとから話せばいい。それよりも今は大事な話がある。

「ミスター・ブルックスが親切にケントまで連れていってくれた。事件のあと、わたしは気が動転してちゃんと考えられなかったから。親切心の塊みたいな人よ」

パーシーは少し驚いたようだった。

「きみはその人を拉致したんだとばかり思っていたけど」

「ええ、そのとおりよ」とマリアンは決まり悪そうに答えた。「少なくとも最初はそのつもりだった。だけど手を取り合うことにした。彼の話では、あなたはクレア公爵になることにしたみたいね」

マリアンは膝のあたりでスカートの皺を伸ばしかけ、すぐに手をひっこめた。よりによってパーシーと話をしているときに、スカートをもてあそんで気持ちを落ち着けようとしているなんて。

「つまり、計画を変更したってことよね？」

厚手のウールの下で鼓動が激しくなった。パーシーがそれに気づかないことを願った。

「だとしたら、わたしも嬉しいわ、パーシー。だけど、わたしはもうここにはいられない。ここは――」

マリアンはまわりを手で示した。

「わたしがいたい場所じゃない。これ以上ここにいるなんてもう耐えられない」

「ぼくの気持ちは変わっていないよ」とパーシーは不思議そうな面持ちで言った。「領地や資産が今までみたいにひどい使われ方をしないようにいろいろ手配してるんだ。計画どおり、一月一日に父上の最初の結婚を公表する。誰が公爵の地位を相続するにしろ、それまでに複雑な手続きを全部すませて、もうもとには戻せないようにしておきたい」

「そうだったの」

マリアンは安心して心が軽くなった気がした。一月一日まではあとほんの数日だ。それまでならなんとか我慢できる。

「わかったわ」

「マリアン、きみがどこにいるか知っていれば、あらかじめ相談できたかもしれない。だけど、きみは一度こうと決めたら絶対に揺らぐことはない。今回もそうだと思ったんだ」

「そうね、あと戻りはしたくない。ほかに何をすればいいのかも、イライザと一緒にどこで暮らすのかもまだわからないけど、どうにか手を考える」

「そのことなんだけど、ぼくは家を買ったんだ。小さな家だけど、ぼくたちふたりと、イライザと、使用人が何人か暮らすには充分な家だ」

マリアンはその生活を想像してみた。一緒に暮らすのはパーシーとイライザだけ。まるで天国のような暮らしだ。幸せすぎて、すぐには信じられそうになかった。

「その家はどこにあるの？」

「コヴェント・ガーデン。その……なんていうか、キットのコーヒーハウスの隣り」

マリアンは眉を吊り上げた。

「ふうん、そういうこと？」

「その話はしたくない」

パーシーの口ぶりはまるで駄々をこねている六歳の子供みたいだった。

「あなたたちが一緒にいるのを見るのは嫌で仕方ないってロブが言ってた」

「へえ、ロブって呼んでるんだね？」

今度はパーシーが眉を吊り上げた。それから急に真面目な口調で言った。

「マリアン、きみにも知っておいてもらわないといけない。オブラートに包みようがないからはっきり言うけど、驚かないでほしい。そのミスター・ブルックスこそが公爵の正統な跡継ぎだと思う」

なるほど、とマリアンは思った。ロブが彼女に打ち明けずに隠していた秘密はそれだったのだ。どうしてもっと驚かないのか、自分でも不思議だった。けれど、そういうことならつじつまが合う。ロブの里親が公爵の領地に住んでいたことも、彼がパーシーに似ていることも説明がつく。歳の頃もぴったりだ。彼の母親こそがエルシー・テリーだったのだ。それならロブが公爵に対して個人的に恨みを抱いている理由にも説明がつく。

「だとすると、話がややこしくなるわね」

話してくれればよかったのにとマリアンは思った。ロブはどうして話してくれなかったのだろう? キットやベティに話したくなかったのと同じ理由かもしれない。ロブは地位や立場というものを嫌っていた。そんな肩書きではなく、誰からもロブというひとりの人間として見てもらいたいと思っていた。ほかの人に対してはそれでいいかもしれない。でも、せめて自分にだけは話してほしかった。秘密はひとりで胸の内にしまい込んでおかなければいけない。ロブがそう考え、苦しんでいると思うと、マリアンの胸は痛んだ。彼を守りたいという思いに駆られた。

「裁判では、彼は自分が後継者だとは絶対に認めないだろうし、こんなにややこしい状況で資産をまるごと渡すと言ってもきっと受け取らないだろうね?」とパーシーは尋ねた。

「まさか! 受け取るはずない」

パーシーはマリアンをじっと見つめた。

「彼を愛してるのかい?」

「ええ」とマリアンは即座に答えた。

「彼もきみを愛してるのか？」

マリアンはひと呼吸置いてから答えた。

「そう言ってた」

パーシーはほっとしてため息を漏らした。

「だったら、結婚すればいい。そのほうがきみにとってもイライザにとっても都合がいい」

確かに都合はいい。そうすればマリアンは公爵夫人のままでいられるし、イライザにいたっては失うものは何もない。そばにいれば、不慣れな地位について何も知らないロブにあれこれ教えてあげることもできる。想像するだけでも胸糞が悪くなるが。

「財産や地位に興味がないとしても」とパーシーは続けた。「きみと一緒にいられるなら、悪い取引じゃないかもしれない」

パーシーの華やかな服装を見ていたら、ほんとうに気分が悪くなってきた。

「わたしは父の借金を肩代わりしてもらう約束と引き換えに公爵と結婚した。だけど、もう二度と取引のために自分の身を捧げるつもりはない。手も、体も、何もかも。その話は二度としないで。わかった？」

パーシーは驚き、傷ついたようだ。

「そんなつもりは――ごめん」

「知らなかったんだから仕方ないわ」

動悸がおさまるのを待ってマリアンは言った。

「今年はいい年じゃなかった」とパーシーは言った。〝いい年じゃない〟とはなんとも控えめな表現だった。マリアンは思わず笑いだした。パーシーもつられて笑った。使用人たちが何事かと驚いて駆けつけてこないように、マリアンはスカートに顔を埋めて笑い声を抑えなければならなかった。

「だけど、悪いことばかりでもなかった、そうでしょ?」

ようやく笑いがおさまるとマリアンは言った。

「イライザが生まれて、あなたにはミスター・ウェブという新しいお友達ができた。それに……そうでしょ」

「ああ、そのとおり」とパーシーも同意した。「確かに悪いことばかりじゃなかった」

32

〈ロイヤル・オーク〉の店内は暖炉の炎が赤々と燃えて暖かく、ビールもうまかった。席を立って帰る理由がロブには見つからなかった。そもそも、どこに帰ればいいというのか。荷物はキットの店の階上の空いている部屋に置いてある。だから、そこに帰って寝るのが一番理に適っていた。

なんとかしなければならない。ふとそんな考えが頭をよぎった。自分の歳を考えると、そろそろひとところに落ち着くほうがいいのかもしれない。仕事も見つけなければならないだろう。キットはもう強盗はしていないし、ロブとしては誰か別の相手と組むつもりはなかった。となると、ひとりでできる仕事を見つけなければいけない。

さらに二杯飲み、三杯目も残りわずかになったところで、向かいで椅子の足が床板を引っ掻く音がした。男がハンカチーフで椅子の埃を払い、そっと腰を下ろした。

「ここに来ればきみに会えるってキットから聞いた」

パーシーは周囲を見まわしながら言った。上下揃いの青い服はあまりに鮮やかで、ロブはどれも全部暖炉の火にくべてしまいたくなった。

「ふくれっ面をしてるね。残念だけど、タルボット家の顔の骨格はふくれっ面には向いてない。ちょっと胡散臭く見えるだけだ。誰かを威嚇したいなら、睨みつけるか、凄みをきかせる表情を身につけるほうがいい」

「何しに来た、ホランド?」

「実の兄ともっと親しくなりたいと思うのに理由がいるかな?　ぼくはそうは思わないけど」

「ひとつ、黙れ。ふたつ、おれはおまえの兄なんかじゃない」

パーシーは憐れむようにロブを見た。

「きみがマリアンにふさわしい賢明な人だといいと思ってたんだけど、まるで見当ちがいだったようだね。それでも、マリアンはきみに利用価値があると思ったんだろうね」

ロブはテーブルの端をつかんで言った。

「彼女のことをそんなふうに言うな」

「おやおや。ぼくが彼女のことをどう話したところで、本人はなんとも思わないよ。マリアンは立派な大人だ。自分の意思で好きなことができる。それがわからないなら、きみはかなり酔っているか、すっかり騙されているかのどちらかだ」

言われてみれば、確かにロブはかなり酔っていた。それでも、パーシーのことばはかちんときた。

「自分の意思?　好きなことができる?　それがほんとうならどんなにいいか。だけど、現実にはマリアンは彼女に課せられた務めを果たしてる」とロブは息巻いた。

パーシーは吠えまくる犬を見るようにロブを見た。

「務めだって?　マリアンの?　マリアン・ヘイズの?　黒髪で、悪態ばかりつくあの人のこと?　確かにマリアンには務めがある。だけど、ちゃんと自分の好きなこともしている」

パーシーはロブの肩越しに誰かに合図を送った。すぐに給仕係がビールを運んできた。

「十三歳の頃」とパーシーは話しだした。「マリアンとふたりで父上の狩猟用の馬を勝手に連れ出したことがあった。そうしたら、馬が急に駆けだしてしまってね。急いで馬から下りたから、マリアンは首の骨を折らずにすんだけど。父上に見つかったとき、ぼくは物陰に隠れていて、父からは見えなかった。マリアンもそれがわかっていた。だから、彼女はひとりで責めを負った。自分ひとりでやった、ぼくの反対を押し切って馬を連れ出したって言って。ぼくは無性に腹が立った。自分でしたことは自分で責任を取る、罪を肩代わりしてもらう必要なんてない、ぼくのことを馬鹿にしてるのかって」

「で、彼女はなんて？」

「ぼくが鞭(むち)で打たれるとわかっていて、見て見ぬふりをするとでも思ってるのかって怒られた。だとしたら、あんたは見た目よりずっと大馬鹿者だって。つまらないプライドのために彼女を困らせるようなことは二度とするなって叱られた」

「おやおや」

幼いマリアンがそう言っている姿はロブにも容易に想像できた。

「そのあと脛(すね)を蹴られた」

ロブは顎をさすりながら言った。

「彼女ならやりそうだ」

「結局あとで父に鞭でこっぴどく打たれたけど。その理由はマリアンをかばわなかったからだって言われた。マリアンの父親は彼女にすごく甘くて、手をあげたりはしなかったけど、その代わりにプラトンの書物の退屈な一節を書き写させたりしていた。何が言いたいかっていうと、マリアンは自分のことよりも、大切な人が快適で安全でいられるほうを選ぶ人だってこと。それも、たいていは当人の許しを得ずに勝手にやる。彼女には彼女なりの美学があるんだ。きっと、ギリシャ語を原書で読みすぎたせいだろうね」

「どうしておれにそんな話をする？」

「今日の午後、この二週間のあいだマリアンにどんな災難が降りかかったか聞いた。話してるあいだ、彼女はずっと笑ってた。笑顔が消えることは一度もなかった。何より驚いたのは、きみのことを〝親切心の塊〟って称えたことだ。はっきり言って、反吐が出そうだった。きみがマリアンの言いなりになって、ケントとロンドンを何度も行ったり来たりしたのはまちがいない。騎士道精神の見本のような立派な心がけだ。さて、あまり愉しくない話をしよう。きみは何か商売をしてる？　収入はある？　何か手に職を持ってる？」

ロブは面食らってパーシーを凝視した。この男は、おれがマリアンにふさわしい相手かどうか品定めしようとしているのか？　だとしたら、馬鹿馬鹿しいにもほどがある。

「頭がどうかしちまったのか？　あるわけないだろ。おれは強盗だ」

「よかった。それなら安心だ。マリアンが商売人と一緒になろうとしてるなんて耐えられないからね」

「いい加減にしてくれ、ホランド。彼女は誰とも一緒になったりしない！　それを言うなら、おれもそのつもりはない」

「結婚する、一緒になる、ふたりで旅のサーカス一座を始める。きみたちの関係をどう呼ぶかはどうでもいい。だけど、ひとつ言わせてもらうなら、たいていの人にとって、恋に落ちるのも公爵の地位を継ぐのも、それ自体は悪いことじゃない」

「公爵の地位なんてくそくらえだ」とロブは吐き捨てるように言った。

「法律では相続したお金を使わなきゃならないとも、公爵の肩書きを名乗らなくてはいけないとも定められていない。お金は人にあげてしまえばいい。肩書きも名乗らなければいい。ロンドンの屋敷を孤児院にして、シェヴェリル城はハンセン病の療養所にでもすればいい」

パーシーは努めて明るい調子で話しているが、その顔は青ざめていた。地位も財産も彼にとっては大切なものなのだろう。それでも彼はその相続権を主張しないと決めた。それは彼の信条でもあり、おそらくはキットのためでもある。キットのために本心では望んでいない選択をしたのだろう。キットもそうだ。本人がなんと言おうと、貴族に恋したことを心から喜んでいるとはとうてい思えなかった。

金も地位もロブにとっては卑しむべきものだが、問題はそこではなかった。それをどう説明したらいいのかわからなかった。

「あの男のものだったものを受け継ぐなんてごめんだ」

ロブは歯を食いしばるようにしてどうにか言った。

「ああ、なるほど。でも、言わせてもらえば、もうすでにたくさん受け継いでいるよ。とくに鼻の形と頬骨なんてそっくりだ。背が高いところも、どんなにみすぼらしい服を着ていても魅力的に見えるところも」

「もうよしてくれ」

ロブは顎をさすりながら言った。

「言いたいことはわかった。おれはただ――何事も慣れるまでには時間がかかる」

自分が公爵の跡継ぎだなんて断じて認めない。そう結論するまでに一年かかっていた。

「すばらしい。そんな髪形をしてるけど、馬鹿じゃないみたいだね」

パーシーは大真面目にそう言うと、ビールを飲み干し、立ち上がった。

「一番大事なことから始めよう。あとは些細な問題だから。一月一日までにぼくをパーシーと呼ぶのに慣れてもらう。その日を過ぎたら、ほかの名前で呼ばれてもぼくは一切返事をしないからね」

それだけ言って、パーシーは店を出ていった。

酔いをさましたほうがいいかもしれない。ロブはそう思い、店主に合図して夕食を注文した。ふと、マリアンとの約束を思い出し、紙とペンとインクも借りた。

親愛なるマリアン

書こうと思っていたことは山ほどある。こうして離れているあいだ、何をしているにしろ、普段どおりに過ごしているきみを少しでも愉しませたくて、何を書こうかあれこれ考えていた。だけど、いざペンを手に取ると、何も思いつかない。今はただ、きみに会いたい。驚かないでくれ。何日も会えないなんてきっと耐えられないと思っていたけれど、現実は想像よりはるかに過酷だった。

きみが辛い思いをしていないといいけど。屋敷に帰りたくないのはわかっていたから。娘さんは元気か？　猫は悪さをしていないか？　今夜、きみの大切なパーシーに会った。子供の頃、勝手に馬を連れ出して、ひどく叩かれた話を聞かされた。おれと知り合うずっとまえから、きみは犯罪者に向いていたんだね。

今夜――今、きみがこの手紙を読んでいる夜のことだ――おれはチャリング・クロスの近くにある〈ロイヤル・オーク〉という店にいる。会いに来てほしいなんて言ってはいけないのはわかっている。だからそうは言わない。ただ、きみの姿を一目見ることができたら、こんなに嬉しいことはない（わかってると思うけど、控えめに言ってるだけだ）。誰かのために、家から離れられないなら、それはそれで仕方ない。嫌みで言ってるんじゃない。ずっときみのすぐそばにいたのに、今はきみの姿を思い浮かべることも、きみが何を考えているか知ることもできないなんて苦しくて死んでしまいそうだ。

マリアン、おれはただ、きみのそばにいたい。きみが望むならどんな人生を送ることになってもかまわない。そう考えている自分にぞっとする。きみに話さなければならないことがある。どうして今まで黙っていたのかと怒られるに決まっているけれど、この次に会ったときに話すよ。

この手紙は、酒に酔っているときに手紙を書いてはいけないという見本だ。まったくもってラブレターの体を為していない。お粗末な言い訳にすぎないが。

きみのとりこ
ロブ

33

こんなにすぐにロブから手紙が届くとは思ってもいなかった。だから、マリアンはのんびりと手紙の束をめくっていった。秋のあいだは手紙が届くたびに急いで束をかき分け、威勢のいい文字で宛先が書かれた封筒がないか探していたのに。

お悔やみの手紙が五通あった。どれもお決まりの文句を並べただけのものだが、マリアン自身、以前はよく型どおりの手紙を送っていた。兄のリチャードからの手紙は封も切らずに暖炉にくべた。リチャードの妻からも手紙が来ていて、兄夫婦の家に身を寄せるよう促していた。この屋敷で暮らすよりもっと憂鬱な生活があるとしたら、今は亡き公爵の夫人という肩書きの叔母としてリチャードの家族と一緒に暮らすことだ。義理の姉にはたったの三回しか会ったことはないが、義姉は会うたびに彼女の礼儀から倫理観、服装、会話の作法、さらには習慣まで徹底的に改めさせようとした。それでも、リチャードよりも義姉のほうがずっとましだった。

手紙の束の一番下に見慣れた文字があった。大慌てで封を切ったので、勢い余って薄い便箋も破れた。マリアンは手紙をテーブルに広げて伸ばした。そうすれば破れた部分がもとどおりになるとでもいうように。手紙はラブレターそのものだった。ロブとしてはうまく書けたとは言いがたいかもしれないが、まさしくマリアンが待ちわびたラブレターだった。そんなものが届くことを彼女が願っていたとすればの話だが。手紙には、きみに会いたい、きみのことばかり考えていると綴られていた。マリアンにとって重大な問題がどうなったかも尋ねていた。驚いたことに、パーシーと直接会って話をしたらしい。

マリアンはまえに、ラブレターは『アエネーイス』のページのあいだにはさんであると冗談で書いたことがあった。しかし、この屋敷にそんな本があるとは思えなかった。仮にあったとしても、本にはさんでおきたいとも思わなかった。マリアンは手紙をきれいにたたみ、上衣にたくし込んだ。

イライザの顔を見に行ったあとは、何もすることがなく、一日じゅう暇を持て余していた。できるならこの屋敷の中で一秒たりとも無駄な時間を過ごしたくない。そこで、一番地味なよそ行きの服に着替え、馬車を用意させて、コヴェント・ガーデンのそばにある家に行くことにした。

「ほんとうにあのような場所に行かれるのですか、奥さま?」

マリアンが住所を伝えると、御者は驚いて尋ねた。

「娼婦に身を落とした女性のための保護施設をつくろうかと考えているの」とマリアンは答えた。その嘘がもっともらしく聞こえるかどうかはどうでもよかった。

モップとバケツを持った女が玄関の扉を開けた。キャップをかぶり、エプロンをしていて、若く見積もっても五十歳は越えていそうだった。マリアンはついヘスターのことを思い出した。

「ご主人のスカーレットに会いたいのだけれど」とマリアンは用向きを伝えた。この娼館の女主人を偽名で呼ぶのはなんだか妙な心地がした。「息子さんのことでお話があるの」

女は値踏みするようにマリアンを見て、無言のまま招き入れた。屋内は静まりかえっていた。今は朝の十時だ。考えてみれば、この店で働く女性たちはまだ寝ている時間だろう。

案内された応接間は、公爵の屋敷にあるマリアンの部屋にそっくりだった。淡い色のシルクのカーテンといい、壁に掛けられた繊細な色彩の風景画といい、金箔の脚がついたビロードのソファといい、何もかもよく似ていた。年齢不詳のふくよかな赤毛の女性とダイナがソファに坐っていた。

やっぱり。もう何日もまえから、ダイナとロブの母親は友達なのではないかとマリアンは推測していた。だとすれば、マリアンが仕事を頼めそうなハイウェイマンを知らないかと尋ねたときにダイナがキットの名前を挙げたことも、ロブの母親がマリアンの病状を詳しく知っていたことも説明がつく。今になって思えば、マリアンがロブをベッドに縛りつけたとき、ダイナはその男がロブだと知っていたのかもしれない。

とはいえ、ふたりがここまで親密な仲だとは思っていなかった。どちらも部屋着姿で、どう見ても寝起きで、髪も整えていなかった。

「来てくれて嬉しいわ」とロブの母親は立ち上がってマリアンを出迎えた。彼女が訪ねてくるのを予測していたようだ。そういえば、母はなんでも知っている、とロブは言っていた。

「お目にかかりたいと思っていました」

マリアンはロブが人に接するときの態度を真似て、温かみがあり、相手に関心があるふうを装った。

「あなたのことはいろいろと聞いています」

「どうぞおかけになって、奥さま」

「マリアンと呼んでください」

マリアンはそう言って暖炉のそばの椅子に坐った。

「わたしは公爵夫人じゃない。あと一週間もすれば世界じゅうがその事実を知ることになる。あなたのことはなんてお呼びすればいいかしら。もうエルシー・テリーとは名乗っていないのだと思うけれど」

「スカーレットでけっこうよ」

とロブの母親は言った。公爵と結婚した当時の名前をマリアンが知っていても、まるで驚いていないようだった。

「わざわざ訪ねてきてくれるなんて、息子はあなたにどんなお話をしたのかしら？」

「あなたはいい親だったと言っていました」

スカーレットとダイナはソファに坐ったまま揃って動きを止めた。ほかのどんな答よりも予想外のことばだったようだ。

「あなたが送ってくれたお金のおかげで教育を受けられたと話していました。かなりいい教育を受けているのは見ればわかります。相当な額を援助していたんでしょうね。それに、困ったときはあなたのところに来るとも言っていました」

「どれもたいしたことじゃないわ」とスカーレットは応じた。声の調子も、親切だと言われてその指摘を撥ねのけようとする様子も馴染みがあった。この母と息子には外見以上に似ているところがあるようだ。それは予想外だったが、実際よく似ていた。

「どうして公爵とのことを彼に話したの？」

パーシーからロブのほんとうの両親が誰かを聞かされてから、マリアンはずっと不思議に思っていた。母親ならロブがどんな反応を示すかわかっていたはずなのに。それに、二十年以上も秘密を守ってきたのに、どうして今になって明かす気になったのか？

「知らなければ幸せに生きていけたのに、どうして？」

「真実はいずれ明るみに出るものだから。好むと好まざるとにかかわらず」

「いつでも話せたのに、去年まで話さなかったのはどうして？」

「それは」とスカーレットはゆっくり言った。「あなたのためよ」

「どういう意味？」

「公爵があなたと結婚したから。ホランド侯爵の母親と結婚したのとはわけがちがう。あの人は公爵と対等に渡り合えた。わたしは彼女をとても尊敬していた。褒めてるんじゃないのよ。あの人にはあの人なりに公爵の横暴に耐えなければならない理由があった。でも、あなたはちがう。あなたは自分がどんな生活に足を踏み入れようとしているか、まるでわかっていなかった。時々、とてもじゃないけど祝福する気になれない結婚の噂(うわさ)が耳にはいることがある。そういうとき、わたしはなんとか女性を説得して思いとどまらせようとしてる。いつも聞き入れてもらえるわけじゃないけど、それでも説得はする。だけど、あなたの場合は、それができなかった。公爵は田舎に出かけていて、ひと月後に戻ってきたときにはあなたも一緒だった。公爵があなたに求婚したという噂すら聞こえてこなかった」

マリアンはすっかり混乱していた。

「ロブに秘密を話すことが、どうしてわたしを公爵から救うことになるの？」

「それは、ロブに話せば、彼の口からあなたに真実が伝わるから。この人にはそれがわかっていた」

マリアンがこの部屋に来てから初めてダイナが口を開いた。

「真実を知れば、あなたはどう対処するか自分で選べるから」

スカーレットは不満そうな声を出して続けた。

「まさかあの子があなたを脅迫するなんて思いもよらなかった。その点は見込みちがいだった」

「でも、結局はうまくいったってことね」とマリアンは少し驚いて言った。「公爵が死んでしまったことを除けば」

「それもうまくいったことのうちのひとつよ」とスカーレットは厳しい口調で言った。「誰が撃ったのか見当もつかないけれど」

「それは謎のままね」

ダイナが落ち着いた様子で同意し、砂糖をひとつまみ紅茶に入れた。

ロブの母親は自分に都合がいいように巧みに裏で糸を引いていた。そうとわかって、マリアンとしては腹を立ててもおかしくなかった。が、無駄に感情を吐き出しても仕方がない。それに、自分で立てた計画ではないとはいえ、あらかじめ計画されたことだったと知って妙に心がなごんだ。

「最後にひとつ」とマリアンは言った。「もうご存じでしょうけど、ジョン・ファンショー卿から父の所有物を取り返そうと思っています」

「取り返すだけ？」とスカーレットは小声で聞いた。

「ほかにも少々失敬して、あの人が父から不当に巻き上げたお金の穴埋めをするつもりよ」

ロブの母親が相手では隠しごとをしても無駄だ。この街で起きていることはなんでも知っているらしい。

「ロブの話では、その計画に役立つ情報を集めてくれるってことだったけど」

スカーレットはマリアンをじっと見つめ、それからダイナと視線を交わした。

「情報収集はたいていわたしの役目なのよ」

つまり、ロブの母親は、盗品売買業者のベティやほかの仲間たちと同じように、ロブとキットの一味として一定の役割を担(にな)ってきたということか。

「ジョン・ファンショー卿が友人に知られたくないような、恥ずべき情報はないかしら？」

「脅迫するつもりなの？」

「そんなはしたない真似はしないわ」とマリアンは答えた。「ちょっとした秘密でいいの。あの人がお行儀よく振る舞う気になればそれでいい」

スカーレットはちょっと考えてから書きもの机に向かい、少しして戻ってくるとマリアンに手書きのメモを渡した。

「これから先も、時々不届き者を訪ねて、行儀よく振る舞うほうが得策だと教えてあげるつもりはある？」

マリアンがすぐに返事をしなかったので、スカーレットは続けて言った。

「気にしないで。その気になったら、いつでも訪ねてきてちょうだい」

マリアンは次にキットのコーヒーハウスに向かった。ロブが兄弟のように慕い、パーシーが一緒に人生をやり直そうとまで思った相手にそろそろ会っておいてもいい頃合いだ。店の両隣りを眺め、パーシーが買ったのはどちらの家だろうと思案した。一方は一階が青果店で、階上(うえ)にいくつか部屋があるだけだった。およそ家とは言いがたいこの物件をパーシーが選ぶとは思えなかった。反対隣りはこざっぱりとした煉瓦(れんが)造りの建物だった。四階建てで、各階に窓が三つあり、最上階は屋根裏部屋になっていた。リトル・ヒントンより少し広いくらいだが、横幅がない分、上に広がった造りのようだ。これならパーシーとイライザと一緒に暮らすには充分だろう。パーシーがこの家を買った一番の理由はキットのそばにいるためだと思うと一瞬戸惑ったが、だからと言って彼女がお呼びでないというわけではない。

ただ、父と使用人たちまで一緒に住むのは無理そうだった。年老いた伯爵とハイウェイマンと赤ん坊、それに重婚の罪を犯した公爵から解放された妻、と公爵の息子のパーシー（跡継ぎではなくなった今、パーシーが自身をどう呼ぶかは知らないが）。全員がひとつ屋根の下で暮らせるなどと考えること自体が夢のようなもので、現実にはありえない。いずれにしても、父親のために家を借りなければならない。マリアンがいつでも様子を見に行けるくらい近くて、伯爵を住まわせても恥ずかしくなく、それでいて家賃が法外に高くない家でなければならない。それこそ夢のような話だが、最近では毎日のように夢のような出来事が起きている。

そんなことを考えているうちに、気づいたらコーヒーハウスのドアを開けていた。たちまち煙草（たばこ）とコーヒーの匂いに襲われた。店内はパイプから立ち昇る煙が充満していて、店の奥の壁が見えないほどだった。ぐるりと見まわすと、客は全員男だった。

明らかに客とはちがう雰囲気の人物がふたりいた。ひとりは肌の浅黒い女性で、マリアンより少し若そうだった。染みひとつなく、ぱりっと糊（のり）のきいたキャップとエプロンを身につけていた。この人がきっとベティだろう。もうひとりは暖炉のそばに立ち、いかにも主人らしく威嚇するような眼つきでポットを睨（にら）みつけていた。素直に協力するほうが身のためだとポットの中身にわからせようとしているかのようだった。肩幅が広く、背の高い男で、ぼさぼさの黒髪はどうやらきちんと整えるということを知らないらしい。杖をついてはいないが、この人がキットにちがいない。

こういう店には一度も来たことがなかったので、マリアンはコーヒーハウスでの作法を知らなかった。赤の他人に交じって好きな席に勝手に坐ればいいのか？　どこで注文し、お金を払うのか？　一杯いくらなのか？　疑問が次々と浮かび、入口でしばらく悩んでいると、賑やかな紳士の一行がマリアンを押しのけるようにして店にはいってきた。マリアンは踏み潰されないように壁に背を押しあてて一行を避けなければならなかった。

顔をあげると、キットが険しい顔でこちらを見ていた。コーヒーポットを睨むよりもずっと鋭い眼が紳士たちに向けられていた。それに気づいて、マリアンはキットに共感を覚えた。公共の場で人を押しのけるような無作法な連中は、これ以上ないくらい凄みをきかせて睨みつけてやる。その気持ちはマリアンもまったく同じだった。おかげで店の奥まで行ってキットに声をかける勇気が湧いた。

「失礼ですけど、ミスター・ウェブですよね？」

キットはマリアンの頭からつま先までさっと見てから、がなり声で言った。

「そっちが誰かによる」

まったく、店の客かもしれない相手にいつもこんな態度を取るのだろうか？　そうだと思うと恐ろしかった。

マリアンは声を落として名乗った。

「わたしはマリアン・ヘイズ。パーシーの——」

「あんたが誰かは知ってる。パーシーはここにはいない」

「あなたに会いに来たの。挨拶しておきたいと思って。どうやらお隣りに住むことになりそうだから」

親しみを込めて言ったつもりだったが、残念ながらそううまくはいかなかった。彼女の声はむしろ冷淡で素っ気なく響いた。

「パーシーのお友達はわたしの友達でもある」

キットが彼女の態度よりもことばのほうを信用してくれることを必死に願いながら、そうつけ加えた。

「悪いがおれはそうは思わない」とキットは言った。「どうやらパーシーには愚かで、怠け者で、役立たずなめかし屋の友人が何人もいるみたいだな」

「愚かで、怠け者で、役立たずなめかし屋なのはパーシー本人よ」とマリアンは言い返した。「それでもあなたは彼に惹かれた」

キットの口角がかすかに上がった。もしかしたら笑ったのかもしれない。

「あいつは怠け者じゃない」

「今はちがうかもしれない。でも、わたしはもう十年もずっと怠け者のパーシーを見てきた。先月までは何ひとつ成し遂げたことはなかった。そんなことはないって反論する人がいるとしたら、パーシーはむしろ侮辱されたと思うかも」

キットは考えた末にうなずいた。そうするのが賢明だと思っているようだった。事実、賢明な判断だった。キットがそんな反応を示すとは予想もしていなかった。

「動物を何匹連れてきた？」

「はい？」

「ロブだ。あんたと一緒にケントまで行き来しているあいだに、あいつは何匹救おうとした？　十マイル以上も旅をして、あいつが助けを必要としている動物に出会わなかったためしはない。脚が一本ないハリネズミやら眼の見えない仔犬やら母猫に捨てられた仔猫やら」

「一匹だけ」とマリアンは答えた。ハリネズミを助けようとするロブの姿を想像して驚いた。「ちょっとかわいそうな身の上の猫を拾った」

キットは満足げにうなずいた。

「ロブもここにはいない」

これまでの会話はなんらかの試験だったとでも言うような口ぶりだった。

「〈ロイヤル・オーク〉にいる」

ロブがその酒場にいるのは知っていたが、それでもマリアンは一応礼を言った。

「お会いできてよかったわ」

マリアンはそう言うと、出口に向かった。

キットは何も言わなかったが、笑顔らしきものを浮かべていた。それが返事の代わりなのだろう。マリアンはそう思うことにした。

34

ロブはずっと店の入口を見ていたので、マリアンが〈ロイヤル・オーク〉にはいってくるとすぐに気づいた。極端なまでに地味な服を着て、従者らしき男を連れていた。ロブを見つけると、マリアンは従者をバーカウンターのほうへ追いやった。ロブは立ち上がってマリアンを出迎えた。

「女性がひとりではいってきたりしたら否が応でも目立つ場所だってパーシーに聞いていたけど、それにしても驚いたわ」

マリアンは店内を見まわし、椅子に坐った。

「酒場じゃなくて宿なのね」

マリアンが店を褒めたように思えて、ロブはなんだか気恥ずかしくなった。

「部屋は二十ある。馬の房は何十個もある」

「人間より馬の居場所のほうが多いの？」

ロブは肩をすくめた。

「この店の代々の主人たちがどっちを大事にしてたかよくわかる」

「どうやらわたしたちはお隣り同士になるみたい」とマリアンは話を切り出した。「わたしはパーシーに代わって家を切り盛りする。まともな暮らしができると思う。家はミスター・ウェブの店のすぐ隣りだから、誰でも訪ねてこられる。たとえ非常識な時間でも」

「それって誘ってるのか？」

マリアンはロブを睨んだ。

「そうに決まってるでしょ。からかわないで」

「来てくれて嬉しいよ」

「からかわないでって言ってるでしょ」

「屋敷を抜け出すのは大変なんじゃないかって思ってた。公爵夫人としての務めなんかがあって。おれにはよくわからないけど」

言ったそばから、ロブは後悔した。話をかえってむずかしくする必要はない。一緒にケントまで旅していたときと何も変わっていないのだから。ふたりは対等な人間として向かい合って坐っている。それだけだ。

「そうね。もう知ってると思うけど、公爵夫人の務めも一月一日で終わる」

マリアンは嬉しそうだったが、同時にどこか心を閉ざしているようでもあり、ロブはそれが気に入らなかった。

「あと三日の辛抱だ」とロブは言った。

「あと三日」とマリアンも繰り返した。「そういうわけだから、ほんとうのことを教えて。話してくれるって約束したでしょ」

ロブは深呼吸してから話しだした。

「おれの母親はエルシー・テリーだ。で、父親は――」

「今はそう名乗ってない。今朝、お母さんと会ってお茶を飲みながらお話ししたけど、スカーレットと呼んでと言ってた」

「つまり――なんだって？　母さんに会ったのか？　公爵の正統な後継者はどうやらおれらしいって告白しようとしてたんだが」

「そのことならもう知ってる」

ロブは自分でもわかるくらい口をぽかんと開けていた。

「いつから知ってた？」

「昨日から。もっとまえに話してくれればよかったのに」

「わかってる。だけど――」

「話してくれていたら、この二週間のあいだにいろいろ計画を立てられたのに。あなたはただふくれっ面をしてた」

「してない！」

「すねないで。もういい大人なんだから。お友達にはもう話したのよね？　だったらよかった。誰もそんなことであなたを嫌いになったりしなかったでしょ？」

「ああ」とロブはこの話題から解き放たれたようにつぶやいた。「だけど、そこまで頑なに拒絶しなくてもいいのにって思ってるみたいだ」

ロブはまたしても曖昧な仕種をしてみせた。

マリアンは眉間に皺を寄せて訊いた。

「驚いた。みんなはあなたが、その……クレア公爵になればいいと思ってるの?」

「きみは思ってないのか?」

マリアンはロブのまえに置かれたジョッキを手に取ってビールを飲んだ。

「あなたにはわからないと侮辱するつもりはないけど、クレア公爵には自由に使える財産が山ほどある。世界じゅうの宿のおかみさんと辻の掃除人のポケットにお金をたんまり詰め込んでもあり余るくらいにね。正統な跡継ぎが公爵になるのを拒否すれば、パーシーの従兄弟あたりが跡を継ぐことになるけど、誰が公爵になるにしろ、財産を相続した人がそういう高貴な行動を取るとは思えない。それだけは断言できる」

壁がだんだん迫ってくる気がして、ロブは居心地が悪くなった。

「残りの人生をそんなものに縛られて生きるなんて——」

マリアンは我慢の限界を越えたようだ。

「何かに縛られて生きるのがそんなに嫌なの? 自分で選んだ道じゃないから気に入らないだけでしょ? どんな重荷や使命を背負って生きるかみんなが好きに選べるとしたら、この世界はどうなってしまうかしら。誰もが逃げ出したりしないでやるべきことをやってる。そんなこともわからないの?」

「誰もがそうしてるとはね! マリアン、きみは二十年以上生きてきて、いまだにそんなたわごとを信じてるのか?」

「臆病でもろくでなしでもない人はね! あなただってほんとうはとっくにわかってるはずよ、ロブ。生まれてから二十五年のあいだ、やりたくないことは何ひとつしてこなかったとでも言うの? そうしなきゃいけないとわかっているけど、ただやりたくないっていう理由で? そんなはずはない。自分でも言ってたじゃない。ミスター・ウェブが病気になって、看病してくれる人が必要だったから、お母さんを頼ったって。お母さんに彼を預けて、あなたは――」

「窃盗団の一味をふたり殺した？　ああ、そうだ」

ロブは乾いた笑い声をあげた。

「その話を持ち出されても説得力はないな」

「いいえ、ありますとも」

マリアンは生徒にやり込められた女教師さながらに言い返した。

「窃盗団に加わるってことは軍隊にはいるようなものでしょ。きっと、殺るか殺られるかの世界なんだと思う。そういう殺し合いがあなたの心の平穏を奪っている。否定しても無駄よ。ちゃんとわかってるんだから。あなたはそんなことはしたくなかったけど、ひどいことをした。友達を守ることのほうが大切だったから」

そんな理屈はとおらない。そうとわかっているから、ロブはこれ以上議論しないことにした。マリアンは彼を怒らせようとしていた。まんまとその術中にはまってしまった自分にロブは苛立ちを覚えた。それでも、いつもながら馬鹿げているとは思いつつ、マリアンの望みどおりに振る舞えたことを心のどこかで喜んでいる自分もいた。

「おれにはクレア公爵の財産に対する責任はない」

「誰かが責任を負わなくちゃならない！　そうじゃなかったら、いたんだ道は誰が直すの？　壊れた柵の修理は？　住民同士の揉めごとの仲裁は？　教会への支援は？　そういうことは誰が――」

「そんなこと知るもんか！　おれには関係ない」

マリアンはしばらく黙り込んでから言った。

「関係なくない」

ロブはジョッキの中身を飲み干し、向かいに坐る彼女をしげしげと見た。その表情は険しく頑なで、一歩も引かないという決意がありありと見て取れた。が、同時に希望を抱いているようでもあった。彼女はロブが実際よりも善良な人間だと信じていた。あるいは、そう思い込むことで自分を欺いているのかもしれなかった。マリアンは相当ひねくれた理念の持ち主だが、その理念に照らせば、ロブはまっとうな人間ということになるのかもしれない。彼女に言わせれば、おそらくふたりともまっとうな人間なのだろう。マリアンはロブに負けず劣らず冷酷だ。それでも、彼がこれまで出会った中では最高の女性だった。それは嘘だという人がいたら笑い飛ばしてやる。

「もちろん関係なくない。なあ、マリアン、きっとほかに解決策があるはずだ」

マリアンはめったに見せない笑顔をロブに投げかけた。その笑顔を見た途端、どんな狂気におかされてもかまわないとロブは思った。

「もちろん、解決策はほかにもある。わたしたちがまだ思いついていないだけで。わたしが言いたいのは、自分がほんとうは何者なのかという事実からいつまでも眼を背けていたら、その代償は大きいってこと」

「血も涙もないな」

ロブは崇めるように言った。

「公爵の跡を継ぎたいと思えなくても、おれを責めないのか？」

ロブはそう言ってマリアンの手を取った。すぐに手を引っ込めるかと思ったが、彼女はそうしなかった。

「母さんはおれときみが結婚すればいいと考えてる」

そのときになって、マリアンは手を引っ込めて言った。

「あら、やだ。パーシーも同じことを言ってた」

「そうすれば、きみは公爵夫人のままでいられるっていう理屈らしい」

「なんとしても手放したくない地位だものね」とマリアンは嘲笑うように言った。

「ああ。きっとそう言うと思ってた。確認しておきたかったんだ」

マリアンはロブを見つめた。

「まさかとは思うけど、わたしが公爵夫人でいたいって言ったら、我慢して跡を継ぐ気だったんじゃないでしょうね？」

ロブは息を呑み、顔を赤らめた。

「跡を継ぎたいとは思っていない。だけど、それできみが幸せなら、そうすることもできなくはない」

「幸せですって？」

マリアンは笑止千万だと言いたげだった。

「あれだけ嫌だと言っていたくせに。あなたが惨めな思いをしているのを見て、わたしが幸せになれるとでも思ってるの？　わたしったら、とんだまぬけを愛してしまったものね」

ロブは今のことばをもう一度聞きたかった。本心かどうか確かめたかった。そっくりそのまま書面にしためてほしかった。が、そんなことをしなくてもわかっている。マリアンは心にもないことを口にしたりはしない。彼女が彼を愛していると言ったなら、ほんとうに愛しているのだ。まえに彼女は言っていた。あなたがみんなを愛するように人を愛したことはないと。どんな愛し方であれ、愛は愛だ。マリアンがおれを愛しているなら、その愛はまさしくおれが望んでいる愛だ。

「きみと一緒にいられるなら、それだけで……」

そのあとなんと言えばいいのかロブにはわからなかった。どんなことでも言えたし、何を言っても嘘ではなかった。

「今まで将来について考えたことはなかった。そう、考えまいとしていたのかもしれない。だけど、これからまだ長い時間を生きていくなら、きみと一緒にいたい。今はそれしか考えられない」

ロブはポケットに手を伸ばした。そこにはマリアンから届いた手紙が全部はいっていた。マリアンの視線が彼の手の動きを追った。

「それ以外は何もかも二の次だ」

マリアンは温もりにあふれた、それでいてナイフのように鋭い表情でロブを見つめた。

「ロブ。あなたってほんとうにお馬鹿さんね。なんとしても公爵になりたくないからって、よりによってこのわたしを脅迫して、正統な後継者である自分が跡を継がずにすむように画策するなんて。最初はなんだかおかしいと思ったけど、今ならわかる。あなたのことはよく知っているから。地位と財産を受け継ぐのはあなたの信条に真っ向から反することだって。その信条を捨てるなんて言わないで」

「きみのためならなんだってする」

「わたしがそんなことを望んでるとでも思ってるの？」

「思ってない！　だけど確かめなきゃならなかった。きみが地位やお金に執着するとは思ってない。マリアン、おれはきみをよく知っている。おれはきみと一緒に人生を歩みたい。だから、きみがどうやって生きていきたいか聞いておく必要があった」
「そのまえに、わたしがあなたと一緒に生きていきたいと思っているかどうか確かめようとは思わなかったの？」

「ああ、考えもしなかった。きみのことだから、あれこれ理屈をつけて答を先延ばしにして、ふたりとも退屈してしまうのは眼に見えていたから。だから、とにかく行動で示してみようと思った。きみに失せろと言われたら、そのときはきみのまえからいなくなる」

マリアンは怒った顔をしてみせようとしたが、うまくいかなかった。

「順番がまるで逆ね」

「おれたちにはそのほうがお似合いだ」とロブは笑った。「きっとうまくいく。今にわかるよ」

35

「どうでもいい」とマリアンは繰り返した。「屋敷にあるものは何ひとついらない。あなたは自分の好きにしてかまわないけど、わたしは何もいらない」

そう言ってパーシーをまたいだ。ふたりは新しい家にいた。マリアンの寝室にする予定の部屋で、パーシーはむき出しの床に寝転がっていた。

「マットレスはいるんじゃないかな？」

がらんとした部屋にパーシーの声が響いた。

「せめてイライザの分だけでも」

「それとこれとは話が別よ。イライザの子供部屋のものは全部持ってくるし、アリスが自分の部屋に欲しいと言うなら家具も運んでくる」

「へえ、じゃあ家具のある部屋がふさわしくないのはきみだけってことだね」

そう言うと、パーシーは起き上がって床に坐った。服は見事に埃まみれで、髪もぼさぼさに乱れていたが、マリアンはあえて指摘しないことにした。今日はなんだか優しく振る舞える気分だった。

「ふさわしいとか、ふさわしくないとかいう問題じゃない」

マリアンのスカートはまだ埃まみれにはなっていなかった。彼女はそのスカートを撫でて皺を伸ばした。

「この部屋に家具が全部揃っていたら、花瓶を手に取ってきみに投げつけられたのに」

「そろそろイライザの様子を見に行かない？」とマリアンは言った。今日はアリスが出かけているので、ふたりがこうして隣りの家で口喧嘩をしているあいだ、キットが子守りを買って出てくれていた。

「もうしばらくまかせておこう。キットのためにも」

マリアンは壁に寄りかかり、そのまま滑り落ちるようにして床に坐った。これでふたりとも髪は乱れ、埃だらけになった。これなら、パーシーが埃まみれの自分に気づいても、ひとりで恥ずかしい思いをせずにすむ。

「なんだか久しぶりだね」

「何もない部屋で喧嘩するのが？」

「見張られていないか、陰謀に巻き込まれていないかって心配せずに、こうして一緒にいられるのが」

パーシーは床を這ってきて、マリアンの隣りに坐った。

「ずっとこうしてきみと話したかった」

マリアンはパーシーの手を取って、しっかり握った。

「わたしも」

「ぼくの姿を眼にするのは耐えられないんじゃないかって不安になったこともあった」

マリアンは驚いてパーシーの顔を見た。

「どうして？」

「ぼくはあの人に似ているから」

「まさか。パーシー、あなたはイライザにそっくりよ」

「それってつまり、ぼくがあの人に似てるってことだよ」

「もうやめて。娘が誰に似ているかはわたしが決める。それに、公爵のことは金輪際考えないことにしたの」

霧雨が降っていて、じめじめした日だった。キットを子守りから解放しようと、屋根のある裏の通路を通ってコーヒーハウスに行った。パーシーはこの通路を偶然見つけたと言い張っていたが、まだおがくずと水漆喰の匂いが残っているところを見ると、ほんとうは今日できあがったばかりにちがいない。それはさておき、この通路を使えば通りに面した表の入口からではなく、裏口から店にはいれる。だから、ふたりが店にはいってきたことに誰も気がつかなかった。

もう夜で店は閉まっていたが、どのテーブルの上にもまだカップや皿が散乱していて、暖炉の火も赤々と燃えていた。キットは閉じたドアにもたれて立っており、ロブがイライザを抱いていた。ロブはコートを着ておらず、シャツ一枚の姿でイライザを高く持ち上げ、それから急に下ろして胸で抱きとめた。

イライザはけたたましい笑い声をあげ、ロブが笑いだすとさらに激しく笑った。

「そんなふうに揺さぶると、もどしてしまうかもしれないぞ」とキットが警告した。

「かまうもんか。どうせ服はもうびしょ濡れだし、ピカデリーの泥の半分はかぶってる。この子がもどしたって、飾りがひとつ増えるようなものだ」

ロブがおなかをつつくと、イライザはまた声をあげて笑った。

どんなにがんばっても、マリアンには母親らしい感情は芽生えなかった。ただ、この子はまだ危険にさらされていないという安心感しかなかった。イライザが生まれて少ししてから、娘の顔を見るたびに心からほっとする気持ちがこみ上げるようになった。いつも心のどこかにくすぶっている不安が一時的にではあるが慰められた。もっとも、その不安は決して拭い去ることはできなかった。かけがえのない大切なものには、いつか悲しい結末が訪れるに決まっている。そう思っていた。

ふつうの女性はわが子に対して、こんなふうに鋭くとげとげしい感覚ではなく、もっと温かい気持ちを抱くものなのだろう。が、マリアンは温もりとは縁がなかった。それでも、今、感じている気持ち――シャンパンの泡のように浮き足立った気分と、ナイフのように尖った防衛本能とが混ざり合った気持ち――だけで充分だと思えた。

イライザは拳を握ってロブの胸を叩いた。もう一度持ち上げろと要求しているのは明らかだった。キットがパーシーに気づいた。パーシーは人差し指を口にあて、キットはうなずいた。しかし、ロブもその仕種に気づき、イライザを胸にしっかり抱いたまま、マリアンとパーシーのほうを見た。

「キットがお愉しみを分けてくれてね」とロブは言った。

「愉しんでいるのはあなただけじゃないみたいね」とマリアンが答えた。「もうすっかりあなたになついているみたいで驚いたわ」

「この子はとてもかわいらしい」

ロブは赤ん坊がいかにかわいいか見せようとするように、イライザに外を向かせた。イライザがマリアンに気づき、ばぶばぶと声を出したので、マリアンは思わず笑いそうになった。

イライザがロブの手をつかみ、小さな口にくわえるのを見て、マリアンはわれに返った。イライザはマリアンが想像する以上にはっきりとした意図を持ってそうしているように見えた。それから思い切り力を込めてロブの手を噛んだ。まだ歯が一本しかないので、大した痛手を与えることはできなかったが。見るからに不服そうに、イライザはロブの手を離した。小さな顔に困惑の表情が浮かんだ。マリアンはその表情に見覚えがあった。最初はパーシーがそういう顔をするからかと思ったが、鏡に映った自分の顔によく似ているのだと気づいた。

「かわいそうに」とマリアンは笑いをこらえて言った。「すぐにもっと歯が生えてきて、いたずらもたくさんできるようになるわ。あとちょっとの辛抱よ」

「共食いを奨励するのはどうかと思う」

パーシーは好奇の眼差しでマリアンとロブを交互に見ながら言った。

「親としてあるまじき行為だ」

「もうかれこれ一時間もおれたちを食べようとしてる」とロブは言った。「キットも腕を噛まれた。名誉の負傷だらけだ」

「お願いだから、その子にパンを食べさせてあげて」

背後から声が聞こえた。思ったとおりこの子がベティだった。ベティは厨房の入口に立っていた。片手にパーシーのものと思われる剣を、もう一方の手にバースバン[12]を持っていた。彼女がパンを放ってロブに渡し、ロブがそのパンを赤ん坊の口もとに運ぶと、イライザは囓りついた。ベティは剣をパーシーに渡して言った。

「柄の部分からエメラルドを取り除いた。明日にでも宝石商をあたってみる」

それからマリアンのほうを向いて言った。

「あなたがこのお嬢さまの母親ね」

12　干しぶどうを入れて砂糖をかけた丸いパン。バース地方の特産なのでバースバンと呼ばれる。

「赤ん坊をそんな下品な呼び方で呼ぶもんじゃない」

ロブはそう言って、イライザの耳を塞いだ。

ベティは呆れて眼をぐるりとまわした。

「ようやくお会いできて嬉しいわ。あなたのことはいろいろ聞いてる」とマリアンは言った。心を込めて言ったつもりだが、うまくいかなかった。

ベティはロブの腕をつねった。

「悪口を吹き込んだのね。あんたの新しいお友達に嫌われたらどうしてくれるの?」

ベティは腹立たしげな視線をマリアンに投げ、キットとパーシーのそばに行って話しはじめた。

イライザがロブの腕のなかで体をくねらせ、マリアンのほうに手を伸ばしたので、ロブは赤ん坊をマリアンに渡した。イライザはため息をついてマリアンの胸に落ち着いた。

「伝えたいことがある」とロブは言った。「ゆうべ、ファンショーのロンドンの屋敷で働いている従僕と一緒に一杯やった。いろいろ面白い話が聞けたよ。母さんからも情報をもらった」

ロブはコートのポケットから紙片を取り出した。

「ファンショーの屋敷に侵入できそうな場所を地図に描いた。これが裏手にある馬小屋。こっちがジェレミー通りだ」

ロブは恋人に花束をプレゼントするみたいにその紙片をマリアンに渡した。まるで求婚しているみたいだとマリアンは思った。

「どれどれ」

キットがそばに来て、地図をのぞき込んだ。

「標的は誰だ？」

「おっと、みんなで強盗するのかい？」

パーシーもそばに来て、キットの肩越しに地図を見た。

「強盗にはいるのはわたしよ」とマリアンは訂正した。

「標的の男はマリアンの父親から貴重な古典の原稿を騙し取った。だからマリアンはそれを取り返そうとしてる。ついでにほかの品物も少しばかり頂戴する」とロブが説明した。

「古典の原稿をお金に換えたいなら、ほかをあたってね」とベティが言った。

「おまえのところにはもっといいものを持ち込むよ」とロブは請け合った。

「いつかみたいにダイアデムを持ち込むのはなしよ」とベティは言い返した。

「彼女が言ってるのは、ダイアデムじゃないんじゃないかな、マリアン」

パーシーはわざと全員に聞こえるように囁いた。

「きっとただのティアラのことだ。どうしてみんながあれをダイアデムと呼ぶのか不思議でならない。きっとそのほうが豪華に聞こえるからだろうね[13]」

「あなたたち、みんなどうかしてる」とマリアンは言った。「父のものを取り返して、ついでにファンショーが不当に吊り上げた家賃の代わりになりそうなものを頂戴するだけよ。ダイアデムもティアラも盗らない」

「そんなことをして何が面白いのかさっぱり理解できない」とパーシーは言った。

13　ダイアデムは冠状、ティアラは半円状の髪（頭）飾り。

「おれが理解できないのは、足を踏み入れたこともない家にどうやって押し入るかだ」とキットも言った。「屋敷のまわりの地図も確かに重要だし、役に立つ。だけど、屋敷の中がどんなつくりになっているかわからなければ、手に入れたいものを見つけることも、すぐに逃げ出すこともできない」

全員が渋い顔をして地図を見つめていた。

「ぼくがファンショーの屋敷に行ってくる」とパーシーが提案した。「ぼくはクレア公爵だ。少なくともあと二日間は。その僕が訪問すると言えば、彼としても嫌とは言えない。何度か迷子になるふりをして、屋敷の中がどうなっているか調べてくる」

「そこまでする必要は……」

マリアンは言いかけ、四人の眼が自分に注がれているのを見て口をつぐんだ。

「必要かどうかじゃない」とキットは言った。「これは提案だ」

昨日、酒場で約束したとおりのことをロブはしようとしている。マリアンはそれに気づいた。どうすれば一緒にいられるか、示そうとしている。ふたりで生きていける場所がある。彼女のいた古い世界とも、彼のこれまでの人生ともちがう、まったく新しい人生を一緒に築いていける。そう伝えようとしているのだ。

うまくいくかはわからない。人生を共に歩むために不可欠な信頼関係を築けるかどうかもわからない。それでもやるだけやってみよう。マリアンはそう心に決めた。

「わかったわ」とマリアンは折れた。「あなたたちの好きにして」

ロブは笑顔で彼女を見た。

36

翌日の夜、マリアンとロブはファンショーの屋敷の裏手にある小径で落ち合った。あたりはすっかり暗くなっていて、冷たく重い空気が垂れ込めていた。

「なんて恰好をしてるんだ？」とロブは尋ねた。マリアンは革のブリーチズらしきものを穿いていた。ロブの眼は彼女の出で立ちに釘付けになった。

「強盗をするならこの服装がふさわしいってパーシーが言ってた」とマリアンは澄ました顔で答えた。

いかにも。ロブは心から同意し、ひたすら彼女を見つめた。マリアンが彼の顔のまえで指を鳴らした。

「いいか」とロブはわれに返って言った。「従僕はふたりとも夜は出かけている。執事は暖炉のそばで居眠りしているし、料理人は夕食を終えてもう寝ている。メイドが何人かいるはずだけど、メイドの相手はおれにまかせて、きみは影に隠れていればいい」

「ちゃんと覚えてる」とマリアンは言った。「そんなに何回も確認しなくても大丈夫よ。中にはいったら、わたしは右側にある使用人用の階段を使って三階まで行く。三階に着いたら、左に進んで、右手にあるふたつめのドアを開ける。そこがファンショーの書斎。十五分経ったら、裏口に行ってあなたが来るのを待つ。あなたは誰にも見つからないようにわたしを脱出させてくれる」

「もし誰かに見つかってしまったら？」

「屋敷の奥にいるときは、窓から外に出て隣りの家の屋根をつたって逃げる。入口に近い場所だったら、通りの向こう側で待機しているキットに合図を送る」

「上出来だ」

ロブは高い位置にある幅の狭い窓を開ける作業に取りかかった。蒸留室(スティルルーム)[14]に通じる窓で、この時間は誰もいないはずだ。窓が開くと、ロブはマリアンを押し上げた。マリアンは屋敷の中へと消えていった。

十五分。気持ちを落ち着かせ、ひたすら待つのがロブの役目だった。愛する人がかびの生えた古い地図なんかのためにみずからの身を危険にさらしている。そのことは極力考えないようにしなければならなかった。心配ない。マリアンは聡明な人だ。それに完全武装している。あらかじめ銃を一丁とナイフを二本渡してあった。

マリアンが階段をのぼりきった頃を見計らい、ロブは厨房(ちゅうぼう)のドアをノックした。自分の役割に徹して、従僕のジョンの従兄弟(いとこ)だと名乗り、田舎から会いに来たと伝えた。その従僕が夜はいつも酒場で飲んでいて屋敷にはいないことは織り込みずみだった。

「それは残念。会いたかった。わざわざこうして訪ねてきたのに」とロブは嘆いてみせた。たちまちビールとパンの切れ端が振る舞われた。

十五分待ってから、ロブは親切にしてくれた厨房のメイドに礼を述べ、出口まではひとりで行けるからと見送りを断った。実際には、出口ではなくまっすぐスティルルームに向かった。そこでマリアンが待っている。取り戻した貴重な地図を破いてしまわないようにロブが預かり、マリアンが窓から無事に脱出したのを

14　もともとは薬代わりのハーブ酒を蒸留するための場所。のちにお菓子やお茶の貯蔵庫として使われるようになる。

見届けてから、曲がる場所をまちがえたと言って厨房に戻る計画になっていた。

　ところが、マリアンはまだ来ていなかった。ひょっとしたら手助けなしで脱出できたのかもしれないと考え、ロブは窓を見上げた。しかし、窓は床から七フィートも離れた高い位置にあり、窓の下には足場代わりになりそうな家具も置かれていなかった。つまり、マリアンはまだ階上（うえ）にいるということだ。何かはわからないが、想定外のことが起きているにちがいない。

　ロブがどうしようかと考えあぐねていると、いきなり銃声が聞こえた。


　どうやって階段をのぼり、廊下を走り、書斎にたどり着いたのか。あとになって振り返ってみてもロブはきっと思い出せないにちがいない。書斎ではマリアンが銃を構え、大きな机の奥に坐っている男に狙いをつけていた。

　マリアンが無事だとわかり、ロブはひとまず安心した。撃ったあともまだ相手に銃を向けたままでいるのは妙だが、そんなことはどうでもよかった。そのとき気づいた。マリアンの左の袖に裂け目があり、血が床に滴（したた）り落ちていた。

「もう気はすんだでしょ？」

　とマリアンはファンショーとおぼしき男に向かって言った。落ち着き払った声だった。

「いい子ね。じゃあ、おとなしく原稿を渡してくれる？　それともわたしが引き金を引くのを見たい？」

「どうかしてる」とファンショーは言った。ロブはつい同意したい衝動に駆られた。

「マリアン」とロブは声をかけ、部屋を突っ切って彼女の近くまで行こうとした。が、マリアンが手をあげて制したので、その場にとどまり、部屋のドアを閉めた。この部屋で何が起きているにしろ、目撃者は少ないに越したことはない。

「あなたは引っ込んでて」とマリアンはロブに言った。「ジョン・ファンショー卿と話をしているところだから。もしこの人が領民の賃料を値上げしたという噂がほんの少しでも聞こえてきたら、どうなるか教えてあげてるの。ファンショー卿、誰かがこの部屋のドアをノックしたら、銃の手入れをしている最中に暴発してしまった、心配ないって伝えて」

冷酷なまでに穏やかなマリアンの声と自分の鼓動以外、ロブには何も聞こえなかった。とにかく彼女のそばまで行って盾になりたかった。彼女はみずから進んで危険をおかそうとしている。それがロブには耐えられなかった。彼にまかせて安全な家でおとなしく待っていることもできたのに。ロブはこれまで何度も怪我を負い、逮捕され、投獄された。ずっと痛い目にあってきた。だから、もう慣れっこだった。

ファンショーのいる位置からは、マリアンの姿がはっきり見えているようだった。オイルランプの明かりが彼女の顔を明るく照らし出していた。彼女は影に隠れようともしていなかった。ロブでさえ、無我夢中でこの部屋に駆けつけるあいだも顔が見えないように帽子を目深にかぶっていたというのに。

ロブはマリアンの表情をうかがった。口をきゅっと引き結んでいた。痛みに耐えているのではなく、断固とした意思の表れだった。この状況を愉しんでいると言ったらさすがに言いすぎかもしれないが、満足しているのはまちがいない。これは正義であり、必要なことだと信じて実行している。ただ実行しているだけではない。彼女ならやり遂げられる。不正を正し、助けが必要な人々を救うことができる。その力が彼女にはある。ロブはそう実感した。

ファンショーは戸惑っていた。助けを呼ぼうか迷っているようだった。が、最後にはマリアンが掲げていた銃の威力が勝った。

「心配ない」とファンショーは部屋の外に聞こえるように言った。「銃が暴発してしまっただけだ」

マリアンは足音が廊下を遠ざかっていくまで待った。ファンショーは身じろぎもせずじっとしていた。歳は三十から四十のあいだといったところか。髪はおがくずみたいな色で、おそらくかなり値の張る趣味の悪いコートを着ていた。見た目はほかの紳士たちとなんら変わりはなかった。おそらく行動も。とりたてて悪人には見えなかったし、彼の行為を悪とみなす人もほとんどいないだろう。自分に逆らえない立場の人々の賃料をちょっとばかり値上げし、貴重な原稿をくすねただけなのだから。しかも、所有者は原稿が紛失したことに気づいてさえいなかった。

「ちゃんと演説の内容まで考えてあったのに」とマリアンは言った。

「へえ」とロブが口をはさんだ。「それはそれは」

マリアンが口角を上げて笑ったのがわかった。

「小言はあとにして」

ファンショーから眼を離さずにマリアンは言った。

「わたしは撃たれたし、今は誰も演説を聞く気分じゃない。よく聞いて、ファンショー卿。もう我慢の限界なの。今夜起きたことをよく考えてみて。これ以上わたしを怒らせたら、あなたの寝室に忍び込んで、寝ているあいだに窒息させてあげる。はったりじゃないわよ。あなたはものすごく頭がいいわけじゃないけど、わたしが本気だってことがわからないほど馬鹿じゃないわよね」

「こんなことをしたら、あんたは縛り首だ」

「そうはならない。だって、どう証言するつもり？　クレア公爵夫人が屋敷に忍び込んできて、殺すと脅されたとでも？　誰がそんなこと信じるっていうの？　それに、わたしがここに来たのは、あなたが父から盗んだものを取り返すためで、ほかのものには一切手をつけてない。おまけに、あなたはわざわざ訪ねてきたわたしを撃った。わかるでしょ、わたしは何ひとつ罪を犯してはいない」

　それは事実だ。屋敷に侵入したことと銃を突きつけて脅したことを抜きにすれば。が、ロブはそれは言わないでおくことにした。

　ファンショーが喚(わめ)いた。

「こんなの馬鹿げてる――」

「この期に及んで、まだ反論するつもり？　無駄な努力はおやめなさい。いいことを教えてあげる。あなたがどうしても慎ましく振る舞う気にならないなら、たとえば、もし今夜この屋敷で何があったか誰かに話したりしたら、あなたのお友達全員にあなたがカードゲームで不正してるってばらしてやるから」

「なんの話だ。わけがわからない――」

「わたしは本気よ。無駄な抵抗はもうやめて。わたしの血でカーペットがこれ以上汚れるまえに、さっさとけりをつけましょう」

　ファンショーは机の引き出しを開け、紙の束を取り出すと、ぱらぱらとめくってマリアンが要求しているものを見つけ、手を伸ばしてマリアンに渡そうとした。

「馬鹿ね。わたしが触ったら、四百年まえの貴重な原稿が血で汚れちゃうでしょ？　あなたのものは汚れてもかまわないでしょうけれど」

マリアンはそう言って、徐々に広がりつつあるカーペットの血の染みを示した。

「とにかく、受け取るのにもっとふさわしい人がいるでしょ。彼に渡して」

マリアンはそう言って、ロブのほうを示した。ロブは貴重な原稿を受け取った。

「それから、わたしは十ポンドいただこうかしら」

「十ポンドだって！」

「あなたが値上げした賃料と同じ額よ、お馬鹿さん」

だいぶ利息が上乗せされてはいるが、とロブは思った。けれど、それも言わないことにした。

ファンショーは震える手でマリアンに紙幣を渡した。

「これで契約成立ね。今後一切、住人たちの賃料を値上げしないと約束してって言いたいところだけど、あなたのことばは信用ならない。だから、代わりにわたしが約束するわ。もし、賃料を値上げしたら、どこに逃げようとわたしは絶対にあなたを見つけ出す。さて、わたしたちがここから出ていくまでおとなしくしていてね。せいぜい頭を冷やすといいわ」

マリアンはファンショーにそう言い捨て、ようやく、ようやくロブのそばに来た。

「窓から脱出しようなんて考えないでくれよ」とロブはこっそり言った。「その怪我じゃ無理だ」

ふたりは正面玄関から堂々と外に出た。

ロブは屋敷の外に出るまでどうにかこらえた。

「傷を見せてみろ」とマリアンに促した。

「血はもうほとんど止まってる」

マリアンは歩きながら答えた。

「傷を圧迫するには銃を下ろさなきゃならなかったから、そのままにしておいただけ。かすってもいない」

「傷を見せてくれたら信じる。角を曲がったところに酒場がある。そこで見てみよう。ほんとうに大した傷じゃなければ――」

「まっすぐ帰る。五分とかからないから」

「何があった？」

通りの向かい側でファンショーの家を見張っていたキットがそばに来て尋ねた。

「マリアンが腕を撃たれた」

「ただのかすり傷だってば！」とマリアンは大声で言い、クレア公爵の屋敷がある方向へ歩いていった。マリアンもパーシーもまだキットの店の隣りの家に移ってきていなかった。

「きみが撃たれたなんて知ったら、パーシーに殺されちまう」とキットは言った。

「きっと皆殺しにするでしょうね」

マリアンは振り向きざまにそう言うと、歩き去った。

ロブはマリアンに追いついた。このペースでは、脚の悪いキットはついてこられない。振り返ると、キットはもう反対方向に向かっていた。店に戻って、何が起きたかパーシーに伝えるつもりなのだろう。

ロブはスカーフを取り出して、マリアンの腕にきつく巻いた。

「文句を言うなよ？」とロブは釘を刺した。「演説を用意していただって？　おれたちの計画をどこまで台無しにするつもりだったんだ？　何をするつもりなのか、どうして話してくれなかった？」

マリアンはロブがスカーフを結ぶあいだだけ立ち止まった。

「悪いことをしたら必ず報いを受ける。ファンショーにそう知らしめたかったの」

「金持ちはあの程度の悪事をはたらいたところでいつでも逃れられる！　そういう連中を全員標的にして強盗をはたらく気なのか？」

マリアンはロブのほうを向いた。

「何人かだけ。あなたと同じよ」

「おいおい」

「あなたの言ったことは正しかった」とマリアンは歩きながら言った。「なんだか愉しかった」

「おいおい。またやるつもりじゃないだろうな」

「いつもってわけじゃない。わたしも忙しい身だから」

その言い草があまりにおかしくて、ロブは吹き出した。

「あら、とうとう頭がおかしくなったのね。いつかそうなるんじゃないかと思ってた。その兆候はまえからあった」

マリアンは屋敷の玄関の階段をのぼりながら、辛辣な口調で言った。

ロブは彼の祖先が代々暮らした屋敷に初めて足を踏み入れた。これが最後の機会になることを願いながら。

37

「言うまでもないけど、あいつは絶対に今夜のことを言いふらす」

ロブはマリアンの傷を手当てしていた。ありがたいことに、彼女が言ったとおり引っ掻き傷程度で、たいした怪我ではなかった。

「そうでしょうね」

ロブが傷口をジンで消毒したので、マリアンは顔をしかめた。

「ちなみに、あの人がカードゲームでいかさまをしているっていう情報はあなたのお母さんに聞いた。お母さんのところで働いている女の人が目撃したんですって。その話を持ち出したのは、わたしはなんでも知っている、黙って言うとおりにするほうが身のためだってわからせるためよ。実のところ、カードゲームのいかさまなんて珍しいことじゃないし、誰も気にしない。パーシーもわたしもやってる。そうでなきゃ退屈だもの。それはともかく、あの人はみんなに話すでしょうね。最初の取り決めをはるかに超える賃料を父に請求して、おまけに父の古い地図とわたしが子供の頃に完成させた翻訳原稿をいくつか盗んだことも、そのせいでわたしを撃つ羽目になったことも。たいしたことじゃないのに、大騒ぎするに決まってる。みんな、そう思うでしょうね。だけど、あと何人かほかの紳士を同じ目にあわせれば、肝心なメッセージは伝わると思う」

「メッセージって？」

ロブは厨房で見つけた軟膏の瓶の蓋を開けた。

「頼るあてのない弱い立場の人にひどい仕打ちをしたら、わたしが黙っていないってこと」

「捕まって縛り首になるのが怖くないのか？」

「そうね、ロブ。次からはわたしだとばれないようにもっと慎重に行動するわ。ただ、今回は正体を隠す意味がなかった。どこの誰だかわからなかったら、父から盗んだものを返してとは言えないでしょ？」

「確かに」とロブはつぶやき、指で彼女の傷にそっと軟膏を塗った。マリアンは痛みを感じた。それは否定しようがない。けれど、痛みなどどうでもいいと思えるくらい、計画の成功に酔いしれていた。ロブに促されて痛み止めのアヘンチンキと柳の樹皮の欠片を飲んだけれど、それすらも苦痛ではなかった。

「殺されていてもおかしくなかった」とロブは言い募った。

「さっきも言ったでしょ。次からはもっと慎重にやるって」

「マリアン、おれには耐えられそうにない」

ロブは布きれを彼女の腕に何度か巻き、端を結び終えたあとも手を添えたままでいた。彼は傷の手当てがとてもうまかった。これまでの彼の経歴を考えれば、当然といえば当然だが。

「あなただって、何年も命を危険にさらしてきたじゃない。撃たれたこともあるし、刺されたこともあるし、ほかにもいろいろひどい経験をしている。わたしが同じことをするのは駄目だなんて言わせないわ」

マリアンはそう言うと、固唾を呑んで反応を待った。ロブが両手をあげて同意するとはとうてい思えなかった。事前に計画を打ち明けなかった理由のひとつはそれだった。それでも、彼女はこの先も強盗を続けたかったし、続けなければならないと思っていた。ロブにも理解してもらわなくてはならない。彼女が自分の身を危険にさらす理由は、彼がずっとそうしてきた理由となんら変わりはない。

「あなたを危ない目にあわせたくない」とマリアンは言った。「あなたもわたしを危ない目にあわせたくない。だけど、そんなのわたしたちらしくない」

「おれが危険を承知で強盗をはたらくのは、怒りと悲しみが心に渦巻いていたからだ、マリアン。おれは人生を奪われた。キットもそうだ。復讐したかったんだ」

「怒りならわたしだって抱えてるわ、ロブ」

もしロブがわかってくれなかったらどうすればいいのか、マリアンにはわからなかった。その先はことばにしたくなかった。自分でも認めたくなかった。が、とても大事なことだった。たったひとつ、まだロブに秘密にしていることがあるとすれば、その事実かもしれない。

「わたしの心も怒りと悲しみに満ちてる」

ロブは探るような眼でマリアンをしばらく見つめ、ため息をついた。

「そうだろうとも」

怪我をした腕に触れないように気をつけながら、彼女をそっと抱き寄せた。

「きみのためなら、おれはなんでもする」

「わたしの代わりにやってくれって頼んでるわけじゃない」

「わかってる。だけど、おれにそのつもりがあることだけは知っておいてほしい」

ロブが本気で言っているのはマリアンにもわかっていた。口先だけでなく、必要とあらばほんとうに彼女のために何もかも投げ出すだろうということも知っていた。マリアンはその思いを拒絶したかった。何もしてほしくないし、そんなふうに誰かに頼るのは嫌だと伝えたかった。

「きみはおれを信じてる」

マリアンが何を考えているか見透かすようにロブは言った。

「もう何週間もまえからおれを信頼していた。だから、公爵を撃ったあと、おれのところに来た。おれがいるとわかっている場所に来た」

それは否定しようがなかった。あの夜、マリアンは気が動転していた。それでも心のどこかで誰を頼ればいいかわかっていた。その相手が強盗で、脅迫者で、彼女の人生をひっくり返した人物だということも。

ロブの肩に顔をうずめたままうなずくことしかできなかった。ロブが熱のこもった激しいキスを浴びせてきた。彼女がキスを返すと、ロブはうめいた。マリアンは彼のブリーチズに眼をやった。

「かたくなってるの？　傷の手当てをしてたせいだなんて言わないでよね」

「きみがそのブリーチズを穿(は)いている姿を見たときから、もうかたくなりかけてた」

そういえば、今はそのブリーチズしか身につけていなかった。マリアンはロブを押してベッドに仰向けにし、片脚を振り上げて彼をまたいだ。

「こんなのはどう？」

ロブは声にならない音を立て、理性を保とうとしていた。

「きみは腕を怪我してる。無理だよ」

「口ごたえするつもり？」

「まさか、そうじゃない。危険な体験をしたせいで、気持ちが昂(たか)ぶることはある。それはわかる」

「確かにあなたはこんなに昂ぶってる」

マリアンは手のひらで彼の屹立した股間を押さえつけた。ロブが切なそうにうめくのを聞いて、彼女の咽喉はからからになった。

「服を脱いで」

ロブはすぐさま言われたとおりにした。脱いだ服がベッドの下の床で山になった。マリアンは髪をほどき、肩に垂らした。ロブは彼女の髪に指を絡ませたいにちがいない。その誘惑には抗えない。実際、彼はすぐに手を伸ばして彼女を引き寄せ、髪をまさぐった。

「どうしてほしい？」

ロブは唇を重ねたまま囁いた。

マリアンは首を振った。

「そこに寝てるだけでいい」

心とはうらはらに、およそ甘い響きとは言いがたい声だった。マリアンは咳払いをして続けた。

「おとなしくしててね」

ロブがどうされるのが好きかはもうわかっていた。ほんの些細な反応までつぶさに観察してロブの嗜好をとことん知り尽くし、記憶していた。その知識を総動員して、ロブが震え、懇願し、筋肉が否応なく反応し、もっと欲しがるように仕向けた。

「今夜のあなたはとってもお利口だった」

彼の鎖骨を噛みながらマリアンは言った。

「あのろくでなしから大切なものを取り返すのを助けてくれたし、手当てもしてくれた」

怪我をしていないほうの手で体を支え、マリアンは唇を彼の体の下のほうに這わせていった。乳首をもてあそび、反対側の乳首も愛撫した。ロブがマットレスの上で体をよじり、肩と胸の筋肉が引きつり、じっとしていようと体の向きを変えてもいたぶりつづけた。

もっと下のほうを攻めると、ロブは口汚いことばであえいだ。マリアンは彼のいきり立ったあそこを避けて、下腹と脚の付け根にキスした。ロブが両手をあげてベッドのヘッドボードをつかむのを見て、ようやく先っぽをくわえた。

ロブは息切れし、腰を反らさないように必死で耐えていた。そんな彼の体にマリアンは軽やかなキスを浴びせつづけた。これが彼の好きなやり方だとわかっていた。ロブはじらされるのが好きなのだ。そうやってじっと耐えて、彼女を喜ばせるのが好きだった。

「触ってもいいわ」とマリアンが言うと、ロブはすぐに彼女の髪をまさぐった。引き寄せるでも押しのけるでもなく、ただじっと彼女を感じていた。そうやって耐えているのは辛いにちがいない。マリアンにもそれはわかった。だからご褒美に少し深くくわえこんだ。

ロブの指がマリアンの頬骨を探りあて、唇をなぞり、顔にかかった髪を払いのけた。彼女に触れずにはいられない。そんな感じだった。マリアンはロブの手に顔を押しあてながら、舌をせっせと動かした。ロブが切羽詰まったようなうめき声をあげた。もう長くは持ちこたえられそうにない。マリアンはロブの脚を開き、太ももの内側に手を這わせた。彼女の指が玉のうしろに差し込まれた途端、ロブは軟膏の瓶を彼女の手に押しつけた。

マリアンは体を離して笑った。

「さっきまで部屋の向こう側にあったはずだけど」

そう言いながら、瓶の蓋を開けた。

「念力で呼び寄せた」

ロブは少し朦朧(もうろう)としていた。

マリアンはまたしても笑い、彼の太ももに顔をうずめて笑い声を抑えた。軟膏のおかげでなめらかになった指で体をさすってやると、彼の全身に震えが走った。

「どうしてほしいか言ってみて」

「入れてくれ」とロブはがさついた声で答えた。「頼む」

指に彼の熱を感じた。ロブは今にも窒息しそうにあえぎ、その指を受け入れた。

「パーシーが言ってた」とマリアンは言った。「いろんな材料でできた張型があるんですって。ガラスとか木とか。興味があるでしょ」

「おれに指を突っ込みながら話題にしてもいいことの一覧を渡しておこうか？　パーシーの名前はその一覧には載ってない」

「好みがうるさいわね」

マリアンはそう言うと、指をもう一本差し入れ、ロブが黙るまでこねくりまわした。

「その一覧とやらを手に入れたら、きっとちゃんとしてあげられるようになるでしょうね」

これまでのところすごくうまくやれていると確信し、マリアンは優しく言い添えた。

「こういうのはどう？」

「ああ、マリアン、すごくいい。訊かなくてもわかるだろ」

「横着したいのね」とマリアンは言った。「そうやってただ寝そべって、全部わたしにやらせたいだけでしょ」

このジョークが気に入ったのか、ロブは笑いとうめきが混ざったような声を出した。おれにはいろいろ欠点もあるが、怠け者じゃない。ロブはそう思ったが、ひとまずこの状況を愉しむことにした。

自分の中に何かを受け入れる喜びをマリアンはもう実感できないかもしれない。けれど、その逆は悪くないと思いはじめていた。彼が体を開き、腕を交差させて眼を覆い、枕で顔を隠すように横を向いているのを見るのは気分がよかった。

ロブは行儀よく求めていた。だからマリアンは望みを叶えてあげることにした。

「悪いけど、自分でやって。わたしは腕が片方しか動かせないし、動くほうの手は今忙しいから。自分の手でイって」

ロブが手をすばやく上下に動かして自分でしごく様子をマリアンは見つめた。

「すごくすてきよ」と彼女は言った。「見てごらんなさい」

ロブは自分の手とマリアンの指で果てた。体が一瞬こわばり、すぐに力が抜けた。その一部始終をマリアンは見ていた。

「きみは魔女だ」

少ししてからロブは言った。

「そうじゃなきゃ、こんなことできるわけない」

「苦情は受け付けない」

マリアンはあくびをしながら言った。

「文句を言ってるんじゃない。ブリーチズを脱がせてもいいか。今度はおれがお返しする番だ」

「また明日ね。もう疲れちゃった」

実は腕が痛みだしていた。が、そうは言わなかった。それに、強盗をはたらいたことで昂ぶっていた気持ちも、もうすっかり落ち着いていた。

「おいで」

ロブが腕を伸ばした。マリアンは隣りに横たわり、彼の肩に顔を預けた。彼の指が髪をすくのを感じながら眠りに落ちた。

38

眼を覚ますと外はもう明るかった。マリアンはまだぐっすり眠っていたので、ロブは腕枕していた腕をそっと引き抜いた。服はどれも血で汚れ、ひと晩床に置きっぱなしにしておいたせいで皺だらけだったが、どうにか見られる程度に整えた。

それからパーシーを捜した。マリアンが怪我をしたとキットから聞いて、屋敷に戻ってきているにちがいない。それとは別に、屋敷の中を見てまわりたいという気持ちもあった。ちょっとでも事情がちがっていたら、おれはどんな人生を歩んでいたのか。彼は子供時代をこの家で過ごしていないし、彼の子供がここで遊んで暮らすこともない。それでも、ここがどんな家なのか知っておきたかった。今日は一月一日だ。マリアンとパーシーが屋敷を引き払う日だ。ロブにとっても屋敷を探検できる最後の機会だった。

パーシーは朝食の最中だった。

「おや」

トーストから顔をあげ、ロブを見て言った。

「いつも以上にひどい見てくれだね」

「マリアンは大丈夫だ」とロブは言った。「怪我の心配をしてるなら」

「そうだろうね」とパーシーは言って、紅茶を飲んだ。「もし大丈夫じゃなかったら、きっと知らせてくれていただろうから」

「少し話がしたい」とロブは言った。

「話なら今してるじゃないか」とパーシーは答えた。

どこまでも面倒くさいやつだ。

「この屋敷にマリアンの父親を住まわせてはどうだろう？　今の家ではまともな生活ができないし、家主がマリアンを撃ったとあっては、もはや良好な関係は期待できない」

「ここはきみの家だ」とパーシーは言った。「きみの好きにすればいい」

「よしてくれ。検認[15]に途方もない時間がかかるのは知ってるだろ。判断がくだるまでは、ここはおれたちどちらの家でもない」

パーシーは明るい色の眉を上げて言った。

「財産を受け継ぐ気になったってこと？」

「そうじゃない。おれは財産には一切手を触れない。どうするかは裁判所が判断すればいい。もし召喚されたら、おれは出廷して事実を話す。母さんもそうする。仮に跡を継げと命令されても、公爵を名乗るつもりはないし、財産は放棄する。慈善事業に寄付するんじゃなく、破産を宣告する。あんたが西インド諸島の領地の奴隷に解放宣言書を送ったのは知ってる。その決断が尊重されればいいと願っている。領主の務めもきちんと遂行されるようにしなきゃならない。マリアンに言われたんだ。誰かが教会を支援しなければいけないし、道を整備するとか、そういうこともしなきゃならないって。だけど、そのために必要な資金のほかは

15　遺言が有効かどうかを判断する裁判。

手放す」

「将来、息子に財産を残せなくてもかまわないのかい？」

そう訊かれてロブははっとした。

「子供をつくる気はない」

パーシーはじっとロブを見つめた。

「きみとマリアンがお互いに好き合っているのはわかってる」

「だからって子供をつくらなきゃいけないとはかぎらない」

ロブの口調に何か感じるものがあったのだろう。パーシーはそれ以上追及せずに口をつぐんだ。

「マリアンはきみを信頼している」

しばらくしてからパーシーが沈黙を破った。

「逆じゃなくてよかったと思ってる」

ロブは大きく息を吸って言った。

「それに見合うだけの人間でいられるように努力する」

「うん、そうだね、それでいい」

パーシーはすがるような眼でトーストに視線を落とした。トーストが気持ちを慰めてくれるかのように見つめていた。

「ほかにぼくに言っておきたいことは？」

パーシーと話をしながら、ロブは何かが胸につかえていた。それが何なのかようやく気づいた。

「どうしておれの提案をことごとく受け入れる？　徹底的に反論すると思っていたのに」

パーシーの顔には苦悩が滲み出ていた。

「この屋敷の行く末はすべてきみの意思にかかっているからだよ。この家はきみのものだ。きみの望みどおりになるように手を貸すつもりだ。ぼくの大事な人たちが傷つく結果にならないかぎり」

「そんなふうに言わないでくれ」

「そうするしかないんだ、ロブ。先に言っておく。ぼくはこの先もずっと、心のどこかできみのことをクレア公爵だと思ってしまうかもしれない。公爵として接してしまうかもしれない。それはどうしようもない。体にしみこんだ経験や習慣は簡単には消えない。だけど、それできみの気がすむなら、礼を尽くして対等に振る舞うように努力する。そうすればキットも喜ぶだろうから。マリアンもきっと喜ぶ」

「おれたちは家族だ」

「うん、そうだね。だけど、そういうつもりで言ったんじゃない」

「血のつながりを言ってるんじゃない。もっとも、実際に血縁関係があるわけだけど」

ロブとパーシーとイライザ、それにマリアンは誰がなんと言おうと血のつながった家族だった。

「おれはキットを家族だと思ってきた。覚えていないくらい幼い頃からずっと。そのキットがあんたを家族だと思ってるなら、おれにとってもあんたは家族だ」

パーシーは驚いたようだが、すぐに気を取り直した。

「うん、そうだね。ぼくもそう思うことにする」

と慌てて答えた。それから立ち上がり、呼び鈴の紐を引いた。

「きみがそこまで感傷的になるとはね。もっとはやく気づかなきゃいけなかった。そもそもきみをこんなことに引き込んだのはぼくなんだし」

従僕がやって来るとパーシーは言った。

「ミスター・ブルックスにお茶を」

「それには及ばない」とロブは断った。お茶にしろ、食べものにしろ、この屋敷にあるものは一切口にしたくなかった。

「そうか、うん、そうだね」

従僕が下がるとパーシーは納得したように言った。この屋敷のものには手をつけたくないというロブの頑(かたく)なな気持ちをようやく理解できたらしく、また黙って紅茶を飲んだ。いずれ自分は公爵になると信じて生きてきたのに、父親の重婚が発覚し、跡継ぎの座を追われた。そんな境遇の貴族がいてもロブは同情する気にはなれなかった。ただ、パーシーが失ったものに思いを馳(は)せると、わずかながら同情を禁じえなかった。この男の人生を変えてしまった、少なくともそうなるきっかけをつくったのは自分だと思うとほんの一瞬ではあるが心が痛んだ。

「申し訳なかった」とロブは言った。「脅迫なんかして。マリアンには謝ったけど、あんたにはまだ謝ってなかった。おれはこれまでにもいろいろひどいことをしてきたけど、今回は中でもとくにひどい仕打ちだったと思う。あんたもマリアンも公爵の被害者なのに、おれは事態をさらに悪いほうに向けてしまった」

「ほんとうにそのとおりだね。謝罪は受け入れるよ」とパーシーは応じ、眼をそらした。ロブはそれを退去の合図と悟り、階上(うえ)にあるマリアンの部屋に戻った。

マリアンはシャツ一枚という出で立ちで寝室の床にじかに坐っていた。まわりに古い紙片が散らばっていた。ファンショーから取り返した原稿かと思ったが、そうではなかった。その紙片が何かに気づいてロブは驚愕した。

「ナイフを磨いておこうと思ったの」とマリアンは言った。「血がついたままじゃ錆びてしまうと思って。そうしたら、これが――」

マリアンは紙片を広げて手で皺を伸ばした。そこには斜めに傾いた彼女自身の手書きの文字があった。

「手紙は全部燃やせってあなたは言った」

「それなのにおれ自身はその言いつけを守らなかった」とロブは認めた。マリアンがどうしてそれほど沈痛な面持ちをしているのかわからず、隣りに坐って訊いた。

「どうかしたのか？」

「わたしもあなたの手紙をずっと取っておいた。床板の下に隠してあったんだけど、襲撃計画の日の朝、公爵に見つかってしまった」

マリアンは便箋を指でなぞるようにして、染みや血痕や折り目の皺に触れた。

「手紙には何もかも書いてあった。手紙を読んで、送り主が誰なのか公爵にはすぐにわかった。あなたのお母さんの名前にも覚えがあった。これまで二十五年ものあいだ、お母さんは秘密を守ってきたけど、いつ誰に打ち明けるかわからないと気づいた」

それが何を意味するかは聞くまでもなかった。公爵は息子であるパーシーでさえためらうことなく殺そうとした。ましてや、ロブの母親やロブを殺すことなど躊躇するはずがない。マリアンが公爵を撃ったおかげ

で何人の命が救われたのか。ロブはあらためて思い知った。

「あの夜、あなたを監禁していた部屋に戻ったとき、あなたはいなくなっていた。だから、すぐに手紙を燃やした」とマリアンは言った。悔やんでも悔やみきれないという思いが声に滲み出ていた。ロブはいたたまれない気持ちになった。

「手紙なら何度でもまた書く」とロブは囁いた。ことばにするのを思いとどまったそのほかの約束も彼女に届いていることを願った。気持ちは通じたようだ。マリアンは彼を引き寄せ、キスをせがんだ。ロブは彼女の顎に、それから首すじにキスしてから、顔を上げて言った。

「結婚しよう。いや、結婚してくれなくてもいい。ずっと一緒にいると約束してくれさえすれば。一瞬たりともきみと離れるなんて考えられない」

マリアンは眉を上げて言った。

「結婚はしない」

「わかった。結婚はしない。それでもいい」

それはあながち嘘でもなかった。マリアンが結婚したくないと言うなら、結婚という慣習にこだわる必要はない。もしも彼女が結婚したいと言ったら、ロブはすぐにでもそうしていた。偽名をいくつも使って、教会をいくつも巡って、何度でも結婚したかもしれない。ほかの宗派に改宗して、外国へ渡り、想像しうるかぎりあらゆる方法で何度でも彼女と結婚していただろう。それでも、ロブはあえて言った。

「結婚なんてただのくだらない慣習だ」

マリアンは声をあげて笑った。明るく幸せそうな笑顔だった。きっと心の内を見透かされていたにちがいない。マリアンはめったに笑わない。だからこそ珍しい笑顔だった。教会の鐘のような、ポケットに硬貨を入れたときに鳴る音のような笑い声だった。ロブはその笑い声を瓶に詰めて、肌身離さず身につけていたいと思った。

　マリアンは外套（がいとう）の襟をかき合わせ、ロブと一緒にキットのコーヒーハウスに向かっていた。風が強く、空気が湿って寒い日だったが、それでも冬のロンドンでは晴天と呼べる天気だった。とはいえ、もっと過酷な状況を耐え忍んできたし、今はすぐそばに彼の温もりが感じられた。それに、すぐに暖炉の火で暖まれると思うと、寒さはちっとも苦ではなかった。

「〈ロイヤル・オーク〉に寄ってもいいか？」

　ロブはどことなくそわそわしていた。

　マリアンはかまわないと答えた。〈ロイヤル・オーク〉に着くと、激しい熱気と騒音がふたりを迎えた。ロブがこの宿の主人夫婦と話をしているあいだ、マリアンは室内を観察した。年老いた犬が二匹おり、同じくらい年老いた男がふたり、犬を見ていた。積み上げられた旅行用のトランクの上から子供たちが飛び降りて遊び、母親がせわしなく子供たちを叱りつけていた。ダーツやカードゲームに興じている人たちもいた。

　マリアンは暖炉のそばに坐り、ロブを見ていた。ロブはバーメイドと談笑し、騒々しい若者たちが陣取っているテーブルに威嚇するような視線を向け、椅子の脚を修理した。マリアンのそばに戻ってきたときには笑顔を浮かべていた。気づくとマリアンも笑顔を返していた。この二日間だけで、彼女はこれまでの二年間よりもたくさん笑っていた。銃で撃たれて怪我をしているにもかかわらず。あまりに幸せすぎて、かえって不安になるくらいだった。

「もしきみが賛成してくれるなら、ケントにいるきみのお父さんと使用人たちを迎えに行って、クレア公爵の屋敷に住んでもらおうと思ってる。できるだけはやく」

ロブはマリアンの隣りに坐ってそう言った。

クレア公爵の屋敷なら、父を住まわせるのに申し分ない。居心地がよく、使用人も揃っているし、何より近いのでいつでも会いに行ける。マリアンはロブと一緒にケントまで行きたいと言いかけた。けれど、彼女にはロンドンでやるべきことがあると考え、思いとどまった。兄のリチャードと話をつけなければならない。銃口を向けることまではしないかもしれないが、必要とあればどんな手段も辞さないつもりだ。今後、もしリチャードが父を施設に入れるとひと言でも言おうものなら、兄が戦う相手はマリアンだけではない。これ以上は望めないほど頼りになる恐ろしい仲間たちがいる。そのことをわからせなければいけない。

「で、ここに来たほんとうの目的は？」とマリアンは尋ねた。テーブルには雉のローストが並んでいた。

「ベティとふたりでここを買い取ろうかと考えてる」

マリアンは眉を吊り上げた。

「そんなにお金を貯めていたなんて知らなかった」

大きな宿を買い取るには、それなりに資金がいるはずだ。マリアンにもそのくらいは見当がつく。

「正確に言えば、貯めてたわけじゃない。何年かまえ、キットと一緒に襲撃した馬車からさばききれないくらい大量の宝石を失敬した」

「さばききれないくらいの宝石」とマリアンはおうむ返しに言った。

「こんなにたくさんのルビーを一度に金に換えるのは危険だってベティに言われた。だから、半分をベティに渡して、残りはキットの店の階上の部屋にある煙突の煉瓦の裏に隠しておいた。二日まえまでは」

「そのルビーをお金に換えた利益で自分のためのものを買うの？」

マリアンは驚いて訊いた。強盗したお金で新しいコートを買うことに罪悪感を覚えていた人と同一人物とは思えなかった。

「ああ、知ってると思うけど、おれはビールが好きだし、馬も好きだ。きみの悪事を手伝うあいまに、自分でも何かすることがあるほうがいいと思って。それに、大きな厩舎があるから、馬を借りたい人がいたら貸してやることもできる」

ロブはさりげなく話した。いつかロブに何をしたいと訊かれたとき、マリアンは馬を貸す仕事をしたいと答えた。そんなつもりじゃないというふりを装ってはいるが、ロブはその望みを実現できるようにはからってくれたのだ。

「賛成」とマリアンは言った。「大賛成」

エピローグ

ひと月後

「お客が要る」

マリアンは腹立たしげに繰り返した。

「依頼人を募って仕事を受けるべきよ。自由気ままな窃盗団を気取るんじゃなくて」

「まるでそれが悪いみたいな言い方だな」とロブは言った。

「不埒(ふらち)な悪党を見境なく襲撃すればいいわけじゃない」

彼らは〈ロイヤル・オーク〉でテーブルを囲んでいた。四人――ロブとパーシーとキットとベティ――は見るからにまえのめりで話を聞いていた。

「そのほうが愉(たの)しそうね」とベティが全員を見まわして言った。

「それに崇高なおこないでもある」とロブも同意した。

マリアンは両手に顔をうずめて笑いをこらえた。

「マリアンの言うとおりだ」とキットは言った。今はキットがイライザを抱く番だった。イライザを抱くのはひとり十五分という決まりになっていた。ロブはパーシーのポケットからこっそり懐中時計を引き出して、キットの持ち時間があとどのくらいあるか確かめた。ロブのその行動には誰も気づいていないようだった。

赤ん坊を甘やかしすぎるのは心配だが、マリアンはとっくに諦めていた。こうなってはもう仕方ない。それに、世の中には甘やかされて育つより悪いことがほかにもっとたくさんある。

「時々スカーレットから情報をもらって犯行に及ぶのも悪くない」とキットは続けた。「自分たちで獲物を見つけてもいい。なんて言うか、その……」

「ぼくたちが正義を振りかざすのにふさわしい相手を」とパーシーが助け船を出した。

「そういうことだ」とキットは言った。「だけど、困っている人を助けられるなら、そっちのほうがいいに決まってる。誰かがひどい仕打ちを受けたら、それに見合うだけの報復をすればいい」

「そのとおり」とマリアンも同意した。

最初に言い出したのはキットだった。どうしても法を遵守する側の人間ではいられない性なのだ。ロブはもともと余分に金を持ちすぎている人からは奪うべきという考えの持ち主だった。だから、その提案に両手をあげて賛成した。ベティも同じだった。

パーシーまで乗り気になっているのを見て、マリアンは最初は驚いた。危険や冒険とは無縁で、どちらかというとそういうことはいつもマリアンが担当するように仕向けていたのに。パーシーは公爵ではなくなったが、彼のもとには今でも晩餐会や舞踏会への招待がひっきりなしに届いていた。送り主はキットとロブが標的にしたいと思うような相手ばかりだった。

「ずっとスパイをやってみたかったんだ」とパーシーは少し得意げに言った。キットのためならなんでもするにちがいない。マリアンはそう思った。

マリアンはどこまでも彼女なりの正義を貫くつもりでいた。ただ、今の彼女には仲間がいた。家族がいた。

公爵を撃ったことは後悔していないし、その罪はずっと心に居座りつづけるだろう。それでも、世のため人のためになることをしていると思うと、心の重荷も少しは軽くなる気がした。マリアンと同じように愛する人がいながら、誰にも頼れずに困っている人がいる。そういう人たちを助けられるなら、それに越したことはなかった。

「強盗だけじゃなくて、お金の管理もしたい」とマリアンは言った。「手に入れたお金を配るのも悪くない。胡椒(こしょう)を挽(ひ)いて振りかけるみたいに、困っている人たちに分け与えるのはいいことだと思う。だけど、考えてみて。今は二月で、ここに来るまでのあいだにも、玄関で身を寄せ合うようにしてうずくまっている人たちを何人見たかわからない。火鉢で暖をとれる人はまだ恵まれているほうよ。必要なのはそういう人たちのための家じゃないかしら。それもひとつじゃ足りない。家と薪と食べものが要る」

ロブは疑わしげに彼女を見た。マリアンはロブの手をとって続けた。

「確かに、うまくいくかどうかはわからない。だけどやってみる価値はあると思う。たとえば、手に入れたお金の二割は残しておいて、もっと大きな規模で活動するための資金にするとか」

自分でも気づいていなかったが、マリアンはお金の管理に向いていた。父が資産に手を出せないように手配するだけでなく、資産が泡と消えてなくならないように投資にまわしていた。蒸留所を購入し、チルターン・ホールでは繁殖用の馬も飼育していた。だからといって、父が大金持ちになることはないかもしれないが。それに、人はビールや馬にお金をかけるのをやめられないものだ。

マリアンは仲間たちを見まわした。ベティを除けば、ちゃんと貯金ができそうな人はいなかった。ロブはお金がはいると人々に配ってしまうし、宿の主人となった今も使用人を大勢雇いすぎていて利益はほとんどなさそうだった。キットには多少の蓄えがあるようだが、マリアンが知るかぎり、たまたま残っているだけで意図して蓄えているようには見えなかった。パーシーは問題外だ。けれど、マリアンなら彼らに代わってお金を管理できる。何が起きても困らないくらいの蓄えを確保しておき、仲間たちを安全に守ることができる。みんなはその考えが気に入らないかもしれないが、そのくらいの仕打ちには耐えられるだろう。

「じゃあ、決まりだな」とキットが言った。パーシーはうなずいた。ロブはテーブルの下でマリアンの脚を小突いた。

「わかったわ。だけど、時々はちょっとしたものを盗んで、あたしのところにも持ち込んでくれるわよね？」とベティが言った。「そのくらいのご褒美があってもいいでしょ？」

全員の意見が一致している点がひとつあった。この中の誰かひとりでも、どんな罪であっても、捕まることだけは避けなければならない。だから、どういう理由で襲撃されたのか、標的にメッセージを残すことにした。

グラッドハンド・ジャックの名前で。

話題は強盗計画からフェンシングの懸賞試合やキットのコーヒーハウスを夜遅い時間まで空けておくべきかどうか、スカーレットの娼館で働いている赤毛の娘はロブの妹か、それともスカーレットのスパイか（マリアンはその両方だと確信していた）といったことまで多岐に及んだ。どれも一年まえのマリアンだったら思いもよらないものばかりだった。

イライザは十五分ごとにちがう人に抱っこされ、甘えるような声を出してはみなを喜ばせた。むずかっていても、ロブのポテトに手を出そうとしても、ひたすらちやほやされていた。

この人たちは信頼できる。彼らも自分を信頼している。そう思うと、マリアンはこれ以上願いようもないほど心が安らいだ。隣りにはロブがいる。どういうわけか、彼と一緒にいるといつも安心できた。誰も信用できないと頑なに思い込んでいたときでさえ、彼だけは信じられた。

「大丈夫か？」とロブが訊いた。

マリアンは少し涙ぐんでいた。それを否定しようとも思わなかった。どうしてこんな気持ちになったのか、うまく説明できそうになかった。

「あなたはわたしのもの」とマリアンは大きく息を吸って言った。「わたしもあなたのもの。約束よ」

その気持ちはロブにも通じたようだ。ロブは彼女の手を取って手のひらにキスした。

「ああ、約束だ」

謝辞

本書は、引っ越しの最中に執筆した初めての本になりました。

荷物を箱に詰めたり、ラベルを貼ったりという作業をしながら、家族に本書のプロットを聞いてもらっていました。家族の協力がなければ、書き上げることはできなかったでしょう。

また、有能な編集者のエル・ケックが、いつものように、私が挑戦したかった物語をどう展開させていくか導いてくれました。さらに、本書を世に出してくださったエイボンの皆さんには感謝の気持ちでいっぱいです。マルグレーテ・マーティンは、私に犬の写真を持ってきてくれ、犬の書き方を思い出させてくれました。エージェントのディードル・ナイトのおかげで物語の落とし所を見つけることができました。心からの感謝を伝えたいです。

著者紹介

Cat Sebastian　キャット・セバスチャン

アメリカ南部に住むボーイズラブノベル、ロマンスノベル作家。出産前は法律事務所で働きながら高校や大学でライティングを教えていた。現在は3人の子ども、2匹の犬、夫と暮らしながら小説家として欧米で人気を博している。

訳者紹介

北 綾子　きた あやこ

日本女子大学大学院修了。訳書に『ブラッド・クルーズ』(早川書房)、『アナル・アナリシス――お尻の穴から読む』(太田出版)、『英国王立園芸協会とたのしむ　植物のふしぎ』(河出書房新社)、『THE MATCH』(共訳、小学館)、『キットとパーシー』(すばる舎)など。大の柴犬好き。

ロブとマリアン

2024年4月11日　第1刷発行

著　者　Cat Sebastian（キャット・セバスチャン）

訳　者　北 綾子

発行者　徳留 慶太郎

発行所　株式会社すばる舎

PLEIADES PRESS

東京都豊島区東池袋3-9-7 東池袋織本ビル 〒170-0013
TEL 03-3981-8651（代表）／03-3981-0767（営業部）
FAX 03-3981-8638　https://www.subarusya.jp/

印　刷　ベクトル印刷株式会社

落丁・乱丁本はお取り替えいたします

ISBN978-4-7991-1111-6